死亡的擬聲詞

藍橘子 著

編者的話

當評審真的是一種職業傷害，不論是美食評審，還是影評、文評，往往都會不小心踩到難以下嚥的作品。

前一陣子剛好評了兩岸小說創作，當看到好題材被寫爛了，心中不免扼腕。看小說的人很多，想寫小說的人也不少，但在小說的經營上，最忌諱的就是自說自話，最難的是要將創作者的主觀放到客觀的位置上，才能清楚知道故事該如何鋪陳。

藍橘子創作的小說，貴在想像力的奔馳，以黑暗映出光與善，從顫慄驚悚的情節中啟發人性關懷，在正經闇黑的文字下藏著幽默戲謔，而結合現代３Ｃ網路的文體創意，更讓人耳目一新，將大家帶進一個充滿如真如幻的小說異想世界。

每個故事，都是一個人生

寫作者序是我最喜歡的一個環節，因為故事不可以亂寫，但序更不可以！所以從出書至今我都很珍惜寫序的機會，一個屬於作者的小天地。

相信很多讀者都是從我臉書專頁上的故事而認識我，當中有愛情溫馨、有血腥、有懸疑……你們一定很有興趣知道，我的靈感到底從哪裡來的。我現在就將這個祕密公開好了。

老實說，我並不喜歡寫作，夢想也不是作家，我只想當明星，當個紅人，動一動手就有錢掙罷了。

正所謂「窮得只剩下錢」，我的情況是「紅得只剩下樣」，我除了帥氣之外，就沒什麼長處了。

嗚嗚……

有一次，我在網上找到一間店舖，叫「人生販賣店」。

它會把不同的人生賣給客戶，例如運動員的人生、大老闆的人生、父親的人生……

聽說只要按下購買，在現實世界就會變成一個怎麼樣的人生。

我的儲蓄不足夠買明星的人生，也不夠買歌手、演員、導演的人生……但是我真的很想紅、很想做有錢人！

於是我私訊店主，求他給我打個折，或分期付款。怎料店主說這不可能，只能套裝賣幾個人生給我，算便宜一點。

結果，我只用了一個飯盒的價錢，買下殺人犯、精神病人、喪屍、長頸鹿、變態女友、技安的人生……

沒錯！沒一個人生是有關寫作的。但我相信每個故事，都是一個人生。

contents 目錄

家庭式日記

「家庭」不單是幾個相同血脈的人住在一起這麼簡單。

每個家庭，都有他們的習慣。

每個家庭，都藏著不可告人的祕密……

庵野與妻子奈美都有寫日記的習慣，當初以交換日記來結識對方，他們都認為寫日記是一個良好的習慣，把每天重要的事都記錄下來細味回憶。

兩人在結婚後，一直維持著寫日記的習慣。

不知是誰開口提議，把日記合二為一，將兩人的日記都寫在同一本日記上，他們認為，這是一本屬於他們二人、屬於家庭的專用日記。

結婚幾年後，庵野家有了一子一女，順理成章，庵野打算在兒女學會寫字開始，就教他們將日記寫在屬於家庭的日記簿。

幾年很快又過去，受到父母影響，哥哥「悠一」和妹妹「春菊」都養成了寫日記的習慣。

起初是學校學到的英文字母，這天吃的晚餐是什麼，有時候寫字，有時候塗鴉，文字五顏六色歪歪斜斜的，為日記簿增添了幾分可愛。

哥哥和妹妹相差六年，哥哥正值青春期，突然覺得寫在日記被父母看光很丟臉。但是多年來寫日記的習慣根本戒不掉，於是向父母提出，為日記本訂下規則。庵野認同悠一所說的。

1. 每人每日都各占一頁紙的日記，寫完後翻頁。

2. 絕不能翻去前面偷看別人的日記。

3. 把心底話寫進去，不能當成例行公事，不然日記就失去它的意義。

由於大家都已有了寫日記習慣，這本屬於家庭的日記，要是突然分開來一人寫一本，感覺有點不是味兒，所以……大家都遵守著以上的規則，也認真將每天的點滴寫在日記裡。

Date: 6月20日

春菊（妹）

學校午餐有我最討厭的牛奶，但在老師的監視下還是乖乖喝光。坐在旁邊的小月同學不小心把番茄醬濺到我的身上，把我的白色校裙染了一大片養眼的紅色，希望媽媽能幫我把裙子上的番茄醬痕跡洗乾淨。

父親已經幾天沒回家了，我聽到媽媽每天都在房間裡偷偷啜泣的聲音。

亦因為這樣，媽媽心情好差，害哥哥常常被她責罵，我不喜歡這樣。

悠一（哥）

這幾天，我都蹺課去了同學家裡打電動，事前跟老師請了病假。怎料老師竟然打電話來我家，向我媽慰問我的病情，結果事情敗露，被罵了一頓。

很想離家出走，只是幾天沒上學有什麼大不了！雖然妳是我的母親，但並不代表可以限制我的自由。

話說回來，爸爸每天都早出晚歸，把這裡當洗衣店和旅館一樣。說不定他在外面還藏著另外一個女人呢！媽媽連自己的丈夫也管不著，就來管自己的兒子。

奈美（母）

最近壓力真的很大，每天要照顧女兒上學放學，兒子最近愈來愈不聽話，完全不把我當作母親看待，但我也有不對的地方，不應把壓力發洩在他身上。

最近，半夜有陌生女性打電話來找庵野，應該不是公事吧!?我不想亂想太多，但我不知道還能撐多久……

庵野（父親）

我跟菜菜子的關係，不能再這樣下去了，早晚會被奈美發現……

真沒想到，菜菜子年輕貌美，公司裡也有不少追求者，卻偏偏喜歡了只是個中年大叔的我，還不介意我是個有婦之夫。

我愈來愈怕回家，每次看見奈美精心為我煮的便當，春菊一直黏著我，心裡的愧疚感就愈來愈大。

於是，這陣子都在公司或酒店過夜，但菜菜子卻抓住了這一點，向我施以猛烈攻勢……

真想撇下所有包袱一走了之……

Date: 6月27日

春菊（妹）

媽媽還是沒有回家。這陣子都是哥哥幫我煮晚飯，但我每次問媽媽去了哪裡，他都說媽媽要工作，再過幾天就會回家，可是已經一星期了⋯⋯

還記得媽媽出外工作的前一晚，我半夜起床上廁所，看見廚房的地上有一大片番茄醬，但明早起來就不見了，是媽媽清理掉吧？

悠一（哥）

已經一星期了，還沒警察找上門，應該沒問題吧？那時候爸爸還未回來，春菊又在睡覺……

這陣子還是乖乖上學就好了，千萬不能惹起其他人懷疑。

那東西……只能一點一點把它放在背包裡，然後帶到上學路上丟掉了。

庵野（父）

終於完了，說實話，可以鬆一口氣了。

關係愈來愈緊密，菜菜子還是接受不了我擁有家庭，最後向我提出分手。

我帶著禮物給奈美和春菊，回家才發現奈美不在家裡，春菊說已經有一星期沒見到她了。

難道……她已經發現我跟菜菜子的事，所以離家出走嗎？

Date: 6月21日

奈美（母）

我知道，現在不是寫日記的時候……

更不知道應否將這些事寫在日記上，但這已是我唯一能宣洩的地方了。這也許是我最後一次寫日記吧!?

就從昨晚開始說起吧，凌晨時分，我在睡房裡輾轉反側，突然聽見客廳有動靜，打開房門一看，卻撞破悠一想偷偷溜出去，我頓時大動肝火，還嗅到他一身菸味。

我強行要搜出他身上藏著的香菸，互相推撞之下，他一把將我推倒在地上，我後腦好像撞到了桌子而昏倒過去。在因眩暈而喪失意識前，看見悠一喊著：「老太婆，別再管我了！」就奪門跑掉了，真是個不肖子。

回想起來，悠一小時候是個乖巧的小孩，可是直到妹妹春菊出世之後，他爸爸完全流露出一副「我只愛女兒」的模樣，大概是因為這個原因，悠一才性情大變。

我一直在地板躺到今天的早上，醒來時頭痛欲裂，後腦腫起很大一個包，腰背在硬邦邦的地板睡了一整晚，扭動時發出了奇怪的聲音。

然而，我卻要提起精神，在春菊醒來之前準備好早餐，當作什麼事也沒發生，然後帶她上學。

鄰居似乎察覺到丈夫有外遇的事，在我背後閒言閒語，說我是個連丈夫都守不住的女人。

差不多下午一點多……

門鈴響起來了，本來以為是悠一回來。沒想到站在門外的是一個從沒見過面的女人。

雖然素未謀面，我卻知道她是誰……

沒想到她竟然會找上門呢。

她擅自走進屋內環視四周，非常沒禮貌，還直言說不介意庵野有家室，卻不甘於做第三者……

說實在的，她樣貌從哪個角度看起來都很漂亮，身材姣好，又年輕，我絕對沒法比。

當她向我展示庵野發送的露骨短訊和親密合照，我的理智就啪一聲斷掉了。沉積在體內的壓力像沸騰的水爆發開來。

我隨手拿起客廳的菸灰缸朝她的頭砸下去，她來不及反應，被我打昏了。看著她昏倒的臉，我用削蘿蔔的工具將她的臉皮削掉，再灌她喝有毒的清潔劑。

冷靜過來後，才驚覺自己做了無法回頭的事……

被警察抓住之前，我還有想做的事，於是……我拿走她的手機然後離開。

悠一（兄）

昨晚朋友叫我出去喝酒，跟母親爭執時好像推跌了她，我不知該如何是好，又趕著赴約，於是就離開了。

本來打算離家出走幾天，但最後還是放心不下，到晚上便提早回家。走到在家門外，從窗戶看進去，發現家裡沒有燈亮著，心裡一涼。我趕緊打開門……隱約看見一道身影躺在客廳。

昨晚結識到女朋友的喜悅一掃而空了……

我不敢開燈，只好躡手躡腳走過去，看見有一大片液體以頭為中心擴散開去……

我抑壓住尖叫，手緊貼在母親胸口，她心跳停止了。

是失血過多而失救吧？我應該到警察局自首嗎？

我坐在母親的屍體旁思索了一陣子，殺人的罪，與分屍後被抓到的罪應該差不多吧？

於是，我決定放手一搏。

春菊（妹）

我在學校待到很晚，老師也一臉嫌惡的陪我等著家人來接我放學。媽媽的電話無法接通，家裡的電話也沒人接聽，最後由氣喘吁吁的哥哥來接我回家。

哥哥說，媽媽會外出工作一陣子，這幾天由他來照顧我。

晚餐吃從沒吃過的肉丸，味道很不錯。

哥哥說今晚停電了，只能用電筒照著吃飯……

飯後哥哥一直嚷著叫我早點睡覺，我硬是堅持寫完這篇日記。

晚安！

Date: 6月22日

春菊（妹）

昨晚半夜上了廁所，因為怕黑所以還是將燈亮著，幸好停電已經修復了。廚房有一大片番茄醬，以為是今天的晚餐，可是晚餐沒有番茄醬的東西，還是吃肉丸子……

哥哥又遲到了，為了不給老師添麻煩，只好獨自在學校門外等他。

小月討厭討厭超級討厭！

悠一（兄）

早上起來，陽光透進屋內才發現廚房遺留下一大片血跡，那時候春菊還沒起床，應該沒有發現吧!?

那東西我暫放在雜物室，必須在它發臭著處理掉，幸好在網路上找到很多處理的方法。

今天還是沒上學，去女朋友家，和她做愛了。

她妹妹很討人喜愛，回家時發現她穿著跟春菊一樣的校服，我才想起要接春菊放學。

Date: 6月23日

春菊（妹）

今天發生了一件不得了的事。

媽媽不在，這兩天哥哥負責接我上學，到了學校門口，哥哥跟一個姊姊打招呼，兩人看來是約好的，還一見面就親嘴。更令我難以置信的是，小月竟叫她「姊姊」。

哥哥還稱讚小月是個乖巧的孩子，他從來沒有對我說過這樣的話，真討厭。

很想念媽媽，不然每天都吃肉丸，都吃膩了。

悠一（兄）

想了想，還是照常上學比較安全，這樣才不會引人起疑。

尤其是美里，暫時不能讓她來我家了。

這陣子才明白寫日記的好處，不單記錄一整天做過的事，當我寫完後闔上日記，就像將心裡不可告人的祕密宣洩出來一樣。

所以，我決定將這兩天的事寫出來，不然我絕對會崩潰。

網路上的教學很有效，處理屍體有幾個重點：

「不要害怕！」「先處理頭！」

所以在市場買到的魚啊、雞啊……大多都沒有頭的。

因為不想看見母親的臉，於是我先把頭用黑色垃圾膠袋包裹住，再朝頭骨猛斬。

我超怕血，所以整晚都沒有開燈，反正我沒有這方面的經驗，在大概位置斬下去就對了。

骨頭比想像中硬，幸好網路上也有相關教學。

「用螺絲刀和鎚子比較快！」

我摸索骨頭與骨頭之間的連接點，用一字型的螺絲刀插進去，再用鎚子猛敲，發出幾下清脆的敲擊聲，頸骨就斷開了。

「肉可以吃掉，內臟不能吃。」

把頭用幾個垃圾膠袋包好，廚房瀰漫著令人作嘔的血腥味，雙手沾滿半乾結成乾塊、黏稠的血液。近距離嗅著這無法忍受的氣味，害我在洗碗槽吐了好幾次。

我先脫下母親身上的衣服，她穿著日常沒有任何花俏性的衣服。母親總是一成不變，父親才會不回家吧？

皮膚的觸感好奇怪，失去了彈性，冰冰的跟買回來的豬皮一樣，割下手臂一塊肉才記起要接春菊放學，只能暫時放進雜物室。反正春菊不會進去，沒問題的。

「將肉攪碎，再煎一下最方便。」這也是網上教的。

Date: 6月24日

春菊（妹）

這天放學……哥哥牽著姊姊來接我和小月。哥哥牽著我，另一隻手牽著小月……討厭，小月把我的哥哥搶走了。

最後還在小月家裡玩了一會兒，她向我展示各種玩具和衣服，討厭。

這晚終於不是吃肉丸了，還有豬骨湯，真好。

悠一（兄）

這幾天跟女友接送春菊上學放學，像新婚夫婦一樣，感覺真好。

「愈小件愈易處理唷！」

網路上如此說，本來我將骨頭帶出去，綁著石頭丟進海裡。但問題來了，肉才處理了雙腿，就腐臭得沒法吃了。

傷口已爬滿蛆蟲，有很多成長為蒼蠅，在雜物室裡亂飛。買了殺蟲劑將牠們殺清光。

骨頭跟豬骨混在一起煮湯，丟掉時也不會令人懷疑。

氣味也是一個問題，母親的皮膚漸漸溶解，在地板上留下一個人形紅黃色的油脂泊。肚子也誇張隆起，我才記得忘了處理內臟！

我只好將剩下的母親切成一截截，用盆子裝著，再買大堆廉價香水，倒進去把母親泡浸著。

接下來該怎麼辦呢？真讓人苦惱……但我還是要捱下去，我的人生才剛剛開始呢！

Date: 6月28日

春菊（妹）

成功了！很開心啊！一定要把這件事寫出來！

今天最後一堂是體育課，午餐時，我邀請小月今天到我家玩，還可以偷偷進媽媽的房間，用她的化妝品。

她一口就答應了，於是我們在體育課時跟老師說身體不適，老師叫我們留在教室，然後我們就偷偷溜回家了。

回家後，我們竄進媽媽的房間，我找機會用枕頭把她悶昏，再將她丟進雜物室裡。哥哥以為可以瞞著我嗎？我早就發現雜物室裡屍體的事了。

但是，到底那屍體是誰呢？哥哥好像把她誤以為是媽媽了，真笨……

我肯定她不是媽媽，我跟媽媽洗過澡，身體不一樣。

我該跑回學校門口，讓笨哥哥接我回家了！掰掰！

悠一（兄）

完了……一切都完了……

今天如常與美里接春菊與小月放學，但卻不見小月，春菊說，小月在體育課時身體不適，於是留在教室陪她，但小月上了個廁所就一直不見她回來了。

美里回家找小月，春菊堅持要去附近的公園找她，我心想，小孩子真是麻煩。

所以我自己一個回家，才剛打開家門，隨即聽見尖叫聲，我循著尖叫聲跑去，就看見小月跌坐在地上，整臉爬滿蒼蠅，露出幾近崩潰的表情……

雜物室的門打開了……她為什麼會溜進我家的……

我該怎麼辦……

庵野（父）

今天放工回家，春菊在房間做功課，悠一已準備好晚餐。

沒想到，這陣子我沒回家，奈美又不在，兒子反而變得懂事了。

另外還有一件事，奈美也回家了，一下子恢復了平淡幸福的生活了，真好。

為保險起見，還是把這幾天跟菜菜子的訊息刪除吧，反正……我們也不會再見面了……

Date: 6月29日

春菊（妹）

今天很開心，媽媽工作回來了！還是媽媽煮的早餐比較好吃。

今天由媽媽接我上學，老師說小月生病了今天告假一天。

老師在說謊，小月明明就住在我們家裡啊，嘻嘻。

爸爸也回來了，一家人再次在一起，太高興了。

哥哥早上起床時看見媽媽回來，一臉鐵青，還突然說想養隻狗，真是笨蛋。

再來捉弄他好了。

悠一（兄）

真是禍不單行，雜物室的東西已經讓我萬分頭痛了……本來小孩的身體比較小，應該在腐壞前吃得掉，這次我自己多吃一點就好了。

但今早起床，母親竟然回來了……

那麼……雜物室躺著的是誰呢？

母親是昨晚我睡了後回來的吧!?今天她一整天都像什麼事也沒發生一樣，這樣令我覺得更恐怖。

我腦海不斷回想著這幾天所發生的一切，我才發現到這件事！

那晚與母親爭執後我推倒她，然後離開了……

到隔天晚上我才回來，看見有人躺在廚房……

那麼，那天早上，是誰帶春菊上學？

所以母親根本就沒有死，原來把我逼進絕境的，是我自己……

那裝頭顱的膠袋早就裝滿石頭丟進海裡了，我無法知道那屍體到底是誰。

還有，為什麼會死在我的家，幹！

美里跟我說小月沒有回家，她們一家人都很擔心，我不知道該如何回應才好。我真的沒辦法裝作沒事面對她，於是我只好隨便找個藉口向她提出分手。

母親回來後負責做飯，沒辦法以同樣的方法來處理了，於是我只好提出想在家裡養一隻狗，或者領養一隻流浪狗什麼都行啦。

庵野（父）

回家的感覺真好，每吸一口氣都有著熟悉的味道，我竟為了外面的女人這麼久沒回家，我真是個大爛人。

現在我才發現自己實在太愚蠢了，竟然想拋棄這個美好的家庭，親手斷送自己的幸福。幸好上天對我不薄，在事情沒搞垮前，一切都恢復原狀。

飯後，悠一竟然主動跑進雜物室拿吸塵機出來做家務，他變得懂事了。不如買一隻狗給他，讓他學會負起責任吧。

春菊整天都黏著我，真可愛，最近發生拐帶兒童的案件，還是春菊學校的學生，要小心一點呢。

說來奇怪，菜菜子從一星期前就一直向公司請假，最後還向公司請辭，是因為我的關係嗎？不過……這已經與我無關了。

我對奈美實在有所虧欠，我決定今後要好好的愛她、補償她。

奈美（母）

許久沒有寫這本日記了，很多事情必須記錄下來。

那天，我特地脫下菜菜子的衣服，將我的衣服換上去，用沾滿血的頭髮遮蓋著她的臉。這都是為了教訓一下我的不肖子，讓他誤以為殺死了我。

我用菜菜子的手機，用訊息跟庵野溝通，看來他真的完全被狐狸精迷惑了。

我約了庵野到酒店，念在多年夫妻，我決定要給他最後一次機會。我穿上菜菜子的衣服，預先到了酒店房間等他，並戴上面具，跟他說這次來點刺激的。

庵野到達酒店，我用黑布矇上他的眼睛，脫光他的衣服，將他的手腳綁在床上，然後跟他做愛。

做完愛後，他被綁著竟仍能呼呼大睡。隔天早上我趁他未醒來就離開酒店。待酒店的服務生發現，再幫他鬆綁吧。

我傳他一個訊息逼他拋妻棄子，要是他真的選擇了菜菜子的話，我會用同樣的方式約他到酒店，殺死他然後自殺。

幸好，我與他都撿回一命了。我用菜菜子的手機替她辭職，看電話記錄，她是一個人住的，與父母很少聯絡，太好了。

悠一這不肖子搶著做家務，是把屍體藏在雜物室吧!?他還一直裝病不上學，可是我不打算揭發他，就讓青春期的男生保留一點私隱吧。還是一家人，幸福快樂最重要。

Date: 7月 3日

悠一（兄）

美里哭著來找我，說一直找不到小月，求我不要在這個時候離開她，煩死了……

她說，警察開始調閱附近街道的監視器畫面，看看有沒有找到小月在失蹤時去了哪裡。這次完了。

春菊（妹）

今天，爸爸下班時把狗狗帶回家了，開心！但哥哥好像提不起勁，明明是他提出要養狗的。呵呵！狗狗你可要努力吃小月囉。

放學後跟媽媽一起回家，美里來了找哥哥，哥哥介紹美里給媽媽認識，媽媽還邀請美里留下來吃晚飯。

俺野（父）

本來打算今天不寫日記了。但剛才發生的事實在太美妙了。我必須將它記錄下來。

這天工作到很晚才回家，回來之前，收到老婆的訊息說「老公，今晚來點刺激的」。打開家門，老婆便坐在客廳等我，她給我喝了杯很烈的酒，洗澡時感到全身血脈沸騰，幾乎要失去理智。

洗澡後，發現老婆把全屋的關掉，用黑布矇著我的眼睛，牽著我的手走回房間。

接著，她突然鬆開手，我在看不見的情況下摸索，原來她已經躺在床上了，還全身赤裸著，我從腳一直親吻她的全身，才驚覺她的肌膚很香、很滑，腰很纖細，身體跟少女一樣，

沒想到老婆的身材這麼火辣，怎麼之前沒有發覺呢？一定是太久沒碰她了。今後我絕不會再離開她了。

奈美（母）

我獨個兒坐在客廳，掃視著每個關上的房間。
悠一每天提心吊膽作噩夢，
春菊睡得非常安穩。
庵野抱著年輕的少女睡覺，
還真是幸福的一家呢！

Date: 7月 4日

悠一（兄）

我受不住每晚提心吊膽，每次聽見有人按門鈴就全身發抖，害怕是警察找上門……

媽媽回來之後，就像什麼事也沒發生過一樣，每天做飯、打掃，還幫我餵狗……從來沒跟我提過任何有關屍體的事。

春菊（妹）

每次按門鈴，哥哥都會嚇到在房間尖叫，哈哈！

但哥哥竟然大罵我一頓，討厭極了！

美里

看到這本日記的人，請不要以為我在開玩笑，請盡快報警，日記簿裡寫的都是這家人的罪證，快來救我。

昨晚我被他們父親強姦，現在我被禁錮在他們家裡，這不是在開玩笑，我會找個機會把日記丟在街上，拾到的人一定要

奈美（母）

真可惜呢……

Date: 7月 5日

悠一（兄）

受不住了！

今天，我跑到美里家，將小月媽媽綁起來。威脅她向警方說已經找到小月，幫小月跟學校退學，說要到外國讀書，這樣的話就沒人報警。

這幾天還不能殺她，還要靠她接聽學校的電話，先鎖在雜物室吧？但怎麼雜物室的肉和骨頭好像變多了，是我的錯覺嗎，只好讓狗狗多吃一點……

可是，怎麼不見美里在家呢？昨晚在我家吃晚飯後，就一直沒找我了……

那個教人處理屍體的網頁又有更新了，太幸運了！這次寫得很詳細。到底網頁作者是誰呢!?

春菊（妹）

狗狗在家裡大便，惹怒了媽媽，這晚罰牠睡雜物室的狗籠。

好可憐，那裡又髒又擠……晚上我偷偷的進去看牠，發現美里姊姊怎麼一夜之間變成中年女人了？

老師說，小月要到外國讀書，呵呵。狗狗的肚子裡有書讀嗎？

庵野（父）

老婆又再傳短訊說要來點刺激的，於是今天下班我趕緊飛奔回家，期待老婆會給我什麼驚喜。同事們都說我是個好丈夫，哈哈。

還是一樣，她讓我喝了一杯烈酒，那是有催情成分的吧？每次喝完我都感到全身發熱。

今晚，她把皮鞭交到我手上。不過，老婆最近吃太多了嗎？好像比之前有點變胖，下面也變鬆了……

Date: 7月 6日

悠一（兄）

犯罪就是讓雪球愈滚愈大……

我真笨，忘記了美里的父親，他發現自己妻子不見了，一定會報警，如今之計只好將他也抓回來。

庵野（父）

又譬如前幾晚，她建議我插她的屁眼，是最近天氣太乾了吧！？老婆的皮膚很乾。還有點髒，弄得全身都是大便還有尿騷味，但也算是一個全新體驗吧。

但奇怪的是，每次老婆總是要求關燈和給我戴上面具，什麼事情都要摸黑進行。她說開燈她會害羞，也就算了……

每晚回家都有準備了豐富的晚餐，又不用我碰半點家務，老婆還貼心的為我準備新玩意，我作為一個男人，還有什麼苛求呢？

Date: 7月 7日

悠一（兄）

幹幹幹幹幹幹幹幹！

母親突然把雜物室的門鎖上了，難道她發現了嗎？

美里的父母我才剛剛處理到一半啊！

那網頁也突然關閉了，到底是為什麼啊！！！

春菊（妹）

媽媽接我放學時問我一個問題，問我喜歡爸爸還是媽媽。

我最喜歡媽媽了！

哥哥今天好像被鬼上身一樣，在房間裡大哭，為什麼我會有這種笨蛋哥哥呢？

庵野（父）

老婆今晚沒有關燈，正常的做愛了。心想偶爾正常一下也不錯，不然每天都屎屎屎屎的太重口味了。

我問她為何今晚不用關燈，她說因為今天是值得紀念的日子。

到底是什麼啊？結婚紀念日嗎？我完全記不起來，但她沒要求要禮物就算了。

奈美（母）

再見了。

Date: 7月 8日

奈美（母）

今早，我沒有送春菊上學。

我在街坊眾目睽睽之下哭著跑去報警了。我被送到醫院檢查，體內有庵野的精液可以作證。

根據春菊憶述，警察到場破門而進，悠一已經在房間拿著刀子猛割自己的頸與手腕，然後警察在雜物室裡找到屍體。

庵野會在公司裡被抓吧!?

美里、以及她父母的體內都有他的精液呢，我很好奇警察會查到嗎？還是悠一已經依照我的方法，將他們撤底毀滅掉呢？

這就是我的復仇。

這篇日記寫完後，我會將它燒掉，代表著這個家的完結。

千萬不要問布偶裝裡的人是誰！

有件事我必須告誡大家，希望大家也告訴身邊的人。

當大家去「迪迪尼樂園」時，切記「不要問穿布偶裝裡面的人是誰」！

這是一名樂園的員工告訴我的，若你硬要這樣做，將會發生非常可怕的事。

樂園為了營造一種夢幻歡樂的氣氛，所有工作人員都必須嚴格遵守某些規則。例如工作人員要向客人展示微笑，他們走路的姿勢會特別誇張，揮手時會歪著頭，這些動作都是為了給客人一種「樂園不是現實世界」的感覺。

前年，我跟女友去美國「迪迪尼樂園」，以主題樂園來說，它實在大得誇張，換算成足球場面積的話，美國迪迪尼大約等如一萬七千個標準足球場，是香港迪迪尼的一百倍……

所以，我跟女友在樂園內的酒店入住數天，整天都沉浸在歡愉的音樂中，身邊總是有樂園的卡通人物經過，彷彿置身於另一個世界一樣。

那天，我們在酒店吃過早餐後，便拿著樂園的地圖繼續探索，走著走著，女朋友突然說：

「樂園員工在這麼漂亮的環境工作，心情應該很好吧！？」

「別傻了，他們整天穿著角色服裝肯定熱瘋了。」

「說起來，你不覺得有點奇怪嗎？好像從來沒看過扮演卡通人物的工作人員的真面目，網路上一張照片也沒有。」

「這是員工規定吧！隨便在客人前脫下頭套，只會令小朋友的幻想破滅吧，說不定裡面只是個又肥又醜的中年大叔。」我說。

「他們能擺出這麼可愛的姿勢，我猜裡面應該是年輕人！」她持不同看法。

「打個賭吧！」

我瞥見前方遠處有一個卡通角色正在閒晃，便打算從後突然大叫嚇他一跳，看他會否發出大叔的尖叫聲。

可是，正當我走過去深呼吸準備拉開喉嚨大吼，有人一手抓住了我，他是一個穿著鬆垮連身服的清潔人員。

「幹嘛？」我嚇了一跳。

「千萬不要問穿娃娃服裡面的人是誰！」

這男人是華人，看起來五十多歲，皮膚黝黑頭髮斑白，眼神銳利，給人的感覺有點神質經。

「別抓著我！」

「因為你會後悔……」他從制服的領口內掏出掛在頸上的一個項鍊。

我定睛細看，那是一根已經乾涸，微微彎曲的斷指，用繩子將它固定後掛在頸上。我趕緊甩開那男人的手，女朋友跑了過來。

我狐疑的端詳著這個怪大叔，指著他的項鍊，「這該不會是真的吧？」

男人沒有回應，只是一邊低喃，佝僂著背，急步離開。

接下來一整天我再沒看過這名怪大叔的蹤影。

那晚在酒店我想通了，男人頸上掛著的斷指應該是樂園給予他的「背景」，為了營造故事氛圍吧！？

隔天，我和女友繼續樂園的行程，樂園實在太大了，除了主要的通道外，還有很多貫通不同遊樂設施的小徑，稍一不留神便會在樂園裡迷路。

由於是最後一天行程，必須加快腳步才能玩遍所有主題樂園，於是我們避過所有擠滿人的大街，專走小徑。然而，當我們走進一個森林主題的園區後，就迷失方向。

本來我從兩旁都是草叢的行人通道中，找到一條光禿的泥路，根據方向判斷應該能直接到達下一個園區，但是樂園地圖並沒有標示出這條道通。

當我們走了大概五分鐘，感覺有點不對勁，周圍都看不見樂園的設施，也漸漸聽不見樂園播放的音樂，不像是供遊客所行的路，走到小徑的最深處發現一間簡陋的木屋，裡面會有工作人員嗎？

「這裡很恐怖啊，我們走吧！」女友緊緊抓住我的手。

「怕什麼，不覺得很有趣嗎？」

我懷著「反正只是主題樂園沒什麼大不了」的探險心情，推開木屋的門。

門一打開，屋內的空氣迎面撲來，灰塵瞬間竄進眼裡，還嗅到濃烈的腥臭味。

我跟女友走進屋內，靠著屋外透進來的光，看見木屋內擺放著十多具卡通布偶裝靠在牆邊坐在地上，全部都非常殘舊，而且這些角色主題並不相同。

這些布偶裝有一個共通點，它們的右手食指都被染紅了……

「喂！你們在這裡幹嘛？」

突然背後傳來喝罵聲，我嚇得整個人僵住。

回頭一看，一道身影擋在門前。

是那個斷指的怪大叔！

我意識到他有可能是個殺人狂，立刻牽著女友衝過去撞開他逃跑。可是，怪大叔竟然把我的女友抓住了。

「別誤會了！我不是什麼殺人犯！你別跑去報警！」怪大叔說。

「你頸上明明掛著一隻手指！」我說。

「我把事情全都告訴你，可是，你不能告訴任何人。」

說畢，怪大叔把女友放開，她慌張跑到我的身旁。

「我是個受害者……」怪大叔伸出右手，食指不見了，斷口結成粗糙的肉疤。

我跟女友坐在樂園通道旁邊的長椅上發楞……

「現在怎麼辦？」女友問我。

「讓我先冷靜一下，然後離開這裡吧。」

女友點點頭。

下午時分，樂園裡擠滿了各式各樣的人；逃學的學生，像放牧般在遠處看著小孩到處跑的父母，感受著歡愉氣氛的情侶，還有指揮著遊客空出主要通道的工作人員。

下午的歡樂大遊行要開始了，路旁漸漸有人群聚攏起來。

剛才聽完怪大叔的斷指故事後，我根本無法以輕鬆的心情觀看歡樂大遊行，天上一點雲都沒有，只有單純的藍天和猛烈發出熾熱熱力的太陽，但我卻坐著，寒顫打個不停。

斷指的怪大叔叫李漢克，他表明自己也是受害者之一，便帶著我跟女友離開隱蔽在叢林內的木屋，在路上，他向我們將這件斷指事件娓娓道來。

「那些布偶裝為何被放在木屋內？裡面到底裝著什麼？」我問。

「裡面全部都是失蹤遊客的屍體，我一直在樂園內搜索失蹤的屍體，他們有的被懸掛在睡公主城堡內部，有的在激流過山車的河底……」

李漢克嘆了口氣，又說：「但是，十幾年了！我還是沒找到『她』……」

「差不多二十年前，我已是樂園的員工。本來打算應聘扮演王子的舞蹈員，但我是亞洲人，不能當王子，只好當布偶裝的舞蹈員，現在年紀大了，只能掃掃地，撿撿垃圾。但我不介意啊！因為我是為了她才進入樂園的，在找到她之前，我是不會離開樂園的！」

「你指的『她』……到底是誰？」我。

「她是公主！她在樂園裡扮演著睡公主！不論是樣貌還是舞姿，連言行舉止都像個活生生的公主一樣！我對她深深著迷，在樂園工作我只為了想認識她……」

「這十幾年來，你還一直在樂園裡當清潔工，就是為了找回公主的……屍體嗎？」我。

李漢克眼泛著淚光，不時四處張望，「這件事到目前為止都沒有鬧到媒體上，因為樂園老闆全力把消息全力壓下來，事發當年的手機不太流行，也沒有網路，消息更容易控制。當時，一對父母報稱他們的小孩失蹤。但樂園規定不能破壞樂園的夢幻形象，即使是警方，也要等樂園閉館後才能進去搜索。」

樂園就像一個有獨立法治的小型國家，老闆就是國王，他命令警察一定要在第二天樂園開始營業前離開，每晚關閉樂園後才能再次進入。

然而，樂園面積實在太大，根本是大海撈針，小孩失蹤已經超過一星期，別說抓兇手了，線索也只得到樂園的防盜監視器拍到的影片。

影片中，看見一個穿著布偶裝的人，不知從哪裡走出來，大搖大擺的在道路上走著，不時擺出可愛的姿勢向遊客招手。

突然，一名小孩蹦跳跳走過去，從背後拍打那個布偶，那布偶彎身向小孩說了幾句，就牽著他離開了。

「於是，所有扮演布偶的員工，輪流接受警方盤問，我也被帶去盤問，所以知道這件事。可是，盤問很快就結束了，並證實兇手不是樂園的員工。」

因為其中一樣證物，是一本屬於小孩的筆記簿，簿子上有一個簽名，是那布偶卡通角色的簽名。可是，那名字拼錯了！應該是兇手胡亂拼寫的，但是兇手穿著布偶裝，沒有留下指紋。

「樂園規定，扮演卡通角色的員工，必須熟悉該角色的性格、小動作，還有角色的簽名！到現在為止，你也可以拿出紙和筆，向樂園內任何卡通角色索取簽名的。」

「也可能故意寫錯吧？」我問。

「另外還有一點，因為布偶裝的員工都不能在客人面前公開脫下服裝，所以為避免員工身體不適求救無援，一定會有其他員工在旁邊陪同，而在那段影片中，那兇手則是自己一個……」

「……那個小孩最後怎樣？」

「找不回來了，老闆給了一大筆錢，要那對父母簽署協議書，不能將這件事宣揚開去。那小孩在失蹤八年後，被我在樂園旁邊的度假村找到了，如今放在木屋內。」

當時，終於在事發十天後，警方抓到了一個疑犯。負責替旅客拍照的工作人員，警方在他的儲物櫃找到大量小孩上廁所時的照片，還有公主在更衣室內更衣的照片……

警察鎖定了他就是犯人，將他帶回警局查問。

「那天我還打算將這件事告訴公主，讓她以後小心點，說不定這是個認識她的好機會。然而，那天公主失蹤了，晚上巡邏時我發現睡睡公主換了另一個員工。是生病了所以沒上班吧？我心裡一直有種不祥的預感。就在我下班時，在儲物櫃內收到一個染血的信封，裡面裝著一隻女性的手指……是公主的手指！」

「如果照你所說，公主遇害，那就表示那攝影師不是兇手囉？」我說。

「沒錯，警察只控告攝影師偷拍的罪，保釋後，就離職了。」

說到這裡，李漢克竟哭了起來，他緊抿著唇，淚珠從飽歷歲月痕跡的臉上滑落。他深呼吸一口氣，用力抹走淚水，繼續說：

「當我收到裝著女性斷指的信封，就立刻想到是公主遇害了，因為她上班從未缺席過，還有那手指指甲塗了一層粉紅色的指甲油，這是公主最喜歡的顏色。

「還有還有，不管是表演前或下班後，公主穿日常的衣服也會打扮得漂漂亮亮，就算大家表演後累得像狗一樣，公主還是一臉容光煥發，頭髮也沒有一絲零亂，頂多只是鬢角被汗水沾濕而已。

「我立即將公主的斷指交給警察，但是……他們竟然不受理！警方說失蹤的孩子已經返回家裡，只是在樂園迷路而已，一切都是誤會……

「我多麼希望這是誤會啊！但在那晚之後，公主再也沒有上班了！她很明顯就是失蹤！我深深氣忿，拿著斷指向高層報告，但他們說公主她並不是失蹤，只是在表演時扭傷腳，所以辭了工作休息……」

「你可以打電話找她吧？」我問。

「我……我……」李漢克突然語塞，「我還未找到機會跟她交談，每次遊行表演，我只是在布偶裝仰望著她站在遊行車上轉動身體，裙子隨轉動而微微飄揚起來，與背景的城堡合為一體。」他肯定的說：「我可以確定，兇手一定把她殺了，將屍體藏在樂園的某個地方！老闆為了保住樂園聲譽才跟警方串通，而我只是個清潔工，只能眼睜睜看著更多遊客失蹤，好幾年後，在樂園裡找到他們的屍體！」

此時，我們已經返回園區了，眼前能看到遊客熙來攘往，也能聽到過雲霄飛車運作時的機械聲混雜著遊客尖叫。

「我還有工作……要回去了……」李漢克彷彿害怕看到人群般瑟縮著身子。

「等等！你說過，你也是受害者……？」

李漢克眼睛畏懼的左右掃視，「沒有警察的幫助，只能靠自己找出兇手，於是我每晚都在存放布偶的倉庫守候。有一次，我在巡邏著倉庫時遇見時，聽見有金屬拖行著地面的聲音……

「『鏗鏗……』『鏗鏗……』『誰！誰在這裡！』我拿著電筒在漆黑一片的倉庫內胡亂照射，一邊大吼著壯膽。

「但我根本找不著他，只能聽見金屬被拖行的聲音慢慢向我逼近。最後，兇手從彎角轉出來，站在我前方不遠處。

「他穿著米奇奇布偶裝，單手揣著長手柄的鐵鎚……

「突然！他全速向我直奔過來！

「『鏗鏗鏗鏗鏗鏗鏗鏗鏗！』我還來不及走避，兇手用鐵鎚砸中我的頭，半昏迷的我被兇手斬下手指，當時我告訴自己，我不能死，找到公主的屍體前，我絕不能死。

「於是我用盡最後一口氣，爬起來跟兇手纏打起來，幸好我扮演過所有角色的舞蹈員，所以知道這些布偶最脆弱的地方——就是布偶的頭套和鞋子。

「樂園的頭套跟外面的布偶裝不一樣，遊客永遠不會見過布偶調整厚重的頭套，因為它的內部構造非常堅固，有頭巾防止汗水滴進眼睛，也像安全帽一樣牢牢扣著工作人員的頭部和下巴，就算頭套歪了，員工也只會做出害羞的遮臉動作，在不被察覺之下調整。

「我先踹向兇手的腳，他一下子失去平衡差點跌倒在地，我再全力打向他的頭套，在裡面的人頭顱會跟著大幅搖晃，頸椎會受到嚴重傷害。

「兇手受了重擊後逃跑，但我負著傷無法追上去。隔天早上，我帶其他人來倉庫，證明兇手仍然藏在樂園內犯案，可是……打鬥的痕跡、地上的血、兇手遺下的鐵鎚……統統都消失了！

「我無法解釋眼前的一切，老闆竟認為我是個有被害妄想症的瘋子，想解雇我，以後不讓我踏足樂園半步。

「我為了找回公主，只好向老闆求情，讓我做打掃樂園的最簡單工作……」

「原來是這樣……」我說。

李漢克口中的老闆，就是所謂的功利主義吧！？

給受害者親人的封口費、賄賂警方的費用，萬一鬧上法庭，用作打官司的律師費，所有費用加起來……

也遠遠不及樂園發生兒童兇殺案之後，所帶來營業額與樂園聲譽的損失。作為一個老闆，會怎樣選擇呢？

當我回過神來，李漢克已經離開了。我跟女友坐在長椅上，我一直打寒顫，女友也愣著茫然看著前方。

遊行快開始了，通道兩旁聚滿人群，燈柱上的擴音機播放著歡樂的音樂。

工作人員亦為遊行作最後準備，指揮人群，叫賣小食和氣球，撿走遊行路上的垃圾。

「先生，要看遊行嗎？坐這個位置會被擋著視線，可以在那邊站著喔。」一名工作人員走前來有禮的用英語詢問。

他手拿著夾垃圾的鉗子……

「咦！？」我皺起眉頭。

「先生，怎麼了？」

「你……的制服……跟李漢克的不一樣……？」

「啥？」工作人員歪著頭露出微笑。

「你認識……一個清潔工人李漢克嗎？」

「先生，你說誰？」

「李漢克，亞洲人，皮膚黑黑的，五十多歲，斷指……」

也許是見我的臉色有點難看，工作人員用召來了一名看起來位階較高級的服務人員來，我再一次問關於李漢克的事，以及他穿著的制服跟其他人不一樣。

「先生抱歉，我們沒有亞洲籍的清潔人員啊。」

「不會吧……！？」

驀地，音樂聲變大，遊行隊伍的花車緩緩的從遠處駛近……

「我還有工作……要回去了……」剛才，李漢克說了這樣的話，他急著離開。

我放眼望去，遊行隊伍整齊在路上表演，所有遊客都注視著，布偶站在花車上向遊客們揮手。

我注意到，所有布偶，都只有四隻手指……

李漢克，也是一樣……

色彩繽紛的遊行花車載著布偶和公主，配合著動畫的主題曲翩翩起舞。

遊客凝神注視，小孩蹦蹦跳的向布偶揮手，現場瀰漫著一片歡樂氣氛。

然而，當我想到綁架遊客的兇手很有可能就在遊行隊伍當中，在布偶裝內，透過視孔尋找獵物。尋找的獵物準則是什麼呢？

容易上當的小孩？落單的人？還是如李漢克所言，問布偶內的人是誰的遊客呢？

還是……真正的兇手，就是李漢克！？

說起來，李漢克所說的本來就疑點重重，若然兇手只是個無差別的殺人狂，為何會特地做出寄送公主斷指這種挑釁行為？

兇手穿著布偶裝孤形單影在樂園遊走，應該會惹來工作人員的注意吧！？就算避過工作人員的耳目，遊客看見落單的布偶在一旁閒憩，只會一股勁衝上去要求合照吧！？

想到這裡，我就無法冷靜下來，工作人員看我臉色鐵青，便帶我到會客室，一個穿著黑色西裝的樂園高層還安排翻譯與我會面。他是客戶服務部的主管，臉上掛著親切的笑容，眼睛瞇成一線。

我將遇見李漢克所發生的事從頭到尾講一次，主管靜靜聽著，不時點頭，上勾的嘴角從沒鬆懈下來。

「先生……」主管十指交叉交疊，幽幽的說：「你所說的，是我們樂園多年前萬聖節的一個主題啊。」

「啥？」我全身一震。

「大約在幾年前吧，網路有網民發現所有樂園角色都只有四隻手指，所以在那年的萬聖節，樂園就決定跟大家開個玩笑，其中一間鬼屋建在叢林區，鬼屋主題是角色們在叢林遇上專吃手指的食人族，希望遊客進入鬼屋把角色們救出來！而『浩克先生』……便是的食人族族長。他的外表、衣著……跟先生你形容的一模一樣啊！」

「浩克!?漢克？」

「看吧！我們還特地找到工業受傷的演員，他真的只有四隻手指呢，哈哈哈！」主管看我一頭霧水，便在辦公室的書櫃上，找到了當年的樂園記錄，照片上有一個衣著跟李漢克一模一樣的男人，裝模作樣，擺出嚇人姿勢。

「但、但是……這是我第一次來這裡，根本沒可能知道你們有這個主題的鬼屋啊！」

「有可能是你發現木屋內的布偶受驚過度而幻想出來的吧!?當年我們這間鬼屋也嚇倒了不少遊客，很多人都哭著逃出來呢。所以隔年我們就換成其他主題了。」主管聳聳背。

「怎麼可能是我幻想出來？你們把我當瘋子嗎？」

「先生請你不要誤會，我沒有把你當瘋子的意思。只是……人類的大腦當受到驚嚇，便會創造一些令眼前事物合理化的虛構記憶，至於為什麼你會幻想出一個跟浩克先生一樣的李漢克，大概可能是你之前在網路上看過我們有關鬼屋的報導吧!?」

「算了，走吧……」女朋友拉著我的手臂。

「不可能！我看過怎會不記得啊？」我極力否認。

「先生，我們別再為幻想出來的事而爭論了，照片你看過了，木屋內的布偶也沒有你所說的屍體。當然，樂園對你誤闖禁區受驚的事感到非常抱歉，我們會送你紀念品和全年通行證作為補償，請你見諒。」

「這樣好了！我帶你們去找他！那個李漢克！這就證明我不是妄想症吧！?」我只想弄清事情的真相，我剛剛很有可能揭發了一宗連環殺人案，找到藏屍地方，清楚兇手的行兇手法，看清了兇手的真面目，還與他共處了一段時間啊！

於是在我的堅持下，硬拉著工作人員和主管回到叢林園區，循著那條暗徑一直走。

「不如……算了吧？」途中，女朋友輕聲在我耳邊說。

「不行！兇手在樂園，怎麼可以算數？」

「我不是怕兇手啦……」女友瞟一眼身後的工作人員。

終於找到那間小木屋，我指著它說：「裡面就藏著很多李漢克找到的屍體，根本不是什麼主題鬼屋，不信你打開來看看！」

主管一臉嫌惡，用手帕捂住鼻子，給了工作人員一個眼色，幾個工作人員點一點頭，上前把門打開。

他們看到一個左右肩膀都各挺著一具布偶，正打算奮力搬運布偶的男人……李漢克。

「就是他！他把屍體藏在這裡！他是個殺人犯！」我指向他大叫。

工作人員大嚇一跳，李漢克見狀立即丟下屍體逃跑，可惜他年事已高，跑到木屋前，工作人員便將他絆倒了，幾個人合力將他壓在地上。

「我沒說謊吧!?他真的只有四隻手指！」我說。

主管站得老遠，彷彿李漢克身上有感染病毒一樣，一直用手帕捂住嘴鼻，皺眉看著李漢克。

由於樂園規定，警察不能在樂園營業時間進入，他們將李漢克抓到其中一個員工休息室，等待樂園關門後警察到來。

「你們會將李漢克怎樣？」我問。

「當然是交給警方吧！」

「不需要查清楚嗎？聽說樂園內還有其他失蹤者……」

「這方面不需要勞煩先生你操心。」

說畢，主管便命令工作人員請我跟女友離開，還一直「護送」到我們離開樂園為止。

當我們到達樂園出口，已有工作人員提著我們在酒店的行李在樂園外等候。此外，主管亦為這件事對我作出深深致歉，希望我不要將事情暴露出去，以免影響樂園的聲譽。主管特地附送了大量精緻的紀念品給我們，還有全球通用的全年入場通行證。

「歡迎先生隨時帶朋友再來喔。」工作人員笑著向我們揮手。

「…………」

沒想到，離開樂園後，竟然還有專車送我們到機場，還有工作人員看著我們辦理離境手續，一整個「別想找警察，也不要再回來了。」的意味。

返回香港後，我將樂園送給我的禮品全部轉贈給別人。那張全球通用的全年入場通行證，一次也沒有用過。

我上網查過有關主管所說的主題鬼屋，但一無所獲，更找不到他給我看的照片。

此時，我終於明白女朋友說的「不是怕兇手……」是什麼意思了。

兇手到底是誰？李漢克？還是根本就如主管所說，只是我的幻覺呢？

對，有殺人犯藏在樂園內不斷殺人是很可怕。

但更可怕的是，樂園為了營業額和聲譽，對殺人犯放任不管，更硬編一個故事來處理我這種人……

本來我以為，故事會就樣完結，怎料在某個早上，我收到了一個從美國寄來的包裹。

我把它拆開……

裡面有一隻綁著繩子，已經枯乾的手指。

這是李漢克掛在頸上，公主的手指吧!?

此外，包裹還有一個保鮮袋，裡面裝著一隻手掌。

這隻手掌只得四隻手指！

李漢克死了……

被真正的兇手殺死了！

我竟為了一時之氣，誤會了李漢克是殺人兇手，害他被抓進警察局……

「等等……」

又或者，他根本沒有被送進警察局……就被真正的兇手殺死了！

兇手也不用擔心會被抓，樂園反而鬆了一口氣，因為李漢死被殺死了，樂園的聲譽就保住了，對樂園來說，還要感謝那兇手在最後關頭殺死李漢克呢！

我必須再次說明，這不是故事！這是個警告！

為了你的安全，千萬不要問卡通布偶裝裡的人是誰！

因為他可能就在某個樂園，正搭著你的肩膀跟你合照……

就算你不幸遇害，樂園不會幫你抓出兇手，只會將你當成一個「主題故事」來遮掩事實。

大家又是否想過，現實中那些成功破案的連環殺人犯，亦有可能像樂園一樣，編造一個「故事」，塑造一個「兇手」，令大家覺得這個社會很安全呢？

歡樂背後到底隱藏著多少不可告人的祕密？

可愛的布偶裝底下，又以什麼表情跟你合照呢？

眼見的真相，未必全然是真實的全部。

死亡的擬聲詞

「媽，我回來了。」我把鞋子隨意放在玄關。

「喔，鞋櫃上有你的信，不知是誰寄來的。」

母親在廚房裡放聲叫道，廚房的熱氣搞得客廳像蒸籠一樣。我把冷氣開到最大，將上班的衣服換掉。

正當我想動身去鞋櫃上拿信時，母親把熱騰騰的飯菜拿出來，我便一屁股坐在飯桌椅上，打消了拿信的念頭。

「今天不用加班嗎？」媽把一塊肉挾到我的碗裡。

「不用。」

「今天星期五，怎麼不約朋友去玩啊？」

「我只想吃完飯就立即睡覺……」

「喂，小達……」媽湊向我，「你怎麼不交個女朋友，然後趕快搬走？」

「媽！妳怎麼可以把兒子趕走啊！？」我失笑。

「每天煮飯很累咧！」

「我就是要賴在這裡，直到妳死為止！哈哈哈！」

「不孝子！」媽笑著又把菜塞進我碗裡。

我叫劉曉達，父母在我小時候就離了婚，我怕母親一個人在家會悶，所以一直沒有到外面找房子。

別說女朋友了，我連深交的朋友一個也沒有。也許是性格所致，我害怕被拋棄，或被背叛的感覺。

就像小時候，爸媽兩人表面看起來感情很好，吵鬧時卻毫不留情，父親把母親罵得哭跪在地上，然後奪門而出的畫面，我至今仍記憶猶新。

我受不了那些面向你時展露微笑，背後卻滿腦袋想盡辦法陷害你的人，尤其在工作場上，幾乎所有笑容、打招呼、問候、誇獎、同情……全都是虛假的。

不想成為是非中的主角，只好加入小圈子說別人是非。

也許這就是人類群體的生存之道吧。

於是，我只好關上與人交流的大門。聚會時一直盯著手機螢幕，避免與其他人有視線接觸。遇上要交談的時候，一開口就想辦法終止對話。

我不討厭人，我只是害怕人。

遠離人，就不會被傷害。

晚飯過後，我順手把信拿回房間。當我端詳著信封，便知道為何母親會特別說這封信不知是誰寄來的。

因為信封上沒有寫上我的地址，也沒有貼郵票，只有寫上我的名字——

劉曉達 收

也就是說，寄件人是親手把信放進去我家的郵箱吧!?

為什麼他要這樣做呢？

我把信封拆開，裡面有兩張不對邊角對摺的紙。

其中一張，是一張普通的白紙，上面寫著：「我在精神病院，救我！」。

是惡作劇吧!?

正當我這樣想時，我打開另一張紙，上面的筆跡有點眼熟，再仔細看了一眼不禁皺起眉頭，心跳像要撐破胸膛般怦怦怦跳動著。

那是……

我在小學時寫給同學的紀念冊！

姓名：劉曉達

姓別：雙性人

國籍：火星

血型：畸型

歲數：１００００

夢想：變成超級撒亞人打爆老師

看著胡亂填寫的資料，回憶立即從腦海深處湧現，幾乎所有同學都會在小學畢業時，帶上一本紀念冊讓同學填寫，希望畢業後還能當好友。

然而，這本紀念冊在升上中學後，就從來沒有翻開過，漸漸的，每天黏在一起的同學，輪廓開始模糊起來。

直到升上高中、大學、畢業……

腦海中的那班小學同學，年紀永遠停留在小學了。

寄這封信給我的人到底是誰呢？

在我的記憶中，我幾乎幫全班同學寫過紀念冊，每一個內容都大同小異，根本不記得這是替誰寫的。

我翻到背面，最下面的「留言板」寫著：四人一體，天下無敵！

「啊！」我幾乎大叫了出來，然後在床底下找出那本鋪滿灰塵的紀念冊。

我快速翻頁，掃視著每個同學的名字，一直翻到一頁字體很可愛，幾乎全張寫滿了字的頁面停下來——

鄭潔倪。

她是唯一我在畢業後仍有聯絡的同學，一直到大學畢業，我們的關係也非常緊密。直至有一次，發生了一些事……

我就沒有再聯絡她了，相隔多年，她的手機號碼我馬上就能背出來，我按下電話時心裡甚至有點高興，終於找到個打電話給她的藉口了。

「喂，是潔倪嗎？」

「咦？阿達，有事嗎？」

沒想到她會一下子認出我的聲音，腦海本來想說的詞，一下子被突如其來的風吹散了。

「啊……對！找妳是想問一下，妳有收到信嗎？」說畢，我才意識到這樣問應該會相當奇怪吧！？

「哈！果然是你寄來的！」潔倪音調突然變大。

「咦？別誤會，我沒有寄信給妳啊。」

劇情以我想像不到的方向展開，潔倪的意思是，她也收到同樣的信，更誤會是我寄給她。

所以她才會一下子認出打電話來的人是我嗎……

真有點失望呢。

「不是你的話，會是誰呢？」潔倪問。

「妳也收到一張小學時妳自己寫的紀念冊吧？」我說。

「嗯！但我已記不起這張是幫誰寫的了。」

「妳忘了嗎？妳給我的紀念冊，上面幾乎被字占滿了！妳手上的怎麼可能是我寄給妳呢？」

「我記起來了，哈哈，現在回想起來真羞人呢。因為信裡還有另一張紙，所以我才誤會是你寄給我的。」

「那張紙寫了什麼？」

「字寫得歪歪斜斜的，有點心寒，上面寫著『你知道死亡的擬聲詞嗎』……」

死亡的擬聲詞……？

難怪潔倪會以為是我把這封信寄給她！

因為死亡的擬聲詞，是我在小學時發明出來的。

電話中，我跟潔倪彼此沉默了半晌。

只聽見電話另一邊發出電話磨擦衣服或頭髮的聲音，然後她先開口。

「算了，不是你寄來的話，就當成惡作劇吧。」

「呃……」我對她的反應有些錯愕。

「那麼，下次有機會見面再聊吧！」潔倪說。

「好，有機會的。」

「拜拜。」

「再見……」

她只是在說客套說話吧？跟老朋友敘舊，總是以這句話作結尾。

「下次再見吧！」「下星期唷！」「下次試試旁邊的火鍋店！」回家後，共聚時的愉悅感退散，又沒有興致多見一次了。

我把電話丟到床上，回憶剛才跟潔倪的對話。她的聲音跟以前一樣，很爽朗，也很可愛。

我低頭看著手上的求救信，真的要把它當成惡作劇嗎？

感覺只要放開手，把這封信擱置在任何地方，隔天醒來我便會將這件事忘記得一乾二淨，也沒有閒暇去關心是誰發出求救訊息了……

人們只要撇開視線，就會變得冷漠無情。

很大機會是惡作劇！這個年代還寫什麼信？怎會有人找小學同學求救呢？

理智的想法在腦海中占上風。

然而，當我瞥見紀念冊上自己寫的「四人一體，天下無敵」，便不期然拿起電話，重撥了剛才的號碼。

「喂，阿達？」

「是！這個星期六有空嗎？我想約妳見面。」我頓了一下，覺得這樣說有點唐突，「是關於求救信的事，安全起見我想跟妳聊一下，畢竟這個人知道我們的住址。」

「好……那星期六見。」潔倪說。

熾熱的太陽無情的透過窗戶照進「德正小學」6E 班的教室內。

因為幾秒前發生的狀況，所有學生都幾乎張大了嘴，卻說不出一句話來。

天花板的風扇散發著敷衍程度的微風，劉曉達臉上的汗珠一滴一滴從額上滑落。

正在授課的老師王 Sir 也好不到哪裡，他遇到了教學生涯中最難解答的難題。

就在幾秒前，王 Sir 正在教「擬聲詞」；包括動物的吼叫聲，物件撞擊時所發出的聲音，不管是生物還是死物，都有它所屬的擬聲詞。

此時，劉曉達舉起手。王 Sir 點頭示意他可以站起來發問。

「老師，那請問死亡的擬聲詞是什麼？」

「…………」

擬聲詞也可解作一個動態所發出的聲響，當生物死亡的一刻，會有擬聲詞嗎？

王 Sir 皺起了眉頭。

並不是找藉口，但他不是為了如何解釋這個問題才皺起眉頭。

他真正擔心的，是為何眼前這個小學生，會思考到這個問題。

思考源自生活經驗，如果喜歡吃薯片，會想起咀嚼的擬聲詞；如喜歡跑車，會想起引擎的咆哮聲。

王 Sir 凝視著劉曉達，他的表情和眼神，不像是玩開笑或刁難老師。

王 Sir 正思考著如何解決眼前的狀況。若然被其他老師聽見這個問題，一定會斥責劉曉達，或對他的問題敷衍了事吧。

因為萬一認真的解釋這敏感話題，學生們回家後跟父母提起，以現在父母的作風，一定會打電話來學校投訴：「你們學校的老師，為什麼要教學生這種東西？」

多一事不如少一事，這或許是最佳的解決辦法。

然而王 Sir 又再深一層想，劉曉達將這個問題拋給自己，要是硬著頭皮進一步去瞭解的話，或者可以幫助到這位學生往後的人生。

就在他猶豫不決的時候，房室內突然響起了「噗哧」的笑聲。

「我希望死亡的擬聲詞是笑聲啊！」名叫阿信的同學，在教室裡大叫出來，其他同學也跟著大笑。

危機化解了……

王 Sir 鬆了一口氣，放學後，王 Sir 特地找劉曉達，瞭解他的生活狀況。

原來，他的父母離婚了。

在離婚前最後的戰役，對話內容他聽得一清二楚。

他才覺悟到，原來那次全家去旅行，只有他一個人感到快樂。

原來，一家人吃晚飯，只有他一個人感到幸福。

原來，家庭的經濟狀況，根本不容許他撒嬌要買玩具。

原來……

父母感情一直都不好，全因為劉曉達年紀還小，他們才一直堅持著沒有離婚。

劉曉達覺得，肩膀上突然沉重起來，彷彿父母把責任都推卸在他身上。「要是我不存在，父母會比較開心嗎？」

所以，劉曉達想要自殺。

到底一個小學生要面對多大的壓力，才會想到以死亡解決問題？

星期六，今天是我跟潔倪約好要見面的日子，在車上不期然回想起小學發生過的事。那時幸得老師的安慰，我才打消了自殺的念頭。

我提早十分鐘到達會面的地點，這裡是一間較僻靜的咖啡店。找了個愜意的位置坐下來後，我點了杯咖啡，真有約會的氣氛呢！

我萌生起這個念頭，心跳不期然的加速。算起來跟潔倪已經有幾年沒見面了，不知她變成什麼樣子呢？有沒有結交新的男朋友？

「嗨！阿達！」我低頭看著咖啡，突然被背後傳來的聲音嚇了一跳。

我回過頭，看見潔倪邊走過來邊向我揮手。

而她身後還跟著一個人……

「肥宅」潔倪介紹說。

「肥宅！？你幹嘛在這裡？」

「嘿嘿，你以為我會讓你跟潔倪單獨約會嗎？」

從小學畢業後我就沒見過肥宅，人如其名，他是個大胖子，也很宅，曾經把自製的魔法書偷偷放進學校圖書館。他胖得連擦黑板也會喘氣。

但如今竟換上一身結實的肌肉，儘管穿著上衣也能清楚看見肌肉的起伏。

「前幾天你找我之後，肥宅也有找我，他也一樣收到紀念冊，還有紙條。」

潔倪今天擦了香水，跟我腦海中的她相距不遠。

我望向肥宅，他以銳利的眼神回敬，彷彿在說「我知道你約潔倪想幹什麼」。

我們三人，分別把收到的信封拿出來。果然，根據樣式，三個都來自同一本紀念冊。

「看吧，四位一體，天下無敵！」我指一指在紀念冊上寫下的留言，「如果我們三個都收到類似的東西，那麼……寄這封信給我們的人，就是阿信！」

「他到底在哪？」潔倪問。

「我收到這樣的訊息。」我說。

「我在精神病院，救我……？」肥宅唸出來。

「對了！潔倪收到的是『你知道死亡的擬聲詞嗎』，那你呢？」我問肥宅。

「我收到這個……」肥宅拿出信封內的另一張紙三張併起來，上面分別寫著：「我被外星人解剖，救我！」、「我在精神病院，救我！」、「你知道死亡的擬聲詞嗎」。

「『我被外星人解剖，救我！』三個訊息有聯繫嗎？阿信寄給我們到底有何目的？」肥宅突然拋出這個問題，忍不住又問：「喂，我們真的要救他嗎？」

「你在說什麼？」

「我們……只是小學同學吧!?畢業後也幾乎沒見過面，我們都只是彼此生命中的過客吧？又或者……這個只是阿信的惡作劇也說不定。」

「喂！你怎麼可以說這種話啊？」潔倪生氣了。

「我說的是事實……」

「肥宅說得對，這張白紙，只要輕力一捏，就變成廢紙了，我們可以當什麼事都沒發生過……」

「……」潔倪的眼神開始退縮了。

「但是，我們四個人的回憶，真的可以當沒發生過嗎？」我低著頭，緊盯著咖啡說道。

突然，我瞥見一雙穿著黑色皮鞋的腳站在我們旁邊。

抬起頭一看，是兩個體型魁梧，比起肥宅更大一碼的男人。

「你們認識阿信嗎？」其中眼神像鷹一樣盯死獵物的男人說道。

外星人？精神病院醫生！？這兩個關鍵字竄入我腦中。

人生最累，就是得到別人的認同。

在這個用排斥別人，來證明自己的社會。

我可以像阿信那樣坦承面對不完美的自己嗎？

在我畢業後出來找工作，偶爾也會想起他，每當我察覺到自己又被圈子裡的人拒諸門外，成為壞話中的主角，我就會想起阿信搔搔頭，展露笑容的模樣。

這種人在社會，肯定生存不了……

阿信是個很容易融入圈子的人。

他個子比同年孩子矮小瘦削，穿著泛黃的白色校服，鬆垮的長褲明顯是用成年人的長褲修剪而成的，腰圍也不合適，勉強用皮帶束緊。

遇到同學取笑他的衣著殘舊，是個窮光蛋。阿信只會展露出真摯的笑容說：「對啊！這褲子是我爺爺給我的！」

運動課時，阿信只能坐在一角，因為他沒有錢買運動服，但他仍會為同學們吶喊打氣，完全不覺得羞愧。

後來老師覺得這樣不太好，便向學校借了一套舊的運動服給阿信。他也沒隱瞞這件事，還開心的向大家展示自己得到的運動服。

他與我、肥宅、潔倪成為了學校中最好的好友。

還記得有一次，我們四個在學校後山找到個以木板建搭而成的雜物室，它已荒廢多年，經過無數風吹雨打，發散出嗆鼻的霉味。

但對於仍是小學生的我們來說，它無疑是一個寶藏。

「這裡！就是我們的祕密基地！」不知是誰開口，但我們四人毫無異議。

幾乎每天放學，我們都會到祕密基地集合，裡面有體育課用的軟墊，還有已洩氣的足球和籃球，我從家裡帶來充氣筒，用跨欄的木欄作為龍門，以大樹的「丫」形樹幹作為籃球架，每天都玩得不亦樂乎。

但是，某天我們被老師跟蹤並發現了……

為安全起見，祕密基地被迫拆卸，我們四人也重重的捱了一頓罵。

看著木板一塊一塊被拆下來，我們哭著起誓，永遠不會忘記這個屬於我們的小小基地。

那時候被老師發現，與現在被兩個陌生男人問及阿信的事情的心情，一模一樣……

「你們，是阿信的朋友吧！?」凶神惡煞的男人重覆問。

我全身僵硬，不知該如何作答。

「大叔，我們不認識你！」肥宅站起來，繃緊全身的肌肉，還擺出拳擊手的姿勢示威。

「坐下。」然而，男人無動於衷，一手將肥宅壓下，強使他坐回在椅子上。男人的巨掌緊緊抓住肥宅的肩膀，肥宅剛才的氣焰全消。

「快點告訴我，阿信在哪？」另一個男人戴著墨鏡，瘦削得凹陷的臉頰，一看就知不是好人。

「我們不知道他在哪……」我從喉嚨擠出聲音。

「這是他寄給你們的吧？」男人拿起放在桌上，阿信寄給我們的信。

「放手！這是我的東西！要是你不離開，我就要大叫非禮！」潔倪嗆聲。

惡男與墨鏡男相視而笑，惡男放開了肥宅，似是要向我們解釋來龍去脈。

「竟在我們看管下逃出去，還搞這種把戲，還真是第一次遇到……」惡男把信丟回桌上「儘管報警吧，警察也不會幫你。我們必須馬上帶阿信回去，否則後果會很嚴重。」

眼前的狀況，再加上阿信留下的求救紙條綜合起來。阿信大概是做了什麼，才被迫抓進「精神病院」，以「解剖」作為「死亡」威脅，但阿信僥倖逃出來，在沒辦法之下向我們求救。

我瞥見桌上自己寫給阿信的紀念冊，上面其中一欄「你最討厭的人」，當年我寫的是「貪生怕死的人……」

然而，不論在社交、工作以及我的人生……

都因為害怕受到傷害，在重要關頭，總是逃之夭夭。

不知何時……，我竟變成了自己最討厭的人。

以前那個即使擦破膝蓋，流淌著血還拚命跑的我，到底去哪了？

「疾風刺拳！」

肥宅突然一聲大吼，我嚇得回過神來。

我還以為自己看錯，肥宅竟突然使出一記刺拳，朝惡男的下巴重重揍過去。

不止是我，連潔倪也呆住了。

「快跑！」肥宅把墨鏡男推開，卯足勁向咖啡店門口跑出去。

「妳先走！我會跟上來！」我收起桌上的紀念冊與紙條，要潔倪先跑出店外。

到底要逃去哪？我們根本沒有餘力去思考，眼前有路就跑吧，哪怕是跑到窮巷，也要使勁的跨過去。

不知怎的，我看著肥宅與潔倪的背影，嘴角竟不自禁向上彎起來。

到底，我多久沒有真誠展露過這種表情呢？

「砰！」

一聲巨響，在前方的肥宅跑到一個路口，突然往旁邊飛彈開去，隨即而來一陣刺耳的煞車聲響起，我與潔倪立即停下腳步。

肥宅被車撞倒了。

我們跑上前，只見肥宅坐在地上，手臂和腳都滿是擦傷的痕跡。肥宅緊皺著眉頭站起來，走向那輛緊急煞車的車前，用力拍打車前蓋，看來他並無大礙……

「出來！我是警察！我現在要用你的車！」肥宅怒吼。

肥宅在見面時說他現在是健身教練，根本不是警察，看來他已經失去理智了。

「對不起，我沒想到會有人突然衝出來……」車上的人慌忙打開門下車，探出來的身影感覺有點熟悉。

「咦!?王 Sir!?」我驚叫。

肥宅也瞪大了眼睛，王 Sir 掃視著我們三人。

「你們三個在這裡幹嘛？」王 Sir 問。

「我們……在找阿信啊！」我只好實話實說。

「阿信？」王 Sir 返回車內，像在尋找著什麼東西，然後向我們展示了一張白紙，「你們也收到這東西嗎？我剛想去報警呢！」

白紙上寫了：「**謝謝你的運動服，我被綁架了，請帶二十萬來救我！**」

我、肥宅、潔倪、王 Sir……

只屬於小學時期交會的四人再次相遇。

到底一切都是阿信的計畫？

還是命運的安排？

我想……

我們都陷入了一件非常複雜的事件裡。

曾經，我們都活在同一個圈子裡，純真的以為這種關係會維持一輩子。

然而，各人被時間洪流沖散，生活迫使我們必須向前看，而不是懷緬過去。

成長總讓我們明白到一件事，任何人都是你生命中的過客，彷如恰巧坐上同一班列車，卻前往不同的終點站。每當你察覺到身邊的人已經下車，往列車窗外一看，然而列車已經啟動，那人正以看不清的速度從你的視線中消失。你無法下車，就算在下一站返回，也找不著那個人。而你決定下車，列車上的乘客又成為了你的過客……

昨天我們四人還是陌路人，各自各生活，互不相干。

今天，卻被捲入一件離奇事件，在這種情況下重逢，我們四人都楞在原地。

「肥宅，你沒事吧？不如我們先去醫院吧。」我問。

「死不了，沒事。」肥宅在舔手臂上的傷口，在人面前逞強這作風，多年來一點也沒變。

「對了，你們為何跑這麼急？」王 Sir 問。

「啊！」我、潔倪和肥宅同時間醒起自己正被兩個神祕男人追趕，於是我跟王 Sir 說：「老師，我們可以先上車嗎？我再跟你解釋。」

「當然可以。」

我們上了王 Sir 的車子，王 Sir 快速駛離現場。途中我們將發生的事跟王 Sir 解釋。

「明白了，所以我們還是要先報案吧？」王 Sir 頓了一下，望著我寫的訊息紙條，「精神病院、擬聲詞、外星人……這種證據，恐怕警察只會當成惡作劇……」

「如果剛才兩個男人是來找阿信的話，就證明阿信沒有被抓住，而是一邊逃亡，一邊向我們留下求救訊號。」我說。

「但我們該從哪裡找他啊？」潔倪問。

此時，王 Sir 從駕駛座上方的倒後鏡望向我們，說：「對了，曉達、潔倪，你們兩個在一起了嗎？」

突如其來的問題，使我耳朵發燙，不知該作何反應……

小學畢業後，率先脫離四人組的是阿信。

他去哪了？沒人知道，他沒有在紀念冊上留下他的住址和聯絡電話，聽說，那是因為他一直寄宿在親戚家。

劉曉達不知道哪看到一對青梅竹馬的好友結婚的劇集，小學畢業後偷偷翻開紀念冊，打電話到潔倪的家，隨便找個藉口跟她聊天，約她出來。

這種朋友關係一直維持到大學畢業，沒有疏遠，但也沒有更進一步。

很多男孩都試過，將心愛的女孩當成自己的夢想。

劉曉達畢業後根本沒想過要幹什麼，為免父母擔心，只好隨意找份工作。

那一年，手機仍未普及，網際網路剛興起。

大家都沉醉在這個虛擬世界裡，網吧（網咖）開得比便利店還要多。

那一年，劉曉達找到了他人生第一份夢想的工作，就是在網吧裡當服務員；並不是因為他很喜歡電腦，而是潔倪也在同一家位於商業大廈三樓的網吧裡工作，這絕對是個大好機會。

可是，劉曉達細水長流的愛情觀，在年輕人的世界似乎並不管用。

他工作的地方有一位常客，是位魔術師。偶爾會在網吧內表演，其他同事和客人都將他團團圍住……

「魔術這種東西，騙小孩子倒可以……」那時的劉曉達已養成了遠離群體的習慣，他站在魔術表演的人群外圍，獨自兒掃著垃圾嘟囔。

兩星期後，魔術師每次來，恰巧都在潔倪下班時結帳離開。

「嘖，意圖也太明顯了吧？」

又過了兩個星期……

「阿達！這裡就拜託你囉！但是……我還未打掃洗手間……」潔倪下班時說。

「交給我吧。」劉曉達大方接下她的工作。

「你人真好。」潔倪欣喜道再見。

劉曉達從雜物室拿出拖把，「叮！」一聲電梯門打開，魔術師的身影出現在電梯內。

潔倪步入電梯後，電梯門緩緩關上。

在只關剩下一道小縫的剎那間，劉曉達看見兩隻十指緊扣的手……

劉曉達依舊站在外圍。

一個魔術，把他心愛的女孩變走了。

劉曉達就是在那個時間，學會了「過客論」。

「能夠放棄潔倪嗎？不行。」劉曉達捫心自問。

那就繼續喜歡她吧，反正她跟魔術師不可能一輩子的。只要默默守候，一定能撐到終點站的。

時間，真是萬能的治療創傷藥。明明是曾經心愛得要死的人。不知是誰先下列車，兩人各自換了幾份不同的工作，生活圈子漸漸疏離。

劉曉達偶爾會想起她，會想知道她的近況。

可是又沒勇氣按下那個連作夢都能記起的電話號碼。

直至收到阿信的求救訊號……

我陷入過去的思緒，回過神來，「喂！肥宅！」

「嗯？」肥宅回應。

「對不起……」我不知該怎麼開口。

「幹嘛？」

「以前我以為你喜歡潔倪，所以經常在她面前取笑你胖子。」我搔搔頭。

「幸虧有你啊，我被潔倪狠狠拒絕後，才決心減肥，現在成為健身教練呢。更何況……」

肥宅掏出他寫給阿信的紀念冊，指著「最討厭的人」一欄，上面寫著我的名字。

接著，我們三人對視而笑，這是久別重逢的笑容。

「喂！現在去哪？」王Sir問。

「我已經想過了，阿信特地找我們，一定有他的原因。所以，他一定會在那個地方出現！」我篤定的說。

「哪裡？」肥宅問。

「我們的小學。」我說。

人與人之間的關係，是一條含糊不清的界線。

誰是朋友，誰是陌路人，沒必要分得這麼細。

就像一段愛情關係，最美好的時期是曖昧期。

就像在跑步機上，當每一公里都在提示你的時候，感覺特別累人。

有誰敢跟ＦＢ上的朋友逐一弄清關係？

我與潔倪的關係疏遠之後，心裡反而多了一分期待。她偶爾也會想起我嗎？或許她受到什麼感情傷痛後，會想起那個默默守候的我，也說不定。

幻想總是最完美，但現實往往以最殘酷的方式將你喚醒。

「魔術師事件」後，偶爾從ＦＢ看到潔倪的近況。她與新朋友合照時展露出燦爛的笑容。有時是跟魔術師合照曬恩愛，有時是令人摸不著頭腦的抱怨。

潔倪身邊沒有了我，依舊活得好好。

而我卻停滯不前。

就像在同一條跑道上，我們一直並肩而行，途中我卻不小心墜落進陷阱裡，而潔倪卻頭也不回繼續向前跑。

這件事使我害怕跟其他人交談，我總覺得，別人對你微笑、對你好……其實不代表什麼，在他們的心目中，只把你當作一個過客，當你再次掉進陷阱，他們只會聳聳肩後繼續跑。

也許很多人會覺得這樣太誇張，只不過是普通的失戀罷了。

但是……

患上「狂犬病」的人，喝一杯水都會因無法控制喉嚨肌肉而死。

別人的感受，我們根本不可能完全瞭解。

我們都沒資格用自己的角度去評論其他人。

夜幕把天空染成深藍色，王 Sir 載著我們回到小學。大概是事件與日常生活偏離太大，我們都無法冷靜下來，車裡瀰漫著令人窒息的熱氣，肥宅渾身大汗處理著身上的傷口。

車窗外漸漸變成我們都熟悉的景色。小學畢業後，就一直沒有回到這裡了，有一種重遊舊地的情怯。

「對你們來說很懷念吧？我倒是每天都走這條路呢。」王 Sir 說。

「王 Sir，你還有一直當老師嗎？」肥宅。

「當然啊！說起來，今天遇見你們，看見你們都長大了，我才察覺到自己已經在學校裡工作幾十年感覺真特別呢。」

「王 Sir……你會覺得學生是你的過客嗎？」我突然想到這個問題。

「說是『過客』好像太陌生了。我倒覺得，每一個相遇，都有它的意義，不管是學生還是家長，因為我們的生命曾經有交集，遇見不同的學生，才成就出今天的我，這是個對等關係，而不是我單方面站在高位，教導處於低位的學生。雖然我與學生的交集只有短短幾年，但也希望能使他們將來變成更好的大人。不過我必須承認，因為阿信，我才有這種想法……」

「?!」我們都露出驚訝的神情。

王 Sir 嘴角淺淺上揚看著前方，「阿信是我遇過最特別的學生。」

從來沒人見過阿信的父母。

儘管是班主任，也只見過負責照顧阿信的親戚。

王 Sir 曾經打聽過，原來阿信的母親，當年只是個十六歲的女生，因意外懷上阿信，但以她的年齡根本無能力照顧阿信，生下他後只好交由親戚代養。

一個十六歲的女生，堅持生下嬰兒，需要很大的勇氣。

然而，同樣是十六歲的男生，卻沒有當父親的勇氣。在得悉此事後，便逃之夭夭。

也許，誕生下阿信已耗盡她作為母親的勇氣。

幾個月後，她便在家裡上吊自殺。

對於親戚來說，家族發生了這種悲劇，那負面情緒也本能的投射到阿信身上；只讓他穿舊衣服，不買玩具給他，只讓他吃清茶淡飯，對他說話時不帶半點感情……

有一次，當王 Sir 講解有關於「人生規畫」的課題，為了讓小學生更有概念，他在黑板從左到右畫上一條白線。

「你們想像自己在這條起跑線上，所以你們要規畫自己的人生，找個目標，努力向著終點進發。」

同學們紛紛點頭，有人說要當太空人、有人說要當消防員、有人說要當明星……

這時候，阿信舉起手。

「老師，我覺得將人生規畫成一條線，真的很蠢。」阿信的語調並沒有半點要嘲諷老師的意味。

「為什麼？」王 Sir 皺眉，他沒想到，阿信接下來的一句說話，影響了他往後的教學態度。

「『終點』就只有這一點……」阿信走前去黑板，指著王 Sir 畫的白線末端。

「那整個人生的過程，全都是為了衝向終點，一條這麼長的『線』，卻只為了一個小『點』……很蠢！」

「那你覺得應該怎樣？」王 Sir 此刻是真誠向阿信請教。

「拿放大鏡一看，一條線也是由無數的小點做成的，每一點都是一個終點，整個過程才是最值得珍惜吧？要是將人生規畫成一條線，結果卻失敗了，那整個過程豈不是變得毫無意義，浪費時間？」

阿信響亮的聲音灌入耳膜，王 Sir 像是被雷打中一樣，全身毛孔都站立。

正因為這件事，王 Sir 才開始想瞭解阿信的身世，但他的親戚一直胡說搪塞過去，一直到小學畢業，阿信便搬家了。

這件事令王 Sir 一直耿耿於懷，覺得自己錯過了什麼，於是想辦法在教育其他學生身上彌補過來。

車子到達學校門口，本來我還苦惱著該怎樣打開學校大門，因為學校大門晚上一定會鎖上，只有校工才有鑰匙可以開。

然而，來到大門前，發現大門已經打開了……

這更讓我確信，阿信就在裡面。

「大門被撬開了……」王 Sir 從車裡探出身子。

「阿信一定在裡面吧！」我說。

「進去真的沒問題嗎？」潔倪問。

「放馬過來吧，我會把外星人打倒的！」肥宅大手一揮，作出英雄姿態。

車子慢慢駛進學校，王 Sir 將車子停在操場旁邊。

下車後，潔倪驚叫了一聲，然後指向上方。

我們朝著她的手指方向望過去，發現其中一間課教室亮著了燈。

那是我們五人的六０六教室。

身體不期然的熱燙起來，我們加快腳步奔上樓梯。學校裡的一切依舊，天花板、樓梯扶手、小販賣部……只是看起來全部都縮小了。

我們很快到達了六樓，從長長的走廊看過去那亮著的教室，在晚上寂靜的校園，甚至能聽見自己急速的心跳聲。

「去吧，他是阿信，不用怕的。」我說。

「對，他是我們認識的阿信啊。」

我們經過走廊，深呼吸了一口氣，轉身走進教室。最先映入眼簾的是，跟以前沒太大變化的教室，整齊排列的桌子，還有黑板、儲物櫃……

「嗨！」

接著，我看見全身穿著純白色衣服的阿信，他坐在小學時坐的位置，大概是精神病院的院服吧！？

「阿信！你果然在這裡！」我不禁露出笑容。

「阿達、潔倪、肥宅、王 Sir……好久不見了。」

阿信他打了個呵欠，向我們打招呼。他留了一頭長髮，皮膚黑了很多，眼神變得深邃。說話時總是直視別人的眼睛，臉上掛上令人放鬆的笑容。

突然，教室外傳來聒噪的響鬧聲，我們跑出教室往外面一看，幾輛白色的救護車停在操場，幾人從車子後面迅速下車，然後朝我們教室跑了上來。

啊！我們不知何時被跟蹤了。

「我只想要一點點時間……」阿信一點也不慌張，好像一早就料到他們會來似的淡定。

「阿達，幫我拍下來，我要跟外星人單挑！」肥宅脫下上衣，一副準備戰鬥的模樣。

「逃吧！」

潔倪才這麼一說，一道身影已擋在教室門口。

「終於找到你了，跟我們回去。」

是在咖啡店遇到的兩個男人！

「來吧！第二回合！」肥宅大叫。

「阿信，別怕！我相信你沒瘋，我從網路看過一篇文章，如何在精神病院裡證明自己沒有瘋掉。要是你大吵大鬧，所有人都會認為你是瘋子，所以你反而要表現得彬彬有禮，吃飯時自己收拾碗筷，每天向醫護人員說早安，這樣他們就會放你走了！」

我把腦海想到的方法告訴阿信，可是他只是苦笑，沒有回應。

「精神病院？」男人皺了一下眉，又說：「你是不是有點誤會了？精神病院怎麼會開救護車？」

「咦？」

「我們是醫生，你的朋友阿信……要盡快做腦部切割腫瘤的手術，不然他會死啊！醫療費用方面，我們會替你想辦法的……」

我完全被他的話怔住，回想起阿信給我們的求救訊息……

「精神病院」眼前這兩名醫生……

「死亡的擬聲詞」不做手術會死……

「被外星人解剖……」腦部手術……

「被綁架贖金……」醫藥費……

這不是事實吧!?背後一定有什麼陰謀！

我用力搖頭，想把腦海裡漸漸清晰的脈絡甩走。

我寧可眼前的兩個男人是滿腹陰謀的壞人，寧可阿信偷走國家機密所以被通緝，什麼都好……也不願相信，阿信腦部有腫瘤。

阿信用這種特殊的方式將我們幾人召回小學，一定不會是輕微的手術吧？

我一臉錯愕望著阿信。

阿信站起來，向那兩個男人說：「可以給我們一點時間嗎？」

「手術後，你時間多的是。」男人表示。

「醫生真是不可靠，竟將只有百分之二十成功率的手術說成像割包皮一樣。」阿信失笑。

男人不發一語，只是托一托墨鏡。

「各位，我們趕快返回座位吧！老師已經來啃！待在這裡王 Sir 會發飆呢！」阿信拍了幾下手。

「拜託，給我們一點時間吧。」

王 Sir 示意兩個男人暫時離開教室。

我、潔倪、肥宅也各自回到當年的座位，我坐下來後，以仰望視角看著黑板，還有站在黑板前的王 Sir。當年上課的氣氛登地從腦海深處蹦出來。

所有人都坐好之後，阿信舉高手。

王 Sir 有點哽咽，清清喉嚨後才說：「阿信同學，有什麼問題？」

「老師！我很想知道，你們畢業後的故事。當然！我也會將自己的故事告訴大家。」阿信宏亮的聲線響遍整個教室，我不由得肅然起敬，開始回想自己的人生。

醫院，總是瀰漫著不討好的藥味。

純白色的裝潢，所有人都放輕音量說話的肅靜，使進入醫院的所有人心情愈發沉重。

醫院內，所有人都無法放鬆。

這裡有各種醫治病患的儀器和藥物，但就沒有使人掛上笑臉的藥。

這個年代壓力大得逼死人！

就連被告知將要迎接新生命的誕生，也只會換來凝重憂愁的表情。

像阿信一樣，沒選擇餘地被帶來這個世界，卻不受父母歡迎的孩子。

「醫生，我只是最近有點頭痛。你竟然跟我說，腦裡有一個令我致死的腫瘤嗎，必須開刀把它切除嗎？」

阿信聽到醫生這樣說後，心裡意外的平靜，原來被告知死亡是這麼一回事。

「是的，立即入院，會提高你的存活率。」

阿信沒有異議，換上病人的衣服，在醫院的第一個晚上，他為自己的人生作一個回顧。

憶起某段日子，只是些零碎片段，阿信就禁不住在病床上發出笑聲。

小學的四人組，如今變成怎樣呢？阿信茫然看著純白的天花板，腦海無法勾畫出他們長大後的樣子。

真想與他們見見面。

於是，阿信逃跑了。

阿信在小學畢業後，被送往親戚家附近的中學，那裡最有名是壞學生，黑道會在學校內交易毒品，順便收收小弟。

見家長時，明明老師跟親戚說，阿信是個乖巧的孩子，學習能力很高，班上成績不俗，思維也比同年孩子清晰很多，將來一定能成才。親戚卻把他帶來這種學校……

老師點個名就離開教室了，考試卷、功課也只是循例派發。阿信放學後想到圖書館自習，也被親戚阻止。

中學畢業後，理所當然的，阿信無法繼續升學。

但他沒有對自己放棄，現在的世界比起以前已經好很多了；社會有著無限可能性，網路上可以獲得知識，有不同的工作可以選擇。相較起來，古代出生在窮困家庭，想要改變現狀，就只能等下輩子了。

在阿信成年後做的第一件事，就是與親戚斷絕關係。

不是那種在吵鬧時口裡說說而已，而是有法律效力的斷絕關係。

在文件上簽署後，阿信有一種說不出的解脫感覺。但接下來，他就連睡覺的地方也沒有了。

當人一無所有的時候，還剩下什麼呢？

擁有希望，就擁有一切。

阿信糊裡糊塗，跟著人跑到山區工作。

這種工作必須在山上寄宿，一年只有幾天能回家，沒太多人願意做，所以薪水不錯。

對阿信來說，反正他沒有家，這樣正好，沒什麼差別。

但沒料到的是，山區的工作每天只工作幾小時。每年比較辛苦的只有兩個月，一個月是播種，另一個月是收成。

整天閒著沒事做，阿信跟著山區居住的人學會了很多古靈精怪的東西；例如用木材和石頭來建造房屋，幾個人建一棟房子。只需要三個月，阿信就擁有屬於自己的家了；住在城市的話，買房至少要養個二、三十年。

幾年下來，阿信發現薪水根本沒地方可以讓他花費，衣服會在工作時弄髒，根本沒買新衣服的必要……

原來生活可以很簡單，只是人們把生活複雜化了。

居住在人口密集的城市，人們卻變得更加寂寞。

又過了幾年，也許與親戚斷絕關係惹怒老天爺了。

有句俗語說，不管那個人對你有多壞，終究也是你的母親、終究是你的親戚……

無論如何你必須對他孝順，否則就是大逆不道。

也許是從來沒受過母親的關愛，阿信完全不理解這是怎麼一回事。

每個人的情況都不一樣吧!?怎麼可能將自己的道德觀加諸在別人身上？

要是一個人只是為了道德觀才逼自己「孝順」，而不是真心的。那麼這個人還是真的孝順父母嗎？

阿信發現自己經常頭痛，山上沒有專科醫生，於是請了幾天假，回來市區的醫院看醫生。

本來以為自己已經忘記了所有以前的事，怎料一個病，所有回憶像氾濫般一次湧出來了……

「潔倪，輪到妳了。」阿信指著她說。

「我……」潔倪咬著唇，不知該如何開口。

在潔倪開始說她的故事之前，她一直以無法猜透意義的眼神望著我。

「對不起……」

教室的寂靜，令人覺得耳朵被凝固的空氣塞住了，我不確定自己有沒有聽錯，很可能只是我一直想潔倪向我道歉，才出現的幻聽罷了。

「一直以來，我都沒有夢想，也沒有特別想做的事……作文課寫《我的夢想》，我也只是跟隨其他同學，說想當空姐只為了融入大家圈子，但其實我一點興趣也沒有。

「還有，我沒有跟阿達在一起。畢業之後仍是跟我在學校一樣，什麼事都中規中矩，不算太差，也不會有突出表現，我是那種在同學們話題中，不會出現名字的存在。

「畢業後，我下定決心想要改變，但一直做不到。對不起……阿達，我知道你很喜歡我，但我總是覺得，只要我仍處於舊的圈子，就改變不了……所以在魔術師之後，我去外國生活了兩年……」

「對不起……」

其他人歪著頭，什麼魔術師啊？然後又看看我。

原來潔倪一直都想擺脫我……

人生沒有夢想有錯嗎？

當一個平凡人，過著普通的生活，也是一種幸福。

潔倪離開網吧（網咖）的工作後，與魔術師的感情並沒有太開心，他總是被其他女生圍著轉，看著那群女生，潔倪心想，當初的自己也是跟她們一樣嗎？

與魔術師一起，只是為了一時三刻的快感，證明自己最有魅力，冷靜過後便發現自己根本沒有太喜歡這個人。

潔倪開始對這樣的自己感到反感，於是她跟魔術師分手。當然過程沒想像中容易，自己搶回來的東西，又被其他女人奪去，這種心情不太好受。

於是，她努力假裝快樂，在ＦＢ上不斷把自己多姿多彩的生活貼出來，用來宣示自己「分手了活得更好」。然而潔倪並不知道，貼上ＦＢ的這些照片，竟為阿達帶來了傷害。

而且一直努力裝作很快樂，只會令自己更加不快樂。

一次機遇，潔倪想到可以在外國生活幾年，學習當一個化妝師。

化妝是她的夢想職業嗎？

不是……

她只想要一個全新的生活。

下定決心到了外國，視線所及一切都有種新鮮的感覺。連吸進肺內的空氣也跟之前不一樣，令潔倪感到人生充滿希望。

本來決定邊打工邊賺生活費及學費，可是才過了三個月，沒法預算的生活開支已經把潔倪的儲蓄歸零。

要回去嗎？過回比較輕鬆的生活？

潔倪不想再找藉口，她靠著其他學習化妝的同學幫忙介紹，找到了一份薪水高的工作。

跳脫衣舞……

在外國的夜店，體型纖小的亞洲人很受歡迎。儘管潔倪從來沒有學習過舞蹈，但她只需要每晚在台上擺動身體，慢慢脫下身上的衣服，便能夠賺取生活費和學費。

那段時期的她，不敢照鏡子，她不直視這樣的自己。每晚上班，她都把大量化妝品塗在臉上，彷佛戴上一個面具，試圖遮掩住真正的自己。

就算衣服脫光，還有化妝品當最後的防線。

就當作，那些色迷迷的目光，看著並不是自己好了。

人的思維，會在行為上一點一點展現出來。

雖然生活費的問題解決了，潔倪那種用化妝品來遮掩自己的思維，卻在學校化妝課程的表現中表露無遺。因為成績差，被評定為完全沒有天分，而被學校踢出來了……

兩年後，她一敗塗地回到自己的家。望見熟悉的環境，她由衷地鬆了一口氣。

潔倪覺得這樣的自己很不濟，當晚她在被窩裡哭了一整晚。

原來尋找夢想難，改變自己更難。

把自己的故事說完，潔倪總覺得身體變輕了。

「要是妳當時向身邊的人尋找協助，那就好了。」阿信笑說。

「我沒有這個膽……」潔倪說。

「說什麼傻話，向其他人尋找協助，也是協助其他人的一種啊！」阿信直言，語氣沒有半點嘲諷。

「什麼意思啊？」潔倪不解。

阿信有一種魔力，總能令人安心的將自己的心事說出來。

「不是嗎？大家的壓力來源，就是在這個社會證明自己的價值。覺得自己在生活圈子內能有貢獻。如果有朋友向你提出需要協助，你也能因證明自己的價值而感到喜悅吧？」

「潔倪其實妳不止是想改變自己，妳只是害怕融入這個世界，想改變現實罷了，所以妳才一直逃避舊有的圈子。

「其實，妳想要改變，第一步就應該接納妳自己。『接納』可不是『逞強』，兩者有很大分別。當妳遇到自己做不到的事，卻硬說自己很強，然後逃出戰圈，這是逞強。接納自己能力不足，再想辦法去變強，達成目標，才是接納。」

阿信說畢，潔倪便哭了出來，我本能反應的走過去安慰她。她把頭依偎在我的懷裡，肩膀不停顫抖抽泣。

「阿信！」王 Sir 突然大喊，我的視線從潔倪身上拉開。

阿信腳步一個踉蹌，倒下了……

聽見我們的驚叫，教室外的男子衝了進來，合力將昏倒的阿信抬上救護車。

阿信被罩上幫忙呼吸的口罩，墨鏡男替他做各種檢查，阿信的身體瞬間纏滿了各種醫療儀器。

會被送進精神病院嗎？還是外星人的祕密基地？墨鏡男脫下墨鏡後，會是像蜴蜥般兩端尖起來的眼睛嗎？

直至救護車停在醫院門前，腦海一直湧現出莫名其妙的妄想——如果是因為要是被外星人抓住，我一定會去救你的！但是……腦袋有腫瘤的話，我卻無能為力。

阿信被送進病房進行更深入的檢查後，暫時在病房留醫。

一切都來得太突然，我們看著在床上昏睡的阿信，完全不知該如何面前眼前的狀況，就連王Sir也一直沉思不語。

我們四人坐在床邊，聽著單調乏味的儀器響聲，連一句安慰話都說不出口。

膠著狀態維持了好一陣子，脫下墨鏡的醫生走進病房，他的臉好凶，像黑道一樣，難怪要戴墨鏡……

醫生跟我們說：「病人需要做手術，但先要找親屬來簽名，你們有辦法找到他的家人嗎？」

醫生沒聽到先前我們在教室裡的對話，所以不知道阿信已經跟他的親戚斷絕關係。

王Sir將這件事告訴醫生，醫生皺了一下眉頭，說：「依照法律，手術同意書的簽署順序是配偶、直系血親、旁系血親、姻親、關係人……要是無法聯絡到有血源關係的家人，朋友也可以當作關係人的。」

我突然靈光一現叫了出來，大家都以奇異的目光看著我。

「阿信……是為了這份手術同意書，才找我們的吧？」我說。

阿信他沒有找他的親戚，更沒有回到山上找他的工作夥伴，而是把簽署手術同意書這件事，交給我們。

「向別人尋求協助，也是協助別人啊！」

阿信跟潔倪說的話在我腦海裡浮現。潔倪也跟我想法一致吧？她的眼眶濕潤起來。

這晚，我們聽了每個人的故事，也說了阿信對我們的看法。看似我們得到了救贖，彷彿眼前出現了一道曙光。但實際上，是阿信找我們尋求協助……

幫助別人，其實也是幫助自己。

尋求別人的協助，也是協助別人。

我們一致決定，由王 Sir 簽署手術同意書。醫生說最快明早就做手術，現在已經很晚了，可以破例讓我們在病房裡待著。

手術費方面，我們已決定由幾個人來均分，就算要一起去便利店打工，也要合力分擔。

深夜的醫院分外寧靜，我們靜靜坐在床邊，看著昏睡的阿信。儘管看似解決了很多問題，現實還是沒有改變……

阿信的手術成功率，依舊是百分之二十。醫生在我們簽署前已說明了。

「不如我來說說自己的故事吧？」肥宅清清喉嚨說。

「好啊！阿信會聽到的。」我說。

肥宅從小就活在一個「高壓家庭」裡。

父母對他給予很大期望，也許是家族裡有很多表哥表姊的關係，父母也特別喜歡拿肥宅跟他們作比較。

做多一點運動吧！看看表哥，現在長高了多好看。

努力一點吧！看看你的表妹，考試總是第一名。

每次與其他孩子比較，總是以「別讓我丟臉好不好」作結尾。

肥宅在四人組當中，活動參與總是最少的一個。他每日放學都必須去補習，假日要練樂器。就算有長假期，也被父母安排的課外活動塞滿了。

也許是長期處於高壓狀態，肥宅沒怎麼吃也愈來愈胖，於是愈來愈缺乏自信。於是在學校也受到同學霸凌。

當初就是阿信救了肥宅。

「你這麼能吃，讓你帶回家吃好了！」當時，同學們把吃剩的飯盒丟在肥宅的書包內。

肥宅發怒追出去，其他同學就紛紛有樣學樣，把午餐丟進去，教室的笑聲此起彼落。

「哈……哈哈……別這樣，太多我吃不下……」肥宅以笑遮掩自己內心的真實感受。

相比起被霸凌的憤怒，肥宅更害怕回家後被父母看見書包的慘況。

肥宅一直笑，一直笑……全身因過盛的情緒而顫抖。

被霸凌者還能笑得出來嗎？旁觀者看著同學被欺負，為什麼會笑呢？

這是一種保護機制，當被霸凌者以笑來面對被霸凌，心裡想著：「這只是同學跟我玩開笑，我才沒有被霸凌的自我欺騙。」

旁觀者也一樣，如果一臉認真的看著同學被霸凌，也就顯得太冷酷無情了。保持歡樂氛圍，那就變成一件歡樂的事了。

「要是有什麼不滿的話，放學約個地方打架吧！霸凌有什麼意思？」笑聲中清楚聽見阿信響亮的聲線。

全班像電視被「靜音」一樣，靜了下來。

結果，打鬥並沒有發生，阿信在學校經常會拉著肥宅去玩，漸漸霸凌肥宅的同學，反而變成了被排擠的小圈子。

「你這種性格，以為畢業後霸凌就會結束嗎？不會的，它會一直糾纏著你。」阿信對肥宅說。

就是這一句，肥宅畢業後，成為了健身教練，展開了新的人生。

世界不會因為你很慘，就變得美好。

由自己開始改變，世界就會改變。

只懂逃避，只是讓世界改變你而已。

這世界充滿著「比較」，父母的觀點與角度，絕對會影響孩子的成長。

在父母眼中，孩子是從理想的模範生開始慢慢扣分，這樣不好，那樣不好。還是不與其他人比較，從零分開始，做每一件事都慢慢加分呢？

很多父母都會選擇用前者對待孩子。但相反的，他們卻希望孩子單單是「我是你的父母」就必須感恩肥宅把自己的故事說完後，王 Sir 作為曾經任教的老師感到有點愧疚。

時間一點一滴流逝，我瞟向躺著的阿信。他宛如一個聽床前故事睡覺的孩子一樣，帶著淡淡的笑容。

天漸漸的亮起來，光線透過窗戶照進病房，我們都站起來伸了個懶腰，醫生走進病房，叫我們先去吃個早餐再等吧。

正當我們遲疑著該不該離開病房，是不是得留一個人陪阿信……

手術的時間到了……

我們四人聽從醫生的建議，到醫院底層的茶餐廳歇著。

大概一整晚精神緊繃著，也幾乎沒有睡的關係，我完全沒有食欲，胃也一直緊縮著。然而，疲憊不堪的身體告訴我「需要吃點東西」。

我把早餐放在嘴巴裡咀嚼後再送進食道，把吃飯這件事完全變成了單調的動作。

「他不會有事吧？」肥宅沒把早餐吃完，沒力的伏趴在桌上休息。

「我總覺得，他會突然出現在我們眼前。」潔倪這麼一說，我們都不約而同望向餐廳門口。

總覺得，阿信會從門後跳出來，跟醫生笑著走過來說：「嚇到你們吧！？」

阿信在我們心目中，正是這種代表著「希望」的存在。不管遇上任何事，只要向他傾訴，便能找到解決辦法。

要是阿信能夠平安無事，我們以後會是朋友吧？潔倪、肥宅、王 Sir……我們也許會經常見面。

想到這裡，我心裡突然有點愧疚。今天因為阿信徘徊在生死邊緣，我們才有機會聚在一起。

但當初，又是什麼將我們幾個分開呢？

「對了，你們不用上班嗎？」王 Sir 只吃了半份早餐，但狂灌了三杯咖啡。

「呃，我打電話回公司請假……」我搖頭。

「我也是。」肥宅說畢，打了通電話，說因為身體不舒服，晚上的健身課不能上了。然後又匆匆忙忙拜託其他教練代課。

「慘了！晚上我有一個舞台劇的化妝工作！」潔倪說。

「那我先回學校了，教師可不能隨便請假。」王 Sir 站了起來，拍拍臉頰。

是生活吧！？

是生活把我們分開了……

我們曾經將這份友誼看得理所當然，但原來……世界上沒有什麼是理所當然的。

海豚能控制自己的呼吸，牠可以靠自己意識溺死在海裡。

藍鯨必須吃體型細小的磷蝦，否則牠單單是消化就已經耗光食物所吸取到的能量。長頸鹿不論患上什麼疾病，也不能麻醉進行手術，因為麻醉後的心臟不能把血液送上腦袋。這世界上，沒有什麼是理所當然。人與人之間，相遇靠緣分，要維繫一輩子便要靠努力。

我、潔倪、肥宅三人處理完工作的事後，便回到醫院手術房外的家屬等候區繼續等待阿信的手術完成。

實在太累了，我們幾人不知不覺間睡著了，我記得作了好幾個不同的夢──

「潔倪，我喜歡妳。」在網吧（網咖）裡，我鼓起向她表白。我在她面前表演了一個失敗的魔術，可是，我把她贏回來了。

魔術師不時會在網吧裡表演魔術，我跟潔倪約定下班的時間，兩人脫下工作制服後，牽著手坐電梯離開。

在電梯關門前，感覺到魔術師向我們投以強烈的視線。

「妳從來沒說過對化妝有興趣吧？」

「不試過又怎麼知道！」

最後還是挽留不了，潔倪堅持要去外國學化妝，我們還因此大吵一頓。

在機場裡，我們緊緊擁抱著對方，承諾會喜歡對方一輩子，就算無法在一起，也只是天意。

學校的後山，肥宅全身顫抖，與帶頭欺負他的男同學對峙著。

「誰打輸了也不能反悔，也不能告訴老師。」阿信挖著鼻孔當評判。

「打他！打他！」同學們起鬨，男同學騎虎難下只好不斷搥打肥宅。

肥宅舉起雙手，蹲下來抵擋著。同學們的歡呼聲灌進耳裡，不知怎的肥宅全身都熱了起來。

原來也不是太痛呢，肥宅本能反應站了起來，他回過神來，發現自己雙手將男同學舉起來了。

「砰！」

肥宅跟他的母親。男同學與他的母親一同坐在校長室。兩人打架的傷勢太嚴重了，還是逃不過父母的法眼。

「我兒子平時很乖巧，一定不會是他先動手！」、「我的兒子有可能骨折呢！」、「他很愛小動物！根本不會欺負別人！」、「我兒子平時喜歡在家彈琴啊！」

校長室瞬間變成了雙方母親的戰場，可不同的是，肥宅回家後沒有捱罵，更讚揚他把別人兒子摔壞，做得好！

這次之後，沒同學再敢欺負肥宅了。

「哈哈，我遲到了。」阿信一進門就先道歉。

「我們都習慣了。」潔倪笑了笑。

「你很黑呢！」我睨了他一眼。

我們每兩個星期必定有一次聚會，阿信每次回來，皮膚一次比一次黑。而他總會在聚餐時講述他出海工作遇到的故事。

「噓！」吃到一半，阿信突然叫我們靜一靜，他要接聽一個電話。

「阿姨，對啊！我快回來了。嗯嗯，我知道了！放心吧，我又不是小孩。」阿信的親戚打電話叫他趕快回來。

每次阿信回來，阿姨總是煮了一大堆補品讓他吃，還叮囑他要帶面膜和防曬霜上船，別曬傷皮膚。

我們多次以為是阿信電話裡的是他女朋友，沒想到原來是小學時一點也不疼他的阿姨……

王 Sir 按下門鈴，他一直猶豫這樣做是否恰當，但按下門鈴後反而下定決心了。

「你是……？」開門的是一個中年女人。

「你好，我是阿信的班主任，你是他的監護人吧？」

「是。有什麼事嗎？」

「我收到阿信的升中學申請表，你幫他選的這幾間中學不太適合他。」王 Sir 說。

「這種事輪到你來管嗎？」

「我知道這樣做有點多事，但阿信是個非常聰明的孩子。請妳別埋沒他的才能！」

「嗯，我考慮一下……」

中年女人明顯不打算聽從他的建議。

阿信回到小學探望王 Sir，這是罕見有畢業的學生回到小學找老師，所以其他老師都以異樣的眼光望著阿信。

「什麼！？你想跟親人斷絕關係！？」王 Sir 聽見阿信想與家人斷絕關係很震驚，但同時也因有學生來找他商量這件事而感到高興。

「對……老師你覺得如何？」

阿信希望阿姨可以對他好一點，他為此而非常努力，但她依舊待阿信猶如仇人一樣……

「你斷絕關係，是為了什麼？」王 Sir 問。

阿信無法回答。

「你只是為了報復而已。」王 Sir 說。

「什麼？」阿信大驚。

「不是因為阿姨對你差，所以你才斷絕關係。而是你想阿姨傷心，想她感到慚愧，才會想到要斷絕關係。」

「那我應該怎樣做？」

「你應該斷絕的，是改變別人的心態。其實你自己改變就好了，不必其他人配合，別人有沒有改變與你沒有關係，這樣的話你會更高興。」

「這豈不是自我安慰嗎？」阿信問。

「才不是，現在的你就算斷絕關係也不會感到快樂，因為你是『無法改變阿姨』而感到傷心的。」

「所以……」

「相信我，改變自己的心態，才能改變其他人。」王 Sir 篤定的說。

我醒過來了！夢總是讓我們知道，這世界充滿著無限個可能性。

多努力一點，雖然未必能成功，但結果一定會不一樣。

這個時候，醫生走到我們面前，其他人聽見腳步聲紛紛醒來，我深呼吸一口氣。

「是這樣的……」醫生說。

「阿信怎麼了？」

「其實阿信之前也寄了一封信給我，所以我才會懂得去找他的朋友，也就是你們。他叮囑，如果醫院有朋友在等著他做手術，一定要告訴他們，手術失敗了。然後我再從暗處跳出來嚇他們一跳。」醫生說。

「那……」我說。

「根本沒人可以剛做完手術就跳來跳去啊，所以我必須跟你們實話實說……」醫生賣了個關子，頓了頓說：「手術成功了！」

「你沒騙我吧!?阿信在哪？我想去看他？」肥宅高興得跳起來。

「是真的，但現在麻醉藥效力未過，畢竟是個大手術，你們明天才能探望他。」醫生說。

我也擔心這個只是夢境，我捏了捏自己的臉頰，然後笑了起來，眼淚緩緩落下。

潔倪也高興得一直流淚，我們三人在醫院裡擁抱在一起，盡情的大哭一場。

生活的壓力……

人生的霸凌……

現實的無奈……

時間的無情……

這一切都化作淚水，沾濕了眼眶，然後在臉頰上恣意流淌。

我從來都沒察覺到，「哭出來」是這麼重要的事。

我們每日遇到想哭的狀況，卻沒能哭出來；因為哭出來沒有用，因為哭是懦弱的行為。

要是這樣的話，那笑也毫無意義嗎？遇到高興的事，笑有什麼用？反正事情已經發生了，笑了也不會讓事情變得更加好。

成長後才明白到，高興就笑，傷心就哭！

流露真正的情感，也是一種幸福。

哭了好一陣子，身體彷彿變輕了。身邊能夠有一個可以讓我盡情大哭的同伴，實在太幸運了。

「喂！肥宅，別抱著潔倪這麼久啦！」我拭著擦也擦不乾的淚水。

「喔喔……我還可以哭一整天呢。」肥宅鬆開手，一臉意猶未盡。

「那麼，我們現在該怎麼辦？」潔倪問。

「我想到一個方法。」我輕輕一笑。

一星期後，醫院。

「阿信，今天覺得怎樣？我看你好像沒什麼胃口。」醫生剛替他做了身體檢查，一切良好。

「沒事。」阿信一直望著窗外。

「沒事就最好。」

醫生正要離開病房，被阿信叫住。

「這段期間……沒人來看我嗎？」阿信問。

「忘了嗎？你跟所有親人斷絕關係了。」醫生說。

「我意思是……我的朋友……」

「我照你吩咐，告訴他們手術失敗，你死了。他們怎麼會來看你？」

「…………」阿信嘆了一口氣。

隔天，醫生終於批准阿信可以離開病房，但需要繼續留醫。於是他寫了幾封信，寫完才發現……他忘了朋友們的住址，上一次寄信是他親自送過去的。現在還未能離開醫院，他也把紀念冊寄出去了。

就在阿信蹲在醫院的郵箱前懊悔不已時……

「連我的住址也忘了，還算是朋友嗎？」

阿信回頭，他看見阿達、潔倪、肥宅一臉賊笑站在他身後。

眼前三人的身影，被滿溢出來的眼淚模糊了……

一個月後……

今天是個大日子，四人在病房裡期待著，醫生把阿信包裹著頭的紗布拆去，潔倪把鏡子遞給他。
阿信看著頭上的巨大疤痕。
「很醜吧？」阿信問。
「嗯，像科學怪人。」阿達說。
「光頭一點也不襯你。」肥宅笑著說。
生活圈子會讓人與人之間的距離愈走愈遠，時間會決絕的流逝，絕不會停下來等你。
想要維繫一段關係，「回憶」是最好的法寶。
要塑造回憶，單靠手機和網路通訊是不足夠的。
建立回憶的必要條件，要朋友一同在場，面對同一件事，才能塑造出來。
就好像……王 Sir 突然衝了進病房。
「你們也在這裡嗎，那就好了！」王 Sir 走到床前，握著阿信的手，「放心吧！我預支了薪水，也把房子抵押給銀行，手術費放心交給我吧！」

「誰說要你幫我付手術費？」阿信搔著光頭。

「醫生說，你的手術費要我們想辦法……」王 Sir 說。

「他們以為我無法支付手術費才逃離醫院不做手術，但他們誤會了。」阿信說。

「呃？」

「我在山上工作存了很多錢，根本用不完。」阿信笑得很燦爛。

「…………」

王 Sir 看著我們，「你們都知道了？」

「知道啊！」

「怎麼沒人告訴我！？！我隔天來到醫院，是醫生告訴我才知道阿信的手術成功了啊！我還一直為了手術費攪盡腦汁想辦法！啊啊啊！」王 Sir 在病房裡抓狂。

「放心吧，借銀行的錢我幫你搞定。」阿信拍拍王 Sir 的肩膊。

然後，四人一同笑了起來。

這樣的回憶，夠他們說上一輩子了！

培植男友

在光線透不進去，更不配擁有街道名稱，一條窄巷裡，不知為何總是濕答答的地面，冷氣機的聒噪聲，在喉管上耍樂的老鼠，濃縮著揮之不去的垃圾臭味，令人不禁憋住呼吸。

總括而言，沒有任何一點讓人想在這裡多停留多一秒鐘。

然而，小善卻不顧會沾到污物和染上臭味，伏在地上崩潰大哭。

全因為在她面前躺著一具一動也不動的屍體。

阿豪在五年前加入這個不見得光的社團，這當然不是為了爭分奪冠的運動團體，也不是讓志同道合的人聚在一起的社團。

而是為了集合一些為了錢就願意幹些非法勾當，絕對不見得光的黑道社團。

阿豪很缺錢，事實上從他父親那一代就開始缺，所以他整個人生都在想辦法掙錢。

「我的錢呢？」一個目光銳利，說話時帶著殺氣，上身穿著白色襯衫，下身西褲的中年男人說道。

「我、我沒偷你的錢……」阿豪的確沒有偷錢，但膝蓋卻不由自主軟下來。

「三千萬，在你負責的酒吧不見了。難道是我的責任嗎？」這絕對不是疑問句。

「我早上回去錢已經不見了，前一晚也沒有異常……」阿豪害怕得牙齒互相撞擊，絕不是因為罪惡感，而是他知道中年男人將會對他幹的事。

「不不不，你別搞錯重點，錢只是小問題，重點是如果被人知道有流浪狗可以自出自入偷走我的錢，我該如何交代呢？」這也不是疑問，而是一個宣告。

「五年來我幫你出生入死，你現在把我當狗！」阿豪榨出最後一點勇氣來。

「不不不，我養的狗我會有感情，牠死了我一定很傷心。」中年男人作勢要哭，但手上想不知何時多了一把手搶。

把槍舉高，頂著阿豪的額頭，然後扣下扳機。整個動作流暢得像伸手摸小孩的頭頂一樣。很吵！

頭蓋骨裡發出巨大「砰」的一聲巨響，這是阿豪第一個感覺。他還感覺到有大量液體從頭上滴下，他甚至想抬起頭看是誰從高處倒水淋到他。

然後，他眼前一黑，倒下了，這才意識到自己中槍，整個過程都沒有痛楚，痛覺來不及發出訊號就完結了。

收到朋友的來電，小善才趕到現場，當然阿豪的體溫已經完全流失。

哭到淚也乾了，小善拿出一把小刀，把阿豪的右手拇指割下來，又拿出一枝小小的銀棒，在額頭的傷口上取下少許腦內組織，把它裝在試管裡，用尚未完全變黑的血浸泡著。

小善擦拭臉上的淚水，離開後巷。

回到家裡，一手將化妝品推到地上，把桌子騰空後，小善將剛才的試管拿出來，又將早前買的一盒叫「人體培植」的東西放在桌上。

拆掉包裝後，它有點像市面上買到的染髮劑，裡面有幾管不知名的液體，小善依照說明書，準確的將液體倒進裝有右手拇指的試管內，輕輕搖晃，試管冒出氣泡和焦煙。

半晌，試管只剩下拇指跟一坨膏狀物。

成功了嗎？小善凝視著自己相處三年的愛人的拇指。

沒想太多，反正再多想也想不通。小善拿出之前用來割拇指的小刀，在自己的大腿上割了一道頗深的傷口，再將拇指跟膏狀物一拼塞進傷口裡，然後用針線把傷口縫合。

過程當然很痛，小善咬著下唇，眼淚不停流下。但比起將阿豪復活，再痛也得忍受。

終於完成了，大腿的傷口止血了，上面多了一隻突兀的慘白拇指。

三日後，小善的大腿上多了一隻右手手掌，手掌偶爾無意識的抽動。

說明書說，在培植期間，需要經常在腦海中塑造培植的目標，想得愈精細，成長速度就愈快，效果也更貼近本體。

這對於小善來說簡直毫無難度，若要她不去回想跟阿豪相處時的幸福時光，反而更難。

兩星期後，一個細小的頭顱竟然從手掌的旁邊生長出來，雖然只有上半部分，但後腦跟額頭的形狀很漂亮，眼球轉動，經常跟小善對望。

單是上半部的輪廓，就跟阿豪的一模一樣，小善高興得想哭，因為其中一隻耳朵已經長出來了，所以小善常常跟阿豪訴說他們兩人的回憶。這有助培植目標的腦袋成長，說明書是這樣說的。

兩個星期過了四天，頭顱像果實一樣變大，還從大腿傷口處越長越高，玲瓏的嘴唇跟阿豪一模一樣，她還會低頭跟頭顱接吻。

雖然接吻技巧，還是以前的阿豪比較好。

也許沒長出喉嚨氣管，阿豪仍無法說話，但有一樣令小善像母親看到剛出生嬰兒感動得流淚的，是她清晰感覺到，在大腿內部的怦怦抖動，那是阿豪的心跳，跟他再次相聚的日子不遠了！

一個月後。

緩緩甦醒的我，發現人的嗅覺力和聽覺力無比驚人。

這是令人很想再多嗅一下的味道，雖不能準確說出學名，但絕對能分辨出那混雜多種化學藥劑而成的味道，是泳池……

我還能聽見不遠處有水的聲音。

我努力睜大雙眼，視角很奇怪，上下顛倒了，地面在我的頭頂上。

我還看到小善，她在講電話。

「他有記憶！」我聽見小善這樣說。

「不可能吧！？」

由於她用免持聽筒功能，我也能見聽對方的對話內容。

「他說起夢話！他叫別的女生的名字⋯⋯」

「人腦是種複雜的東西，培植技術仍無法完美創造一個新的腦袋，又或許妳剛好抽取了大腦記憶區的部分，這個我們很難保證。」諸多辯駁，我以只有自己聽得到的音量，低聲吐槽。

「把三千萬還給我！」

「不可能，貨物售出後風險由客人自己承擔。」

「不能跟阿豪重新開始，我不要也罷！」

三千萬？我的腦海赫然出現很多零碎的畫面……

小善發現我出軌後，行為就變得怪怪的。

又有一晚，她在酒吧接我下班，問及老大夾萬的事，她知道密碼是她的生日，高興了一整個晚上。隔日，錢就不見了……

咕嚕、咕嚕……

我回過神來，剛才的化學氣味加重了不少，我意識到自己泡浸在這些液體裡，那種濃郁的黏稠感，不禁讓我思索，泡在這種東西裡沒問題嗎？

驀地，我整個視線不受控的懸浮在液體裡，我感覺到自己從某種一直依附在上面的東西，脫落了。

沙沙沙沙沙沙沙沙沙……

我被倒進其他液體內，這次的液體透明清澈得多，而且沒有黏著的感覺，視線正以很快的速度天旋地轉……啊，是馬桶！

當我看到的最後一個畫面，是小善把馬桶蓋起來。她背叛了！膽戰心寒是我隨著視覺消逝的最後一抹意識；身邊最親近的人，也可能是對你最殘忍的人。

就算我是世界唯一的人類

第一天：

今天是跟妳約會的日子。

在冷漠的社會裡，大家把身邊的路人當成路障，眼睛盯著手機，在路上左閃右避。

不知什麼原因，毫無先兆出現人咬人的奇聞。大家紛紛拿出手機，影片立即在網路上瘋傳。

媒體為了收視率，陰謀論報導滿天飛，國家總統口沫橫飛堅稱是鄰國生化武器，宗教團體說這是神的懲罰，祈禱可得救贖。

然而，來不及找出真正的原因，誰對誰錯，這些人全都死了。

世界末日嗎？人類會滅亡嗎？倖存者心裡疑惑。

而我真正擔心的，是失去蹤影的妳。

第三十天：

空氣瀰漫著血腥的氣味。

跟電影不一樣，人類被逼到絕境，卻沒有英雄站出來。

所有人都自私的只想自己活下去，最後大家都變成吃人喪屍。

我絕不能變成喪屍，因為會失去思考能力，視力會退化，我就無法找到妳。

第四十七天：

依舊每天在一片狼藉的城市裡尋找妳的蹤影。

我下定決心，在找到妳之前不能死……

能夠活存至今全都因為妳，妳是我活下去的理由。

突然出現一大班穿著防菌裝備的人，帶我到一個研究所。

他們是一群科學家，說我是地球上僅存的人類。

脫下裝備，露出腐爛的灰色皮膚，他們都感染了，勉強用科技維持著微薄的「人性」來續命。

而我，是人類僅存的希望。

我說，就算要解剖我也好，在這之前，請先幫我找到妳。

第五十一天：

他們依照我的我要求，找到妳了……

妳已變成一具沒有思考的喪屍，黯灰色的皮膚，全身乾涸的血跡。妳用濛上一片簿膜的瞳孔跟我對視。

跟以前一樣，跟妳對視時總會心有悸動。

能用我的血來救活她嗎？我問。

科學家說不可能，因為喪屍的大腦已經壞死了，只能用我健全的ＤＮＡ不斷複製出全新的人類，延續人類文明。

喪屍不會老死，但人類會，終究人類會敗陣下來吧!?

我無法想像，全地球都是我的複製人是什麼景象？

我只是伸出手，讓妳緊緊咬住。

科學家們大嚇一驚，抱著頭說，人類玩完了！

我才不管人類文明能否延續，我只想跟妳在一起。

喪失理智前，我緊緊牽著妳的手。

妳轉動眼球凝望著我，彷彿在跟我說對不起。

我對妳說：「謝謝，謝謝妳送我永遠。」

災難發生前第（-54）天

「不行，這陣子我都不能回來……」

收到父親來電的電話。

我沒有說明原因，因為說了他們也不明白。

父親疑惑的掛斷電話，感覺他有很多話想說。

我是一名科學家，在國家的地底研究所裡工作好幾年了。

科學家是小時候的夢想，一直堅持實踐的夢想……

夢想很不實際，因為夢想跟現實總是分隔開。

除非你的夢想很賺錢，那麼你就是勇於追求夢想的熱血青年。

第（-29）天

「對、對不起，我不能回來……」

這次是母親致電的電話。父親患了癌症末期，大家趕著去見他最後一面。人總是面對很多突然離別，所以都不懂珍惜最後一次。

「你是科學家吧？有方法救救父親嗎？」母親問。

「兒子啊！這幾年你到底在幹嘛……」母親叨唸。

「對不起……」說畢我便掛線。

不准洩露機密，不准離開研究所，不准向外界談及身分……

有時我很疑惑，到底我是科學家？還是囚犯？

第（-7）天

國家正研究一種生化武器，只要將病毒射到雲層，便能藉有毒的雨水殺死很多人，而且病毒會隨著空氣傳播。只有我國才有解藥，這是威脅敵人投降的手段。

牛頓、愛迪生、愛因斯坦……我曾視他們為偶像。

科學家本來是幫助人類，令世界變得更美好。

但如今我正在研究一種殺人的武器。

看著被用作藥物實驗的戰俘，我覺悟了。

世界上沒有真正的和平。

因為要用戰爭，才能結束戰爭。

世界上有很多掛著正義之名的戰爭，同樣會殺死很多人，卻被視為英雄。

第二天

是誰幹的好事，生化武器被偷走了。

病毒在世界各地極速散播，地球變成一個宇宙間的病毒星球。

全球人類死亡數字直線上升，無數個家庭被拆散，地球上的人發出絕望的求救。解藥呢？只要幫病人注射解藥便沒事了！

然而，國家決定不要輕舉妄動⋯⋯

輕易發放解藥，會讓敵人得逞。

一旦解藥被偷走病毒的人得到，多年來的研究就沒意義了。

第九天

在地底研究所看著地面的影像，只見滿眼都是灰皮膚、見人就咬、沒有感情的喪屍⋯⋯

人類真的能獲救嗎？

於是，我偷偷離開了研究所。

開著車子，在滿是喪屍的街道上奔馳。

看著眼前的一片死寂，我終於明白了。

世界不是無藥可救。

真正無藥可救的，是人類。

第十天

回到家，在我的房間裡找到變成喪屍的母親。

在最後一刻，她竟選擇留在我的房間裡。

面對著空無一人的四面牆。

十多年沒回來過，連我的氣味也該消失得一乾二淨。

在母親腦海裡，或許只剩下褪色的回憶吧？

車上還載有偷出來的解藥。

本來想替母親注射，可是她拒絕了，以緩慢的姿勢避開針筒。

「嗚…嗚……你必須是人類，其他人類才會相信你。嗚嗚……嗚…我必須是喪屍，其他喪屍才不會襲擊你。嗚…嗚…去改變世界吧！由我來保護你！嗚…嗚……」母親這樣對我說。

「知道了，對不起……」

每個孩子都想在父母跟前證明自己長大了。

但在母親眼中，孩子永遠長不大。

第十二天

跟喪屍電影不一樣，跟街道上其他亂咬人的喪屍不一樣，母親坐在副駕駛座上，完全沒有發狂要咬人。我替她扣穩安全帶，駕車離開家裡。

小時候，跟父母親約定，我要帶他環遊世界。

得到第一分工作時，我說要帶父母去旅行。

結果，沒有一樣做到。

把車子停在山頂上，儘管喪屍該已失去對溫度的知覺。我還是替母親披上一件披風，我和她兩人，一起等待著下次的日出。

第十三天

太陽從山後徐徐升起，明明每天都有一次日出，人們還是覺得日出很珍貴。

明明每天都可以做到，從家裡出發只是幾個小時的車程……

卻要等到無可挽救的時候……

「嗚……」把眼下所及染成一片紅，太美了，母親發出驚嘆聲。

「對不起，我欠了妳這一瞬間……」

足足欠了一輩子……

第００一日

今天比想像中冷，天空沒有雲，有點冷冷的微風。

穿了短裙卻還沒有帶外套，太失策了，我雙手放在嘴前吹氣，縮起肩膀。

那傢伙竟然遲到，壞習慣總是改不過來。

這天是約會的日子，我在車站旁等著他到來。

突然，遠處傳來驚叫聲，隨即有人群不斷向著我的方向湧過來。

所有人都亂成一團，有人不慎跌倒，隨即就被後面湧來的人潮當成廢汽水罐般踩踏。有小孩跟家人失散了，呆在原地大哭，但沒人理會；汽車不理會人群在路中心狂駛，撞倒了不少路人。

也許韓劇看太多了，不禁擔心遲到的他是不是發生意外？

我立刻打電話給他，電話很快就接通了。

「妳沒事吧？妳沒事吧？我馬上過來找妳！」

他沒事就太好了，我把我的位置告訴他，要他千萬要小心。

他很快就掛線了，我站在車站的柱子後，避免被人群撞倒，察看四周，到底出了什麼意外？恐怖襲擊？還是有人持槍行凶呢？

如果只是一般火災，大家只會圍著看而不會逃跑。這時候若是他看到這情況，一定會說：「看吧，這個世界根本沒有英雄，大家都只會顧著自己。」

不用怕，不用怕，只要他在身邊，什麼事都不用怕了。

一陣夾雜著血腥味的冷風吹過，不知何時已經沒有逃跑的路人了，只剩下一片狼藉的街道。

他的電話一直無法接通，我不敢離開車站太遠，怕他會找不到我。

驀地，聽見背後有密集的腳步聲，我探出身子一看……

一個全身衣服都染了血，瞳孔全白的男人撲向我。我大叫著我的他的名字，男人一口咬住我的頸大動脈，我只能發出像溺水般的叫聲。

很痛！真的很痛，你在哪？救我啊！

腦海最後出現的影像，是你像英雄般出現營救我，可惜……沒有……

第0五一日

我恢復意識，發現自己全身彷彿被一層又硬又厚的盔甲困住。

眼前景物被一層白膜遮住，只能從喉結束發出單調的聲音，手腳也只可以緩慢移動……
後來我意識到，這副厚甲原來是我的身體，我變成像電影裡的喪屍一樣。
如今我的感覺就像靈魂跟軀殼分離了，軀殼變成囚室困住了我。
而今我恢復意識的，是站在我眼前的他，那是你啊。
我與你都身處在一個研究室裡。
我能看見你對著我說話，可是我在這副軀殼內聽不清楚。
你一手牽著我，另一隻手摸著我的臉頰，我依稀能感受到你手上的溫度。
但是當我回過神來，我才發現自己咬住了你的手，溫熱的血正從喉嚨流進食道，滋潤了乾涸的軀殼。這時我終於明白，為何那男人會咬我了。
對不起，我害你也會變成喪屍了。我很想哭著大叫，可是我的軀殼不聽使喚。
可是，在你變成喪屍之前，有一名穿著軍裝的男人很快斬斷了我咬著你的手。
他會將我們分開嗎？
不要！我一定要緊緊牽著你，我絕不會放手的！
穿白袍的科學家們從你的斷臂截口抽取了很多血液，但沒有要分開我們的意思。
太好了！

第一〇九日

變成喪屍最不方便的是沒有時間觀念，不知過了多少天。

喪屍無法正常走路，也無法交談，可是一想到世界變成這裡，我仍能夠與你在一起，單是這樣已感到非常幸福。

要當倖存者苟延殘存？還是拯救世界的英雄？也不及現在的我……

日子有功，我的聽覺恢復了，感覺軀殼更容易控制了。

我緊握著你的手，你也緊緊牽著我以示回應。

科學家們以為喪屍沒有意識，把我跟你當作是玩破了的玩具擱置在一個密室裡。

所以，我聽見很多有關病毒的祕密。而更令我震驚的是……

我看見很多個、很多個跟你長得一模一樣的……

活生生的人……

第十日

我是一個軍人，回到出生的故鄉，沒想到竟以這種方式回來。

原以為返回故鄉會受到村民的歡迎，一張張熟悉的臉孔卻向我呲牙裂嘴。

凶惡的農場大叔，如今只剩下半張臉，蹂躪在他一向視為珍貴的農作物上。

以前答應過回來後向她求婚的裁縫女兒，如今在她眼中，我變成可口美味的肉塊。

村長家裡，一家人舉槍自殺，村長的妻兒端莊的躺在床上，自己卻躺在地上。

應是先殺死妻兒，再自殺吧！？

凝視著村長死不瞑目的臉，彷彿在問這世界到底發生什麼事。

「開火吧，把喪屍統統殺光。」收到總部傳來的命令。

偏離城鎮的故鄉，從未沾染過砲火，就連新年只能從電視中看煙花，如今綿延不斷的槍火聲，令故鄉瀰漫著混著血腥的火藥味。

聽說研究中的生化武器被偷走了，在世界各地極速擴散。

一批批軍人結集在軍事基地，政府竟然沒有要我們救人，而是要我們穿起裝備，把變成喪屍的人類屠殺精光。

很想大吼到底他們的腦袋在想什麼？

希望至少救活一個人類，也不想殺死一百個喪屍。

喪屍不是人類嗎？

喪屍在變成喪屍之前，也是人類吧？

儘管如此，我們還是封閉住咆哮的心。

因為我們是聽國家命令的棋子，我們是軍人。

第（-6821）日

今天是我十歲的生日，跟青梅竹馬的好友在村莊外找到一家荒廢的木屋。

這裡成為我們兩人的祕密基地。

大人禁止內進的祕密基地！

大人口中的「通常」、「根據以往來說」，「常識」、「規則」在這裡都不管用，這裡是被棄置而荒廢的木屋，就像大人們丟棄他們的夢想一樣。

童年的夢想就由這裡開始！

我跟他擊掌承諾，以後要維護世界和平。

夢想雖不切實際，但我們才不管這麼多，從屋頂的破洞望出去的星際起誓。

夢想實現的那天，一定會來臨！

第十一日

喪屍完全不敵強大火力的軍人們，清掃行動在一天內結束。

本來綠意盎然的小農村，燒得只剩下焦黑凝固的血腥。

我是在這裡出生的人，被批准了留到最後收拾殘局，把屍體統統燒掉。

沒有人發現我們的祕密基地。我走進去，果然在裡面發現了他。

我的好友，儘管變成喪屍，還是記得這個基地。

「嗚……」他低沉的叫聲，彷彿在叫我「拔槍吧」。

不是約定了要維護世界和平嗎？

我拔出手槍指向他，心裡不禁疑惑為何要我面對這種事？

世界不是應該愈來愈美好嗎？

人類到底是要建設，還是破壞？

還是說建設之前必先要破壞，發展的後遺症必定是破壞？

為什麼要我以這種方式面對多年沒見面的你？

就在這個時候，聽見遠處有車子行駛的聲音。

我跑出屋外一看，車子上有一個男人和一個變成喪屍的老太婆。

負責駕駛的男人把一支針筒丟給我說：「用來救他吧。」

「你到底是誰？」

「我是……拯救世界的英雄！」

說畢，車子揚長而去。

第四天

我是一個特種部員的成員。

世界要末日了，身邊的人都這樣說。

戴著防毒面具的我沒有回答，只覺得這個想法實在太可笑了。說什麼世界末日啊，若此刻地球聽見的話，應該會禁不住偷竊笑吧。

吉普車上，前往任務地點的途中，大家都戴上防毒面罩，生怕感染病毒。

大家也不敢輕舉妄動，因為眼前是從未面對過的敵人。

那是無法用子彈擊退的敵人，那是不懂槍械為何物的敵人。

敵人微細得看不見，它們躲在空氣裡。

敵人龐大得龐罩整個世界，人類根本躲不過它的耳目。

我只敢輕輕呼吸，生怕敵人會從面罩縫間竄進我的體內。

吉普車煞車了，車上的同僚隔著防毒面罩凝望著前方，一群野狗在馬路中心嬉戲。

儘管瘋狂響號，野狗們絲毫沒有讓開的意思。

我們不敢下車，作為特種部隊，竟在馬路上跟野狗對峙。

野狗們看著我們，彷彿嘲諷：「我才不怕你們人類呢！」

說什麼世界末日啊，若此刻地球聽見的話，應該會禁不住偷竊笑吧！

病毒只讓人類感染，世界還好端端的，或許地球上其他物種還正在為這件事而慶祝。

第六天

這不是救援任務，我們到達目的地，這裡是一家學校。

我們從吉普車下來，手裡緊握著槍枝，只會對人類射擊的武器。

這裡是用慘叫聲代替下課鐘聲的學校，裡面有學生被喪屍咬到而逃回學校，結果變成了一場大逃殺。

再也沒有痛罵學生的老師，再也沒有高高在上的校長，再也沒有學生害怕的訓導主任，再也沒有任意妄為的學生。

學校只剩下逃亡的人類……

這不是個救援任務，我們將學校封鎖了，大門鎖上，任何人都不能離開。

這裡現在是個實驗場所，科學家準備了各種能擊倒病毒的疫苗。

接下來的任務就像廚師一樣，把各種調味料丟進鍋裡，看看食物變成什麼味道。

然而，食物是不能從鍋裡逃脫的。

倖存者從教室裡大叫求救，他們將自己鎖在教室內，撐過喪屍的襲擊。

這不是救援任務，儘管聽見他們叫喊，也不需要理會。

第十天

教室內的人們仍沒放棄向我們求救，可是我們只能裝作沒聽見。
我們逃避他們絕望不解的眼神，幸好戴著面罩，他們看不見我的臉。
試了幾種疫苗，對喪屍們毫無作用，他們還到處大肆咬人，撞開教室的門，咬死裡面的人。
食物不可能從鍋裡逃跑，即使他們成功逃到學校門口，
我們手上的槍枝就派上用場，子彈本來就是為了擊殺人類而發明出來的。
有看過吧？野生動物中了數發獵槍還龍精虎猛，人類就不可能做到了。
不是因為野生動物比人類強壯，只是，子彈是殺死人類專用的。
獅子咬住斑馬的喉嚨，不到幾分鐘斑馬就死了。
因為獅子的尖牙，是用作撕殺獵物專用的。

第十三天

求救聲漸漸消失了，換成了倖存者零零落落的咒罵。
我們的心情也變得好過了一點……
收到總部傳來的消息，各國倖存的人類變少了。
我們卻還在忽視著救援的聲音，這樣對嗎？

當世上的求救聲全部消失，大家以為就會得到幸福。

其實大家只是對求救聲變得麻木，世界沒有變好。

第廿五天

總部送來了另一批疫苗，我們依舊要逐一將它們丟進學校內測試。

測試能否殺滅喪屍病毒？測試是否會對人類造成副作用？

這裡不是學校，而是個實驗場地。

教室內的倖存者，看來已經明白到這一點。

他們只是靜靜的從教室的窗看著我們……

看著我們白白讓他們死去……

第卅天

從門外看過去，學校只剩下一間教室沒有被喪屍攻陷。

倖存的學生用不解的眼神看著我們。

為什麼呢？為什麼呢？他們甚至想舉手發問，可是他們不會得到回應。

當我們不再聆聽，聲音就會失去意義。

當我們閉上眼睛，身邊的人就會失去意義。

當我們緊閉嘴巴，心聲也會失去意義。

因為心裡所想的，我們都沒能說出口。

第卅七天

校園內變得一片寂靜，再也沒有生還者。

再也沒有求救的眼神，只剩下蒙上白膜的獵食者。

喪屍們不會求救，也沒有感情。

就算我們殺死他們，也不會有問題吧!?

第四十天

最後一瓶疫苗丟進學校裡……

突然想起在馬路上嘲諷我們的野狗。弱肉強食的生態圈，從來不會出現人類。

人類自稱是萬物之靈，站在生態圈之外……

其實人類也有一個弱肉強食的生態圈，圈內只有人類……

這好像叫作「階級制」。

這跟寵物店內，標上價格的貓狗有什麼分別呢？
用價格來衡量生命價值，人類也用薪水來區分高低。

第四十七天

所有疫苗都試光了，一無所獲。
學校裡的喪屍也變得毫無用處，彷彿像要洩憤一般。
有人提議，進入學校把喪屍殺光。
我們進入學校，竟沒看見四處獵食的喪屍們。
打開其中一間教室門，只見變成喪屍的學生們，靜靜坐在座位上……
這到底是什麼景象！？我們從面罩下露出不解的眼神，面面相覷。
突然，相信是老師的喪屍走了過來，站在我們面前……
「現在……」
他發出沙啞的聲線，我感覺到灼熱的憤怒。
「你們是少數了……！」他說。

第（-19）日

我是個小學生，我的志願是：制服的裙子可以原好無缺，乾乾淨淨的回家。

被同學霸凌是從哪時候開始呢？

好像是「那件事」之後吧，我已經記不起來了……

長大後就不會被欺負了嗎？霸凌這種行為是不會歇止的。

好像是「那件事」之後吧，我已經記不起來了……

父親被老闆辭退了，每天都在街上被路人責罵。

父親被大家霸凌了……

還記得那天，父親呆楞的坐在化妝台前，讀著母親要離婚的信。

父親一臉愧疚，對我說：「對不起，連累妳了。」

那晚之後，父親每晚都喝得酩酊大醉，偷偷在房間裡哭泣。

幾日後，才發現母親在外面借了一大筆錢。

討債的人上門來，把父親打得皮開肉綻。

我一直躲在房間裡，父親打開房門強擠出笑容，「放心，爸爸會想辦法。」

幾日後，父親酒醉駕駛撞到路人，撞到了一個與女兒逛街的父親。

那女孩的父親成為捨身保護女兒的大英雄。

我的父親成了殺人犯。

從那天開始，我就被霸凌了。同學們臭罵我是個殺人犯的女兒，還逼我吃操場的泥巴。

到底誰是霸凌主謀呢？

在課堂上老師們的冷嘲熱諷，假裝不經意的針對，同學們全看在眼裡，還有樣學樣；因為我父親是個殺人犯。

我的裙子每天都被同學們用泥濘弄髒。

回家後父親對我說：「對不起，連累你了。」

對我來說，父親才是我的英雄。

我們存在於一個對與錯的世界；你是對的，我是錯的，你與我是不可能共存。

聽起來好像沒什麼問題……

可是，當人們看見他們認為是錯的事，不會導引其他人走向「對」的一方。

只會指責別人，證明自己是「對」的。

為什麼要這樣呢？

大概因為學校的老師們，只會教學生如何讓自己變成菁英。

從沒有教我們如何幫助別人吧！？

絕望，在體內轉化成怨恨。

「上帝啊，請消滅人類……」我竟然這樣向神祈禱。

第一日

是上帝聽到我的禱告吧！？

父親在被扣押途中，遇上喪屍襲擊事件，街上亂作一團。

我在電視上看到，變成喪屍的父親在街上發狂咬其他路人。

我寧願父親變成咬人的喪屍，也不願看到他被困在監獄裡。

街上變成喪屍的人愈來愈多，父親就不會受到指責。

少數服從多數，很多喪屍咬人，咬人就不會是錯了。

第十六日

有倖存的人在網路上發表，有一個男人帶著一隻喪屍，拿著疫苗到處救人。

英雄出現了！

可是，英雄總是很忙。忙著打怪物，忙著救更重要的人，忙著接受人們的崇拜。

英雄永遠不會拯救像我這種小角色的。

然後，父親回家了……

第四三八二日

我跟父親住在一起。

我們活在一個沒有歧視、沒有階級、沒有霸凌的世界。

大家都是灰色皮膚，再也沒有種族歧視。

現在是我人生中最快樂的日子。

眼睛已經沒有用了，我們用知感去感受世界。

嘴巴已經沒有用了，再也不需要靠語言溝通，喪屍能靠腦波彼此聯繫。

腦波就像網際網路一樣，喪屍能遠距離互通訊息。

透過腦波得知，世界多了一種敵人，他們長了一張一模一樣的臉。

每個都一模一樣，長著很噁心的臉。

他們數量有很多，這種生物叫複製人……

可是跟我印象中的人類不太相像，我已經記不起來了。

這天是大日子，複製人向喪屍提出希望和平共存。

複製人希望跟喪屍的首領對談，並簽訂和平條約。

可是，喪屍才沒有領袖這種東西，我們是擁有共同思維的生命體。

跟任何一個喪屍說話，就是與所有喪屍對話。

這全是腦波的功勞。

複製人就不同了，雖然長得一模一樣。

但好像被植入不同的思維，複製人們竟然在吵架，笑死人了。

複製人與喪屍的對談剛開始就結束了。

「人類啊，你有什麼籌碼跟我們談條件？」

對談失敗，複製人們拿出槍械，將眼前的喪屍射殺，並用武力威脅。

這真像是人類的作風。

「上帝啊，請消滅人類……」

∴第二十日

原來熱鬧的村子，如今只剩下我和牠了。
從屋子的窗戶看出去，整個世界空盪盪的被寂靜包圍。
「逃跑吧！趕快離開這裡！」鄰居我們這樣說。
可是，逃去哪裡都是地獄，這是人類闖的禍；哪裡都是人類，所以哪裡都是地獄。
儘管留下來只有死路一條，但牠沒有離棄我，只是靜靜的坐在我的身旁。
對很多人來說，世界很大。
對我來說，牠就是我的世界。
人們總喜歡約束別人自由，以凸顯自己的權力。
門能自己敞開的是家，門由別人控制的是籠子。
外面的世界比家危機的，叫作避難所吧？

∴第廿一日

外面雖然很危險，但還是要努力活到沒有辦法為止。
為了活下去，我避開外面喪屍的耳目，尋找各種食物。
周圍都沒有人真好，商店的食物可以隨便拿。

平常只要湊近去，光是嗅嗅，就會被店員趕走。

商店的價格標籤，變得毫無意義。

人們只喜愛一些有價有品牌的東西。

購買的東西會珍惜，免費送贈的視如垃圾。

用高價買回來的名種狗才會疼惜，街上沒掛上價格標籤的流浪狗就不屑一顧。

兩者同樣都是生命不是嗎？價格標籤，只是人類逕自加上去的東西吧！？

但是……牠已經好幾天沒吃東西了。

面前是各式各樣的食物，牠卻整天無精打采的坐著。

生病了嗎？我不知道。但放心，我不會離開你的！我保證！

∴第卅二日

牠太餓了吧！？今天突然發狂想把我吃掉。

原來你是想吃我嗎？沒關係啊，只要你喜歡就可以了，反正我已經無力抵抗了。

在最後關頭，一個男人開著殘舊的小貨車在門外停下。

一腳把門踹開，衝了進來……

我用盡全身氣力大吼：「休想傷害牠！」

「別怕……」進來的男人說，「小狗狗乖，這疫苗可以救活你的主人……」男人對我說，還把一支筒狀物刺進體內。

「哎呀啊！小狗狗別咬我了，你一直守護在主人身旁吧！？真乖……看，你連咬我的氣力都沒有了，怎樣保護主人呢？」男人說。

我還是拚命咬著那男人不放。

「噓！坐下！」身後傳來牠的聲音，我趕緊聽話坐下。

「你果然……沒有離棄我呢……」牠摸摸我的頭。

？第一〇九日

我從試管裡出來，呼吸著這個世界的空氣。

身體有點沉，這個是別人的身體吧？

思想也是舊的，雖然說不出原因，但腦袋讓我有這種感覺。

像關了燈、闔上眼睡覺，卻突然被人重新打開電燈的煩躁。

腦裡莫名其妙哼起不認識的歌曲，這種陌生感很討厭。

身體是別人的，腦袋也是別人的……

那麼什麼才是「我」呢？

很多人都為了想成為某某人而努力。

漸漸的，我們就會失去自己。

記不起自己是誰。

我很想了解自己，我對自己是誰很有興趣。

?第一一〇日

穿著白袍，皮膚灰白的科學家們，看著我振臂高呼。

「成功了！成功了！成功了！」

人們常常以為自己做的事成功了，結果走的路從一開始就是錯的。

這就是人生吧？

我在研究所裡閒逛著，不斷思考著自己的生命。

有一個喪屍女人呆呆的站在研究所內，她牽著一隻人類的斷手。

喪屍女人還一直低喃著：「我不會放開你的。」

呵呵！真可笑。

很多人都曾誤以為只要緊緊抓住就是擁有。但真正的擁有，是你放手後，它也不會離開你。這就是人生吧？

我在研究所裡閒逛，科學家們觀察我的一舉一動，但讓我自由活動。

這算是自由嗎？呵呵真可笑……

就像把魚買回來放進魚缸，說喜歡看魚自由自在水裡游泳一樣可笑。

研究所監視器的畫面重播看到，在濛濛的畫面裡，看見那喪屍女人咬住了另一個男人的手，有人快速斬下男人的手，還從斷臂切口抽取基因。

男人沒變成喪屍，另一隻被喪屍女人牽著的手，也被人斬斷了。

男人躺在地上，受了很大痛苦才死去。沒一個人理會他，他像是用完即丟的垃圾。

喪屍女人還一直牽著斷手，呵呵呵直笑著。

？第一二〇日

這天，我在研究所找到了她，看著她，我有莫名其妙的愉悅感。

於是，我帶著她逃脫了。

她還是剛剛從試管裡甦醒過來，昏昏沉沉的被我牽著跑。

一直跑啊跑，跑到研究所外，全新的世界。

十指緊扣的牽著她，總覺得我們的手很匹配。

我教她各種生存技能，尋找未知的食物，避開滿街的喪屍。
儘管外面充滿著未知，只要身邊有她就足夠了。
晚上，我們來到一間破屋休息。
天氣變得很冷，於是我們相擁著睡覺。
相擁時身體緊緊依靠著，總覺得我們的身體很匹配。

？第一二一日

太陽徐徐升起，溫暖的光線射進屋內。
我們在屋內走動，探索著別人生活過的痕跡。
最後，她在房間裡發現了某東西後放聲尖叫。
我馬上跑進去，只見她驚恐的指著前方。
當她發現我跑進來，也同樣放聲尖叫。
到底她看見什麼？我走過去望著她手指的方向。
我無法置信眼前的東西所反照出來的影像——
面前的是一面鏡子，鏡子裡……
有兩個她……

有兩個我……

我們都是複製人……

⊕第三十一日

生活在倖存者重新建立的村莊內，已有一段時間，

活存下來是件好事嗎？人類有可能恢復到原來的生活嗎？心裡一直存在著這種疑問。

村子裡來了各式各樣的人，彷彿像個微型社會一樣。

常看電影裡在荒島的倖存者互相幫助，但如今的情況好像不太一樣。

金錢已變成沒意義的數字，但還是有別的方式分成各個階級；仗著暴力結集成小圈子，強行霸占村內的資源，最後掌控著整個村子。

人類的天性始終沒改變，即使到了這種情況還是無法團結起來。

我被分配到外出搜集食物的工作……

雖然危險，但這種工作正合我意，因為她在發生災難後就不見了。

我的夢中情人，我的女神。

⊕第三十三日

可惡啊，難道就此結束了嗎？

外出搜索資源的途中，在商場內被喪屍咬了一口，

雖然只是一小口，但現在傷口像被火燒一樣。

感覺到受感染的血液在全身的血管內蠕動，感覺真討厭。

不能再回到村子了，我見識過其他人發現受感者染的下場——被綁在門外當成裝飾品，或者將骨頭拆下來當成武器。

還真是物盡其用。

從始至今，人類就自視過高，自作聰明的生活著。

團結、同情、平等、守望相助……這種詞彙只會出現在童話故事裡。

有看過一種行為實驗嗎？

兩頭猩猩被鎖在籠內，其中一頭每次達成指令後會獲得青瓜，另一頭達成指令後則獲得美味的葡萄。當總是吃青瓜的猩猩發現到這種不平等的狀況，就把青瓜丟出籠外，也不肯完成指令，直到實驗人員給牠葡萄為止。

也有另一種結果，吃葡萄的猩猩知道自己得到較好的待遇，把自己的葡萄給另一頭猩猩吃，或者不肯再吃葡萄，直至大家都得到葡萄為止。

實驗結論是，除了猩猩比較喜歡吃葡萄多於青瓜之外，猩猩還有同情心，懂得「公平」這種概念。

相反的，人們總是因為自己得到較好的待遇而感到滿足。「公平」這詞，只會在發現自己總是得到青瓜時才會說出來；得到葡萄的人，只會利用葡萄來指揮只得青瓜的人。

這就是人類的本性了……

⊕第三十四日

我討厭人類，但我受不了自己變成喪屍。

我決定在還有意識時跳河自殺。

當我掉進河裡，打算跟這個世界說再見時，發現了她……

她變成喪屍，雙腳被大石綁著，在河底痛苦掙扎。

我記得這也是村子內的其中一種對付喪屍的伎倆……

見狀我立即嘩啦嘩啦爬回岸上，必須要救她，在喪失理智之前！

黃昏，在夕陽映射底下，我淡灰色的皮膚被染紅。

我嘗試了很多次，還是沒能成功潛到河底。

河底太深了，水壓也令我的耳膜痛得嗡嗡作響。

晚上，一輪小貨車經過。

司機是一個穿白袍的男人，還有一個戴著安全帶，安靜坐在副駕駛座上的喪屍婆婆。

男人有點警戒的接近我，示意他手上有疫苗。

「懂嗎？懂嗎？這是疫苗……我不是食物，ＯＫ？」

我點點頭，男人鬆了一口氣。

晚風吹拂起男人的白袍，看起來真像個英雄。

男人問我，知道哪有其他倖存者嗎？

我指指村子的方向。男人點點頭，他說他要去村子一趟。

我好像無法說話，病毒已經侵占我的語言能力。

但是腦袋開始接受到不同的訊息，其他喪屍發出的訊息。

其中，我聽見在河裡的她發出求救訊號。

我必須想辦法救她！

⊕第三十六日

我沒有注射男人給我的疫苗，我必須要變成喪屍，才有能力潛到河底救她。

令我確認自己已完全變成喪屍的是——我很想吃掉人類。

我跳進河裡，即使不能呼吸，我也不會死掉。但窒息的感覺非常痛苦，我四肢僵硬的猛抓，最後終於到達河底了，將纏著她雙腳的鐵絲扯開，她掙脫後馬上浮到河面。

我在岸上找到她……

我把疫苗遞給她，用腦波傳遞這是能令她變回人類的疫苗。

她把疫苗注射在手臂上，從針孔作為中心擴散，最後整個恢復到人類的膚色。

可是我已經無法跟她在一起了。

她是人類，我是喪屍……

「我……好喜歡妳。」這個訊息已無法傳遞給她了。

第三十六天

把疫苗交給一個坐在河邊的男人，他凝視著疫苗沒有注射，若有所思。

聽說有倖存者聚集的村子，男人指示出它的方向，他凝望著我離開。

好像有話要跟我說，難道村子有什麼問題嗎？

「HERO 到底是什麼啊？」在小貨車上哼著自創的歌。

有多少人曾經想過要當英雄呢？又有多少人「做了好事卻得不到讚賞而感到不忿」，最後脫下英雄的斗篷？市面上很多教人幫助自己的書，卻沒有一本教人幫助其他人。

所以這現實世界沒有英雄存在。

其實啊，幫助別人就是幫助自己，卻很少人發現這一點。

英雄的斗篷總是乘著風飄颺，威風八面。要是沒有風，就靠自己跑動吧！

這是一個沒有終點站的旅途，我盡量不去思索這件事。因為只要想到自己根本無法走到終點，就會全身乏力。

沿途已經救了不少人，小貨車的氣油已經用光。

疫苗也快要用光了……

這是沒有終點的旅程，儘管很多人知道這件事就不願起跑，但我還是卯足全勁往前衝，只想將希望延續下去。

因為英雄的斗篷需要風才能揚起。

「HERO 來也！」

哼著沒人懂的歌，英雄都是孤獨的。

第三十七天

來到倖存者的村子，發現有點不對勁。

在村口遇見一個撿起地上的骨頭來吃的小孩。放眼望去，村內卻存放著堆積如山的食物。

「你是誰？」小孩問。

「算是英雄吧……」我靦覥的回應。

「坐在車上的是誰？」

「我媽，她是喪屍。」

「外面有這麼多喪屍，你不怕嗎？」

「不怕，我是 Hero 啊！」

「什麼是英雄？」

「簡單來說，英雄是別人需要協助時，不會因害怕受傷或得不到回報，就漠視不理的人吧。」

「難怪這世上沒英雄啊！」小孩似笑非笑。

「我就是了！我車上有無敵疫苗可以將喪屍變回人類啊！」

小孩頓了一下，說：「世上沒有喪屍，人類就會變好嗎？」

此時，村民跑了出來中斷了我跟小孩的對話。

「請問，有受感染的人嗎？車上有疫苗可以救他們。」我說。

「原來如此……」村民點點頭。

我不明白他們的意思，但他們熱情招待我進村子休息。

開著車子進入村內，他們把村子的圍欄關上。

村民帶我走進一棟荒廢的商場內。

我看見的，不只是避難的村民，還有我熟悉的臉孔，是研究所的科學家，他們擺出一副「已經等你好久了」的樣子。

「停止你正在做的一切吧……」他們說。

「才不要！」我拒絕。

「你繼續救人的話，會對我們很麻煩，別怪我們對你出手。」

然後，他們向我透露正在進行的「另一個計畫」。

解藥早就研發出來了，但他們想要的是「另一種解藥」。如今，正在一間學校進行測試……

我聽了之後，回想起在村口吃骨頭的小孩……

「世上沒有喪屍，人類就會變好嗎？」

答案是：不會。

〒第二十日

我是村內最低等的生命，雖然同樣都是人類，但在小小的群體，人類仍會區分出階級。

只有一塊雞腿的話，就拆開成肉和骨。高級的人吃肉，低級的人吃骨頭。

這些階級早就定下來了，要是你想改變的話，就必須殺死上層的人。

我只是個小孩，他們說我對村子沒貢獻，很快就被編到最底層。

站在上層的是什麼人呢？就是災難發生前，有錢有地位的人。

雖然情況愈來愈糟，但沒人覺得人類會就此滅亡。於是大家都在準備善後工作，盡快投靠那些上層的人。等到地球恢後原貌，就爬上去成為上層的人了。

他們真是笨啊！

災難就是一個大洗牌的機會。

不問背景、不靠關係……有能力的人才能活存下來。

但是，因為人們對自己的能力不太信任。

寧可不成功，也不想失敗。

於是不打破規則，只希望在舊有規則做上層的人。

〒第三十日

這天，有一群穿著白袍的科學家出現了。

我在村子外啃著雞腿骨偷聽，建築物範圍我是不能進去的。大人說我的腳太髒了。我喝的也是不乾淨的水，大概整個身體都是污穢的，所以大人不喜歡我吧！？

科學家們說，有一個拿著解藥的男人，那解藥是能讓喪屍變回正常人的。

那很好啊！他們是來幫助那個男人的吧！？

可是聽起來卻不像是這麼一回事，科學家想把那男人抓住然後殺死。

為什麼要殺死一個拿著解藥的人？

起初村民也反對這個做法，我聽見後鬆了一口氣。幸好他們還未笨到要答應這個要求。

然而，科學家又講了一大堆我聽不明白的話。

「鏡像神經元」，很多動物也有同樣的神經元，也會在人腦裡找到。

每當人在跑步時，大腦就會產生跑步的神經元，游泳時也就產生游泳的神經元。

神奇的是，就連旁觀者也會產生相同的神經元。

人類正是靠這種神經元來模仿、學習、萌起同理心……

所以，它是人類進步的重要元素。

但是因為科技進步，大家都不會看著活生生的人，只會盯著冷冰冰的電腦，即使在網路上看著別人跑步，旁觀者大腦也不會產生神經元。

於是，人類的學習能力大大降低了。

喪屍病毒本來是一種能令人類大腦重新連結的良藥。

但沒想到威力太大，它主動控制人類的心智，以血液來「製造連結」。

意思就是喪屍咬人，令人類也變成喪屍吧！？

受感染的人，大腦能夠遠距離連結，接收著同一個腦波。

宛如有一個能接收到全部喪屍的網路在腦海一樣。

這樣的後果，喪屍的思想最終會連結成一體。

就像螞蟻，為了過河有些螞蟻以自己的身體做成船。

就像蜜蜂，為了保護蜂後犧牲自己也會用尾針螫人。

「這樣不好吧!?有獨立思想才叫人類啊？」我很想這樣大吼。

然後……科學家們提出了一個建議。

我們正在研發一種新的疫苗，能令喪屍們「聽從」我們的指令。

就像蟻后、蜂后一樣……

所以，愚蠢的大人們答應了科學家的要求。

為了做上層的人，大人們決定出賣那拯救人類的男人。

大人果然是笨蛋！

〒第三十七日

又一個穿著白袍的人來到村子。

我問他是誰，他說他是英雄……

他告訴我，英雄是別人需要協助時，不會因害怕受傷或得不到回報，就漠視不理的人吧。

大人們帶了這個男人進去。

慘了！

我很想警告他，科學家們在裡面等著你，還想要殺死你呢。

英雄協助別人，那英雄需要協助時，有誰來救他？

我必須做點什麼，儘管我只是個最底層的小孩。

我偷偷坐上了英雄開來的小貨車，車上有一個老太婆喪屍。

「老太婆！我要成為拯救英雄的英雄啦！」

髒兮兮的腳用力踩著油門，只要交通規則不管用，連小孩也懂得開車。

我開到了附近有喪屍聚集的地方，打算把喪屍引過去村子。

此時，老太婆發出一聲低鳴，所有喪屍都一同望了過來。

這就是科學家們講的腦波吧！？

我開著小貨車返回村子，後面跟著一大群喪屍。

到了村子門口，喪屍群突然加速，發狂似地衝進村子內。

我想起跟英雄的對話：

「我也能當英雄嗎？」

「能否當一個英雄，不是看能力有多大。而是看你有多大的決心。」

要打破規則，必須殺死上層的人。

英雄！我來救你了！

愛情有限期

這晚下著微微的雪，是個告白的好日子。

「我喜歡妳，可以跟我一起嗎？」我說。

站在我面前的子晴，低頭想了一下，然後抬起頭迎上我的視線，給予我一個簡潔的回覆。

「好。」

「謝謝、謝謝妳。」

有些事，無論做多少次仍是無法習慣，我緊張得全身僵硬，嘴唇不自覺的緊緊抿成一線。

「那麼，開始囉？」

子晴伸出白皙的手碗，展示她手上的電子手錶。

我也拉起外套露出手腕，用我的電子手錶跟她對碰。

手錶螢幕顯示「配對成功」後，出現了正在倒數的數字。

「4m・13d・23:59」

57

56……

這數字，代表著我跟子晴的關係，由告白成功開始，就只剩下四個月十四日的戀愛期限了。期限結束後，不管我們仍相愛著對方，都只能分手，這是法律規定。

我牽著子晴的手，她的手很冰，我將它放在嘴前呵一口氣再藏在懷裡，她甜甜一笑，我們肩並肩緊貼著走在路上，距離她的家還有大約五分鐘的路。

當任何事情都有一個期限，人們才會學懂珍惜每一秒。

2060 年「時限法」正式全面生效。這法律生效之後，將會為人類所做的事情加上一個期限。

這個年代，人類醫學科技發達，人類平均年歲達到一百四十歲。若每年都定期注射疫苗，活到一百二十歲身體機能也不會有明顯衰弱。

雖解決人口老化及出生率下降問題，但人們亦因此而不懂珍惜生命。抽菸比率高達百分之七十八，人們對於空氣變得污濁漠不關心，反正就算空氣變成黑色，疫苗也能使他們活到一百四十歲。

簡而言之，醫學昌明令人們都不懂愛惜生命……

拜科技之賜，生活很多事情都變得比以前方便，生產上由機械協助，擁有無限能量，食物複製技術……

沒有限額，就沒有浪費。

生活有保障，人們就會幸福。

有更多自由的時間，人們就能做更多想做的事。

然而，人們因不用工作而變得懶散，整天虛度光陰；過度使用能源和浪費食物，取而代之是無法挽回的生態污染。

於是，便有了「時限法」。

將所有事件都制訂一個期限，每個人手上的手錶，都會監控著每件事的時限。

一旦非法逾時，手錶便會發出尖銳的聒噪聲，隨即施放電流作為警告，同時也會發出訊號傳送到警察局，五分鐘後便由執法部門制止「逾時」行為。

每件事的時限，都經過生理心理的專業考量。

為了良好的消化與健康，吃飯限制是卅八分鐘。

為確保睡眠質素而不浪費時間，睡眠限制是七小時十二分。

為保持最高專注力，工作限制是六小時。

「到家了。」

回過神來，已經在子晴的家樓下，子晴向我點頭道謝。

我看一看手錶，只花了四分鐘，我跟她的腳步都很急，因為我們心裡都知道將會發生的事……

「妳家有人嗎……？」我的呼吸變得沉重。

多虧戀愛有了期限，情侶間不再鬧彆扭，牽手、接吻、做愛……通常都會在一星期內完成，甚至更快。

在電梯門關上的一刻，我跟子晴便開始接吻，直到步出走廊，狼狽的打開門鎖進入屋內。房門一關上，我們身上的衣服不剩一件，子晴的身體變得很燙，我也是一樣。

做愛的時限是三十分鐘至四十分鐘。所以性能力較弱的人，前戲會做足一點。

熱情過後，我在床上點了根菸。

「不要抽了啦，對健康不好。」子晴說。

「好，那我就戒掉它。」反正戒菸時限也不過是四個月，所以我一口答應。

「剛才你……有點不安全……」子晴摸著線條很美的小腹。

「結婚好了，我絕對捨不得四個月後跟妳分手。」

「那也是沒有辦法的事。」

婚姻能夠延長兩個人的戀愛限期，但也不是能一輩子，限制是五年兩個月，為了統一性，人們統稱限期是四年十四個月。

限制一到不管有多相愛都要離婚，孩子交由社會看管，但父母每星期都會有跟孩子見面的機會，當然，也是有時間限制的。

為愛情加上期限，是為了兩人之間愛情的濃度。

正因為知道戀情會結束，情侶才會以最大的努力跟對方相愛，珍惜跟對方相處的每一秒。

四個多月，有足夠時間瞭解一個人嗎？

專家說，兩個人一起的時間愈久，才愈會忽略對方。

若然某天太陽變成藍色，人們才會記起夕陽紅的美麗吧。

「什麼？你竟然跟子晴在一起了？」隔天，我在午飯時跟阿達說了昨晚的事。他是我的同事兼好友。

順帶一提，友誼也有期限，所以絕不會出賣朋友。

只要東西有了限期，人們便不會提早結束它。

「對，我們還做愛了。」

「你…你瘋了嗎？」阿達誇張的跳起來，「她…她…她的前男友是警察啊！」

「那又怎樣？」我打了一個呵欠，腦海回想著子晴漂亮的胴體。

「你做的所有事都會被盯上！一旦被抓就會被『削命』了！」阿達激動的大吼。

削命，是觸犯法律的刑罰，削減犯人的生命時間。

相比起長時間監禁，削減人的性命更能令人不敢犯罪。

以前囚犯仍有改過自新、重新做人的機會，如今削減的時間不會再回來了。就像原來一生有機會看到二十次夕陽，如今被削減了五次……

就像財富一樣，愈有錢的人愈吝嗇。

將原本擁有的東西奪去，更加有嚇阻作用。

突然，我的手錶發出電流，我整個人麻痺得無法動彈。

手錶螢幕顯示：昨晚做愛時限逾時了2分鐘，削命20日……

「我早就說了吧……」阿達嘆氣，將我扶起來。「午休時間結束了，你還可以吧？」

扶起我後，阿達讓我搭在他肩上，將我架起來急步返回公司。

「我自己走可以了，兩個男人搭著走有點難看。」

雖然麻痺感漸漸消退，電流仍在體內亂竄，阿達這樣令我身體大幅抖動，全身從頭到腳都麻麻的。

除了午休時間有限制，為保障員工的健康，工時也有嚴格規管，不管任何原因，若員工超時工作，僱主跟僱員都會被「削命」。所以僱主寧可多請幾個員工，也不願意因此被削命。

以前人們會用一個人擁有的財富來評定人的價值。現在不管是總裁還是低級員工，在時限法前都是平等的。儘管有人認為自己的性命比其他人重要，也只不過是自以為是罷了。

我跟阿達準時返回工作崗位，阿達用下巴指一指安裝在辦公室角落的「時限監視鏡頭」，再用唇語做出：「你已被盯上了！」

我嘆了一口氣，打開電腦繼續未完成的工作，腦海卻一直回想著昨晚跟子晴的交歡畫面，她汗水混雜著髮香的氣味，窗玻璃映著裸體的曲線，輕咬乳頭所發出的嬌喘，兩人緊貼著身軀蠕動，因為捨不得她的體溫，才逾時了兩分鐘……

我不禁想，如果沒有限期，我還會有這麼深刻的感受嗎？

還是……反正有無限次機會，會變成純粹發洩肉體上的欲求？

「嗶嗶」手臂一陣針刺的痛楚。手錶螢幕顯示：「工作閒置逾時３０秒，削命４日。」

媽的，看來真的如阿達所料，我被盯上了。

下班前，我在公司洗手間內碰見阿達，他在鏡子前整理頭髮，拿起古龍水在身上狂噴。

「阿達，『龜殼』今晚要用嗎？」我問。

「你要跟子晴去嗎？」阿達反問。

「當然啦！不然自己去幹嘛？」

「你還真不怕死……唉，好吧好吧！『龜殼』今晚借你，可是明天我要用喔！」

「知道，謝謝。」

「保險套記得要丟掉啊！」阿達叮嚀。

我離開時，阿達仍在撥弄他髦髦的劉海。這天是他的「分手日」，在他眼中，時限法是這世上最偉大的法條！讓他名正言順每四個月更換伴侶。看他剛才在洗手間隆重打扮，今晚鐵定去夜店狩獵吧。

雖然四個月的戀愛期限比一夜情長久得多，而且法律規定不得在限期內分手，於是濫交、棄嬰、性病的數字隨之大幅下降。同時也因為這條法律，很多情侶都會覺得，「唉！反正接下來四個月都要面對這個人，就忍一忍吧！」反而減少很多無謂的爭吵。

對阿達而言，戀愛期限的好處是，沒有責任的包袱。

他常嘲諷，以前的夫妻到底是為了責任包袱才不敢離婚？還是真的愛著身邊那個人，想跟她一輩子呢？

「龜殼」是我跟阿達的祕密基地，一間荒廢的木屋子。它位於近郊區人煙罕見的位置，需要開車到某個沒有馬路的叢林內，再步行一陣子才能到達。

龜殼剛好位於兩國交界，由於鄰國是個落後國家，並未立時限法，所以龜殼的位置沒有監視鏡頭，又不算非法入境者。

之所以叫龜殼，是因為只要躲進裡面，就能逃過時限法，做任何事都能像烏龜一樣慢條斯理。

我跟阿達約定過，龜殼是我們兩人的祕密，就算友情限期過了，絕交之後也絕口不提，也不可帶其他人去龜殼，直至我們的「重逢日」。

法律的友情限期是三年七個月，絕交後要相隔一次限期才可以重逢。戀愛也是一樣，我必須跟子晴分手，然後與別的女生拍拖四個月，才能回頭找她。當然，她也會跟其他男性拍拖、牽手、接吻、做愛……

如果我找不到伴侶，即使過了四個月，也不能與子晴重逢。

時限法不鼓勵我們重複做同樣的事、跟同樣的人談戀愛、跟同樣的人做朋友……據專家指出，因為這樣會錯失很多新的機會。

晚上，我約了子晴晚餐，之後便開車帶她到龜殼，我並沒有將這天被削命的事告訴她。

「想聽什麼歌？」我問。

「隨便。」子晴這天穿了短裙、黑絲襪、長筒靴子。

「在時限法之下，沒什麼東西可以隨便的。」

子晴放下手機，用亮晶晶的眼睛望著我說：「那就播你喜歡的吧！」

每天只有六十分鐘的聽歌時間，人們不會重複聽同一首歌，而是去發掘不同類型的音樂。但某些歌曲，配合當時的氣氛，總會讓人在腦海中不斷重播。

把車輛停泊在一個叢林內的隱蔽位置，我一手拿著電筒，另一手緊緊牽著子晴帶她到龜殼。為安全起見，我把她的眼睛蒙住，並坦白告訴她這是我跟阿達的祕密，子晴諒解也迫不及待去那裡。

我不時瞄向她的絲襪，恨不得立即將它撕爛，也許她察覺到我的呼吸變得急促沉重，她笑了起來。

「你的意圖也太明顯了。」子晴笑說。

「對、對不起……」

「傻瓜！」

然而，在龜殼門前我煞住了腳步，因為等待著我們的……是一群警察，站在中央為首的更是子晴的前男友！

我被出賣了……

「還是，我們走吧……」我說。

「咦？」子晴雙眼被矇著，不明就裡。

正當我回頭想急步離開，隨即便感覺到頸項被人用尖銳的硬物扎進皮膚，一陣像液體般的高壓電流從硬物尖端竄進體內，循著血液一瞬間就流遍全身。

鼻腔深處傳來肉燒焦的氣味，四肢關節好像溶化了一樣，我不知以什麼姿勢倒在草地上，在失去意識前，最後看到的是，子晴被兩名女警帶上警車送走。

子晴消失在叢林之後，她前男友便開始對我施以發洩性的暴打，最後我在痛楚與痲痺的合奏中昏過去。

再次醒來，眼睛不能順利睜開，臉上也腫了一大塊，呼吸時胸口也傳來強烈的揪痛……

我像個精神病人一樣被綁在床上，連坐起來也沒辦法。

當有人發現我已經醒來，不久後就有幾名穿白袍的人走進來，其中一個中年男人拿著文件，宣讀一些有關我犯了嚴重罪行的條款，以及我將要面對的刑罰……

罪名我沒聽清楚，大概是叛國罪之類……

最後，中年男人硬將我無法動彈的手指沾了墨水，按押在文件上，簽署承認罪行。

人類是所有生物中，最喜歡被自己訂立的規則束縛住的生物。

動物界沒有法律要遵守，只有簡單的弱肉強食。

唯獨人類這種生物，訂立規則後，要大家一起遵守。

因一起被規則束縛，而感到安心；因他人觸犯規則受到懲罰，而獲得歡愉感。

正因為人類是這樣的生物。

除了到處都有監視器連接個人的手錶，「時限法」還鼓勵市民向政府舉報違規者。成功舉報的話，還可以得到各種好處。例如是……

「增命」。

從削命者削減的生命，自動加到自己身上。

簡單來說，就是鼓勵大家舉報其他人，令自己的刑罰得到特赦。如果你因睡覺逾時而被削命，就舉報一個睡覺逾時的人來抵消，作為等價交易。

罪行確立之後，我被轉移到一個全白色的正立方體密室。

我在電視上看過，這裡是專門招待重刑犯用的行刑室。

「嗨。」在行刑室裡等著我的，是子晴前男友。

「……」

「鄧子嵐，因觸犯叛國罪、偷渡、綁架……」

綁架你媽啦……我心想。

「被告承認以上所有罪行，依據法律，被判削命一百二十年。」

一百二十年，多麼令人絕望的數字。

雖然觸犯「時限法」的刑罰會被削命，但並不鼓勵執行死刑，或對病人見死不救。所以在立法時才會得到大多數的支持。

若所觸犯的法律超過了違法者生命年歲，犯人的生命便將會無條件歸政府所有。

意思是，所有人都可以活到一百四十歲，若然我今年三十歲，被削命一百二十年；也就是說，我已經死了！所以，我的性命將會交由政府管理。

「你應該知道，接下來會有什麼遭遇吧？」

「不是掃地雷，就是人質吧？」我冷笑。

「錯了，你還得先在勞改營住三年呢！」

性命歸為政府管理，意思是先住進勞改營三年，作洗腦訓練。之後便能返回社會生活，但當政府需要用到你的性命，隨時隨地都會被召回。

而政府會用犯人的性命來與鄰國戰爭時作交換人質所用，或有病人需要器官或輸血，犯人都需要無條件雙手奉上。

「哎呀！我差點忘了。你最後有權跟見一個人見面，時限是十分鐘。」

「阿達！我的好！朋！友！」

我毫不猶豫的回答，子晴前男友對我這個答案感到詫異。

我並沒打算跟子晴見面，我不想她看到我落得這副模樣，三年……足夠讓我這個人從她腦海中消失吧。

不過，無論發生什麼事，我一輩子也不會忘記她的。

「砰！」

突然臉部感到強大的撞擊力，我腦海一陣暈眩，才意識到自己被揍。

當我再次清醒過來，眼前坐著的是阿達……

「你只剩下三分鐘了……」他說。

「媽的，他還真是討厭我呢。」說話時才察覺到舌頭破了，口中滿是血腥味。

「因為子晴跟你分手之後，他就可以再次和她在一起了。」阿達說。

「我跟子晴一起才兩天！」

「他自有辦法，你懂的。」

「算了……我只想知道，你為什麼要出賣我？」

「我在夜店因為用藥物迷姦女生被抓了，被判五十年……」

「所以？」

「舉報你，我不單能抵消之前的罪行，壽命也增加到二百一十歲。也就是說，我還可多犯一次迷姦少女的罪。」

真是難以置信，阿達說出這番話時，竟能直視我的眼睛，還不自覺的咧開嘴笑。

「找到龜殼時，我們承諾過不會出賣對方……」我為被出賣而憤怒得咬牙切齒。

「反正到最後也會絕交，何必太認真？當然還是以自己為先吧。」

阿達聳聳背，站起來離開。

行刑室只剩下我一個，接下來三年我也要在這裡度過。

我反覆回想阿達最後的說話，也許他說得對……

一段關係有多美好，別離時就有多痛。既然已知結局，何必投放太多感情？

這三年，一眨眼就過去……

嗯，那是騙人的，在行刑室裡的生活度日如年，除了日常的洗腦訓練，說明時限法的好處，以及作為犯人為社會奉獻出性命是一件光榮的事等等……

但真正難撐的是，它會奪去生存一切的動力，但不讓犯人自殺死亡……

我會被注射營養針，所以我被奪去了食欲。也會注射讓腦袋平靜，使身體處於休息狀態的藥，也就是說我連睡覺和作夢的自由也沒有，像一團為了包裹內臟的肉塊般活著。

這三年來，雖然我的肉體仍活著，但我的靈魂已經死了。

就算現在過馬路時被車輾過，我一點也不覺得可惜，反倒會鬆一口氣。

當我像個活屍般離開勞改營，眼前出現一個熟悉的身影……

噗通！

「我一直都等著你……」聲音化成訊息貫進腦海……

噗通！噗通！

是子晴……

「我該不會在作夢吧？」

我難以置信眼前的子晴是真實的存在。

「聽說在勞改營裡，連作夢的權利也被剝奪吧？所以……我怎麼可能會是假的呢？」

子晴上勾的嘴角弧度還是一樣漂亮。

三年了，我以為子晴會因此而忘記我，她這麼漂亮，又這麼年輕，性格也好得沒話說，根本不值得為了我而等待三年。

「子晴，妳一直都在等我？」我擦拭著因感動而濕潤起來的眼睛。

「我找了一個性無能的男人拍了四個月拖，之後就一直在等你。」子晴吐吐舌頭。

「但是……我隨時都會被政府召回當人質，或者被割去器官而死去……妳這樣，值得嗎？」

「反正在這個時限法的國家，沒有東西是永恆的。但是我在你身上，找到了永遠。」子晴直直的看著我。

「永恆」、「永遠」這兩個詞彙透過耳膜跑進腦裡亂衝亂撞，我的後腦突然一陣刺痛。

「你沒事吧？」子晴關心的問。

我把她推開，腦裡還是不斷跑出很多畫面，是三年來洗腦教育的片段——

「月球每年都會遠離地球一厘米，六億年後月亮就會遠離得無法看到日全蝕了。」

「尼亞加拉大曝布，曝布頂端的岩石，每年都會被急流侵蝕三十厘米，五萬二千年後這個世界奇觀也會消失。」

「五千萬年後，就連土星都會失去土星環。所以人類也將要失去周圍的東西，還是保留一個期限比較好，『時限法』正是因此而誕生。」

「夠了！」

子晴突然湊近，我來不及反應，她就吻住了我的唇。

幸虧她，我不單止住了喃喃自語，更使腦海一片空白，煩擾的畫面終於消失了。

「等等！等等！我們還未成為情侶，我必須找其他女人拍一次拖，才能跟妳在一起。」我把子晴推開。

「我才不管！只要我們不成為情侶，那就沒有時限了，不是嗎？」子晴抓著我的手。

「但這樣做是犯法啊，我被你前男友盯上了。」

子晴左顧右盼，然後說：「沒有警察啊！」

的確，手錶雖能自動判斷有否逾時，但兩人有否做出不當行為，就必須要靠監視鏡頭或身邊的人舉報。

我才剛從勞改營出來，仍未踏進社交圈子，被舉報的風險低很多，更何況，畢竟已經過了三年，她的前男友已忘記我也說不定。

「法律」、「犯法」、「警察」……

媽的，又要來了！！

「所有市民配戴的手錶都依照官方時計運行，不會有時差問題出現，確保公平公正……呼、呼……」

抱歉，腦子內一直出現奇怪的東西，不如我們去吃飯吧？」我拍拍自己的腦袋。

「好啊！你在營裡沒吃過好東西吧？」子晴笑問。

「嗯，每天只被注射營養針，沒吃過東西卻有飽腹的感覺，噁心得很。」

我選了一間氣氛格調很好，客人比較少的餐廳，我們找了個幽暗的角度坐下，侍者有禮的將菜單和水放在兩邊。

「抱歉，我可以坐妳旁邊嗎？」雖然很奇怪，但我一秒也不想離開子晴。

「傻瓜！」子晴笑笑的坐下，讓出了一點位置讓我坐在旁邊。

「要喝酒嗎？我們應該好好慶祝一下。」子晴問。

「可以啊！」

根據時限法的規定，所有國民都不准喝烈酒，因為宿醉會浪費很多時間，也會影響工作專注力。所以滿街都是「**喝一晚酒，損失的是兩天的時間！**」標語，餐廳提供的都是混雜了水或果汁的低酒精飲料。

亦因如此，普遍人民的酒量都很差，曾有國際調查報導指出，我國的酒量是全球排行倒數第四，約是半杯啤酒便會醉倒。

順帶一提，比我國酒量更差的，我國是連乾淨水都無法喝到的貧窮國家。

「但是！我國的治安是全球排行第一名，醉酒鬧事的個案平均每年只得三件！」我無法自控的脫口而出，餐廳裡所有客人都以奇異的眼光看著我。

身旁的子晴優雅的用手背掩嘴輕笑。

「抱歉！」

這晚，在有限的晚餐時間裡，全程我們都在聊天，我在營中的生活乏味可陳，所以大多都是子晴說著她這三年的生活怎樣過。

「妳還記得真清楚呢。」我把沒吃完冷掉的牛排，包好放進口裡。

「啥？」子晴身體顫了一下。

「我說妳這三年內換了多少份工作、遇到了什麼人，都記得一清二楚。」

「因為……我很希望每件事都跟你分享，才牢記在腦裡。」子晴說。

用餐完畢後，子晴拿出了手機，說想跟我合照。

法律規定，每張相同內容的照片每天只能拍一張，專家說因為這樣，你才會珍惜每張照片所帶給你的回憶。

自從照片數位化之後，人們都害怕錯失了重要的時刻，所以利用手機瘋狂拍照，再發布在網路上。手機容量愈來愈大，但是又會有多少人認真重看手機相簿呢？

每拍下一張照片的動機，是為了留住一個美好的瞬間！

還是，只為發布到網上多騙幾個👍？

晚餐過後，我提議去我的家過夜，子晴點頭說好。

這天的天氣不怎麼冷，她只穿著一件低胸的小背心，還有貼身的高腰短褲，把她的姣好身材展露無遺。

坐計程車返回家中，由於三年沒人打掃過，桌子跟地面都堆積了一層厚厚的灰塵。

我跟子晴穿著鞋子步進屋內。

「真失禮。」

「床可以用就夠了，不是嗎？」

子晴將布滿灰塵的枕頭和棉被推到地上，然後坐在床上。

「等等！」

我跑進廚房內，拿出了好幾支高濃度的迷你烈酒。它們外形只有半隻手掌般大，易於收藏。

「這是……」子晴看見後瞪大雙眼。

「以前阿達從其他國家偷運來的，我們都會用來訓練酒量，他每次分手日，都會利用訓練出來的酒量把女孩撿回家裡。」我噓聲輕說。

「但是……我醉倒的樣子會很難看。」子晴眼神游移著。

「該好好慶祝一下，不是嗎？」

我打開了幾瓶酒，用掌心包裹著它再偷偷倒進空的膠水瓶內，這樣就算被監視鏡頭拍到，也只會以為我們喝水。

我首先喝了一口，一陣熱流從喉結流竄進食道。

酒精使我全身都滾燙起來，我坐到床上跟子晴說：「不如，我們逃出這個國家吧！」

「鄧子嵐，你在說什麼傻話啊？」

「上次我被抓那家小屋就在國家的邊境，只要我們尋找其他小路，就能逃出這個國家，到時候就不用怕時限法了！」

也許是酒精作祟，我激動非常得抓住子晴雙臂。然後，我指尖摸到了子晴前臂上，有一個被針筒多次注射而留下的疤痕。

我拉起自己的手袖，同樣位置上有一個相同的傷口，那是每天注射營養針的位置。

那是犯人才會擁有的傷口！

「子晴……妳……」當我回過神來，子晴已經在手錶按下「舉報」鍵。

子晴按下舉報鍵，說出自己的座標位置，然後掛線，一切行動沒有絲毫停頓，雙眼狠盯盯著我，原來剛才都是偽裝出來的花言巧語。

「子晴，妳想想看吧，只要我們逃出這個國家，就不用擔心時限法了！」我知道這是徒勞的掙扎，但我也不願接受如此殘酷的現實。

「這是有罪的，跟你的行為一樣，都觸犯了最嚴重的叛國罪。根據時限法法律 138 條乙 (a)，任何叛國的想法一旦被發現，刑罰跟實際犯罪行動相同，因為犯罪的想法會被蘊釀，對國家安全有很大威脅。」

看子晴把法律條文唸得像誦讀課本一樣平板，再加上她手臂上的針筒，我知道……她徹底被洗腦成功了。

「子晴，妳也被抓進勞改營三年嗎？」我問。

「一年半，我被緩刑了。」

「條件是……？」

「當性奴。」

子晴說話時臉上一點表情都沒有，彷彿在說著別人的遭遇一樣。

性奴……是她的前男友吧!?子晴的思想言行完全被操控住，那麼她算是出賣我嗎？還是說，我當天帶她到龜殼，讓她被抓，害她變成今日這副模樣……是我出賣了她呢!?

我就像壞掉的瓦斯爐一樣，連半點怒火也燃不起；這種情緒冷感也是洗腦的副作用。

這三年來，我沒有被完全洗腦，因為我對子晴有一分執著。

子晴被洗腦成功，不就表示……

在她心裡，我的地位根本微不足道。

對她來說，我也只是她生命中其中一個「四個月戀人」吧!?

此時，窗戶突然傳來刺耳的破碎聲，幾個穿著全身裝備，戴著面罩的黑衣人從窗戶外闖進屋內。

「砰！」

房間的大門同時爆破，我瞬間被包圍了。

我想跟他們說，其實想拘捕我費不著用這麼大陣仗，這三年內我一直待在行刑室內，純粹靠每天微弱的電流刺激肌肉，為防止肌肉萎縮而無法為國家捐軀。

所以，我根本沒可能逃離政府的追捕……

我朝最接近我的黑衣人揮拳，結果拳頭才碰到胸口，手腕就以詭異的角度扭曲了。

竭盡全力一搏的拳頭，看來並沒給黑衣人造成太大傷害，他一拳將我打在床上。接著一聲令下，幾個人就把我的手腳全抓住了。

慶幸的是，還有另一隻手沒被折斷。

還來得及，把裝滿烈酒的膠酒瓶藏在外套裡。

我迅速被扣上手銬，帶往在屋外準備好的車子上。

只有其中一名黑衣人坐上車子的駕駛座，其他黑衣人則陪同子晴坐另一部車子離去。

車子開了好一陣子，我望出窗外，大廈愈來愈少，隨而代之是一片高大的樹海。黑衣人載著我遠離市區了。

接著，他把車子泊靠在路旁。

黑衣人脫下面罩，是子晴的前男友。

他點了根菸，眼神凶狠向我說：「你真大膽，才剛出獄，還想跟子晴逃國！我現在就讓你立即為國家奉獻你的性命！」他擠壓雙拳，弄得啪啪作響。

如果我沒猜錯，他獨自把我載到這裡，是為了對我私刑吧？

子晴說她緩刑的條件，是成為性奴，也是他的手段吧？

什麼認識了一個性無能的男人，全是他命令子晴編出來的吧？

實在是……實在是太好了！

洗腦的過程中，除了灌輸時限法進我腦裡外，還抹除了我的「個人化」。就猶如士兵穿著一模一樣的軍服，喊著相同的口號，做出整齊的動作，這全都令是士兵抹除個人化，更能為國家賣力的伎倆。

因為如此，我的情感跟思維被分隔開……

所以，面臨眼前這種景況，讓我可以冷靜思考。

實在是太好了！

我把藏在外套內的膠瓶拿出來，扭開蓋子將烈酒灑在他的臉上。

「轟」一聲，他的臉變成了火球。

他一陣慌亂把臉上的火弄熄，我把酒塞進他的嘴裡，擠壓膠瓶猛灌他喝酒。

我國國民是全世酒量排行榜倒數四。他被灌了幾口就醉倒了，腳步幾個蹣跚，便趴倒在地上。

「叮……叮……叮……叮……」遠處傳來巨大宏亮的聲響。

我循著聲響望過去，前方有一座從地面上佇立的柱形建築物，即使黑夜仍能依稀看見它的輪廓。

那是「國家鐘樓」，國民所有手錶都以這個鐘的時間為準，以免有不公平事件發生。

此時，我腦海裡萌生出一個念頭……

「革命」！

若果把鐘樓破壞，所有手錶的時間都會錯亂！

那麼，全國國民都會觸犯了時限法吧！？

只要全民犯罪，大家才會意識到，時限法是多麼荒謬的法律！

唯有在沒有退路的情況下，人們才會拚命的向前跑。

我已經沒有選擇的餘地，就算去警察局自首，襲擊警務人員是最嚴重的罪行……如今我唯一可以做的，就是發動革命，將這個病態的社會喚醒。

我將子晴的前男友拽到馬路旁的草地，以免他被其他經過的車子發現。我也不能將他鎖進車尾箱，因為警務員的手錶設有定位儀器，也能呼喚同伴，他醒來後一定會叫來一大票警察。

所以，我只能開著他的車子，向著鐘樓駛去。

人類由獨立個體變成家庭，由家庭演化成群體，最後成為村莊、城鎮、國家……

正因為人類擁有複雜的人際關係，活在社會中的人類才會衍生出各種制度。

人類能創造為大家著想的制度嗎？

只要群體中有不同的階級、技能和權力，「制度」就只會因欲望而建造。當你是警察，就只會訂制對警察有利的制度，對平民漠不關心。

相對的，平民的中產階層只會關心自己的資產有否不公平分配，完全不理會社會底層人民的死活。

大家都自私自利的活著，制度便能在社會中運行。

心裡認為改變不了，就只好順從著制度過活……

最後只會被社會吞噬，被牽著鼻子走，猶如蜜蜂般聽從指示，成為它的一分子。

車子慢慢接近鐘樓，它的輪廓展現在眼前，比起從遠處望過去巨大得有點誇張，我不由得擔心單憑自己的力量是否能將鐘樓破壞……

我從馬路拐進一條小路，路一直向著鐘樓底部伸延，馬路兩旁設置了很多監視器，接著還看見很多整齊修剪的矮樹裝飾。

機會只有一次，反正我已是襲警的罪犯，剛才也被監視器拍到我擅闖禁地，我已經無法退縮了！

我如此告訴自己，緊握著方向盤踩踏油門全速前進。

最後，我撞破了木製的圍欄來到鐘樓底部，才發現原來鐘樓兩邊還連接著一棟兩層高的建築物。它是一棟極顯氣派的洋房，在月亮映照下勉強能看見它的白色屋頂。

我筆直的撞破了鐘樓入口的大門，才把車子停下來。

下車後環視四周，縱然我成功闖進了鐘樓內部，卻沒有觸動任何警報系統。

也許是凌晨時分的關係，周圍漆黑一片。

只聽到從上方傳來清脆的「滴答、滴答」聲，本能的抬起頭一看，看見很複雜的齒輪組合在一起，還有些說不出用途的零件，它們全都有節奏的運作著。

只要破壞它，鐘樓的時間就無法正常運作了！

我拿出手機開啟「手電筒」功能照明，在大廳深處有一條可到達上層的樓梯。

我跑了上去，腳底傳來軟軟的質感，低頭一看，樓梯竟鋪有地毯！

與其說是鐘樓，這裡更像一棟超級豪華的住宅……

我在大廈裡像頭迷路的野豬般橫衝直撞，隨著體力消耗，腦袋也冷靜下來，開始懷疑自己做的事是否正確。

就在這個時候，我來到走廊盡頭的辦公室，門縫透著光，我深呼吸一口氣，不讓自己有一絲猶疑的機會就推門進去。

辦公室內坐著一個白髮老人，雖然他年紀老邁，但雙眼炯炯有神，完全不見一絲老態。

他站起來，將辦公桌上的電腦螢幕轉向我，螢幕被分隔成多個畫面，顯示著我撞破大門的車子、樓梯、大廳、走廊、鐘樓外的馬路……

他一直監視著我的一舉一動！

老人臉帶著笑容慢慢走近我，我終於想起他是誰！

他是我國的總統。

很合理吧!?總統住在具有象徵性的國家鐘樓內。原來我闖進了總統的家……

「我要破壞鐘樓！令全國人民覺醒！」我說。

沒想到，總統完全沒有反駁，只是在輕輕的拍手……

「幹、幹嘛？」我眼睛瞟向窗戶和門口，沒有黑衣人闖進來。辦公室內只有我和總統兩人。

「我從很久以前就開始留意你了，縱使其他官員說你只是個普通的罪犯，我還是在辦公室留意著你的一舉一動。」

「什麼意思？」

「你不單只發現了國家邊境的漏洞，警衛部隊面對酒精的弱點，還有逃國的計畫，破壞鐘樓發動全國革命……這些東西我們都沒有察覺到，因為大家都在官僚制度上互拍馬屁。」總統頓了頓，確認我理解之後，又說：「沒錯，你只是一個普通罪犯，但若是恐怖分子利用炸藥將鐘樓炸毀的話，革命就成功了。又或者，敵國的刺客或特務用酒精，就能輕易來到我面前刺殺我。」

「所以呢？我沒打算要殺你，我只想取消時限法！」

「對你來說，時限法是荒謬的制度吧!?你知道我作為一個領導者眼中，是怎樣看待時限法嗎？」

「…………」

「它是操控人民的最佳工具。」

「…………到底你想怎樣？」事情怎麼會演變到這裡？我完全無法理解。

「我想邀請你加入國防部，幫忙修正現今時限法的法律漏洞。」

「荒謬！」

「國防部部長，是一個權力凌駕於其他政府部門的職位。」總統補充。

「荒謬……我只要破壞鐘樓，說不定就能推翻你的政權！」

「可惜，到時候也不會由你來坐上總統之位。沒有時限法，一樣會有其他荒謬的制度代替。」

「…………」

「我在樓下安排了車子，國防部？還是勞改營？你自己選擇吧。」

一星期後，勞改營內。

「人終有一死，才會對生命有所專注，在有限的生命中，才能感受達成目標的迫切性。」

我坐在行刑室，跟對面的男人說：「阿達，你犯了迷姦罪、私藏私酒，被判五年。」

「阿嵐，你、你怎麼會在這裡……？」阿達面色鐵青。

「這不重要吧!?你犯法了啊。」

離開房間後，我來到另一個行刑室。

「人總會經歷突然離別，有了限期，就知道何時是最後一次，每個人都有機會把握最後一次。」

我跟坐在行刑椅上的男人說：「你作為警務人員，竟多次逾時，私下對罪犯行刑，以緩刑來威脅女性罪犯當性奴，這是比罪犯更卑劣的行為！你被判十年了……」

「啊……唔……」

「抱歉，前男友先生，你叫什麼名字？」

「呃……」

「算了，這不重要吧!?你已經是罪犯了。」說畢，我就離開行刑室。

我不單只抓了出賣我的阿達和子晴的前男友。

我還將子晴所有罪行豁免，為了她的安全著想，她每天就待在我的家裡，貼身保護她。

革命失敗，但我成功了。

時限法萬歲。

關於抽脂減肥的祕密，你不知道吧？

「小姐，請問妳想把哪個部位的脂肪抽走？」在減肥公司工作的善欣，臉上掛著誠懇的笑容。

「老實說，我已經每天節食，勤做運動，但大腿就是減不了。」

「明白，那就選大腿抽脂療程吧！」

善欣以不被察覺的速度掃視了眼前的客戶，是個年約四十的中年女人，全身上下都是贅肉，將上半身的肥肉猛推向胸部，可惜只會令她的身形顯得更奇怪。這位小姐要抽脂的部位可不止大腿呢。單是從一樓走到二樓的會客室就氣喘吁吁，運動量之缺乏可想而知。

善欣把腦海中的揶揄藏在笑臉底下，順著客戶說話加以奉承是待客之道的必殺技！賺取佣金才是至上之要！

善欣將客戶的基本資料填好後，帶著她換上手術服進入手術室準備。

「不會是騙人的吧？」中年女人換上鬆垮的手術袍，身形比之前更圓。

「咦？」

「無傷痕、無後遺症、五分鐘便完成的抽脂手術……」

「放心吧，若果效果不滿意，我們會全額退費。」善欣以自信的語調肯定的說，她更加有信心療程結束後，中年女人會掏更多錢參加公司的全身抽脂療程。

因為公司有另一樣必殺技呢！善欣心想。

「付出」與「回報」，在人們心中從來不是對等。

人碰到不勞而獲的事，會備感快樂，卻對於付出努力後得到成果，卻感覺不怎麼樣，甚至有種「呼！幸好有回報，太幸運了」的心態。

人生有限，人們想完成的事情實在太多了，於是時間的成本也大大提高，大家都很討厭徒勞無功，或因努力後失敗而被嘲笑。

所以，抽脂減肥才會這麼受歡迎。

中年女人乖乖的躺在床上。安頓好客人後，善欣離開手術室進入旁邊的健身房。

「開工了！」善欣說。

「呼、呼……不是說好了嗎？每天三個客人……」我從跑步機跳下。

「她會是我們的大客戶。」

「……」我思忖著合約佣金，「好吧！知道了！」

我跟著善欣來到手術室，中年女人因吸入微量催眠氣體而發出鼻鼾聲。

「大腿嗎？」我問。

「對！」

我掀開中年女人的手術袍，伸出手指，指尖刺破大腿皮膚……

「咕嚕！咕嚕！」隨著女人大腿發出怪聲，大腿恢復成較像樣的形狀。

左腳後換右腳，以同樣方法用手指扎進大腿內將脂肪抽走，完成後將手指拔出來，大腿沒有留下丁點傷痕。

手術完成。

「我要回去了！」我說。

「辛苦你了。」善欣微笑道。

「真想看看妳真正的笑容呢，一定比現在漂亮得多。」我邊說邊離開手術室。

「…………」善欣沒有回應，只是把笑容收起來。

返回健身房，我能清晰聽見旁邊那中年女人刺耳的歡笑聲，她大概很滿意抽脂的效果吧！

我在私人健身室內，摸著腫起來的大腿。這正是我的特殊能力，將別人身上的脂肪轉移到自己身上……

大家都叫我「抽脂人」。

表面看來，時間對所有人都是平等的，但實際上真的如此嗎？

市面上教授善用時間的書籍多得不勝枚數，但對我……對社會上不被重視的某一小撮人卻毫不管用。

三個月前，我仍是一名重型地中海貧血症患者。

那跟貧血無關！是由於體內的血液缺少血紅素，無法正常攜帶氧氣到身體各處，負責造血的肝臟和脾臟，因為缺乏氧所以無法造出正常的血紅素，形成惡性循環……

好了，在這裡先停一停吧！

老實告訴我，你有認真聽我說以上的話嗎？還是只簡單的掃視了一下，認為它是與無關痛癢的情節，不必理會、細讀的文字？

我不會為這種事而沮喪的，因為我已經習慣了。

很多人以為把垃圾丟進垃圾桶，垃圾就會自動消失！其實垃圾並沒有從世界上消失，它只是在你眼前消失罷了。

垃圾會被填海或被處理掉，對環境以「不在視線範圍內對環境造成影響」。

是的，你知道這種事，因為教科書有教，但是你不在意。

歧視的問題也是一樣，我因為這種病而在學校受到同學們霸凌，所以老師不准同學們說出「地中海貧血」這幾個字；作法仿效日本電視台，不准說出「瞎子」、「聾子」這種詞彙。

然而，歧視的問題因此消失了嗎？

沒有。

不說出「同性戀」、「GAY」這種字眼，就代表對同性戀者公平嗎？那只是心裡有歧視的人，才會覺得詞彙帶有歧視意味吧！？

「公平」這個兩個字，是為了遮掩「不公平」而存在。

而我身為地中海貧血患者，就是遭受到歧視，卻又像垃圾一樣不被人重視的人。

我的夢想是當一名運動員，但是我有這種病，無法做劇烈運動。有人會說，如果單純喜歡運動，不如找一些對身體沒太大負荷的運動吧！？

沒用的，因為我需要長期輸血，會造成體內鐵質沉積的問題，所以每天都要自己施打「除鐵劑」，這種藥物每次注射需時長達八至十小時。所以每晚八時便要上床，在手臂上塗抹止痛膏，一直注射除鐵劑直至天亮……

只要想到這種刻板的治療要一直維持到我死的那天為止，我根本無法正常入睡，於是每天我都會對著房間的天花板許願：「要是我的病消失，能夠每天做運動就好了……」

某天醒來，我沒有感到身體跟平常有任何不同，然而……

我的病消失了！

在故事繼續之前，我想再問一個問題。

聽到我的能力之後，你有萌生起類似「如果現實中真有這減肥公司就好了！我一定會去光顧！」的想法嗎？

接下來冒出的問題是：「不過價錢應該很貴吧，如果是能夠支付的價格就好了……」

再來就想：「他喜歡運動，我也有付錢，天經地義吧！？」

有吧！？

但你們有想過，我要花多少時間來消耗轉移過來的脂肪嗎？

其實跟普通人一樣，所以我每天都會在健身室內，瘋狂運動到全身肌肉哀鳴為止。

也許是體重不斷增加，現在做運動感覺比起之前更辛苦了。還要繼續下去嗎？終有一日，我會對運動失去興趣的，可惡……

我拖著疲憊的腳步離開健身室，怎料在門外撞見減肥公司的老闆。

她是一個眼神銳利得猶如殺人鬼一樣的女人，化妝、髮型、香水……全身上下都裝備過的職業女強人。

「去哪？」

她捂住鼻子問，應該是我汗流浹背的關係吧。

「回家，另外……我想減少每天應付的客人。」

「為什麼？」

「我、我快撐不下去了……我遲早會討厭運動，我不想這樣。」

「哼……」老闆發出輕蔑的笑聲，又道：「你又以為我興趣是上班嗎？」

「啥？」

「工作不是你說想休息就能休息的，加上你已經在合約上簽名了。如果毀約的話，你需要賠償毀約金。」

她所指的毀約金，是一串長得懶得去數多少個零的金額。

「明白了吧？明天準時上班！」老闆發出不悅的咋舌後離開。

原來，每個人面對工作與出生一樣，都是——

無能為力……

就像我討厭自己的出生一樣……

我每晚對著天花板祈禱，沒有做什麼特別的事情，病就突然消失了。

起初，我自己也沒有察覺到這件事，起床時身體跟以往一樣昏昏沉沉，口乾舌燥的……

我打開房門，一如往常，看見地上放著餐盤，上面有母親替我準備的早餐。我將房間內前一天晚餐吃完的餐盤跟它交換，然後關上房門。過了一陣子，我聽見母親在門外收拾餐盤的聲音。

這幾年，我都是在房間內獨自用餐。並不是因為病的關係，而是因為某次聽見父親的言論……

那時，我們每晚都一家人圍在餐桌吃飯，桌上的都是簡單的飯菜，因為我需要長期輸血，光是沉重的藥物費用已壓得父母喘不過氣。我吃飽之後，便返回房間在滿布針孔的手臂上擦止痛膏。

「呼，我快撐不住了……」在房間內，我聽見父親的聲音。

「天仔他也不想有這個病。」接著是母親的聲音。

「我知道，但要是當初沒把他生下來，就……」

「噓！」

衝口而出的說話最是傷人的，但相對的，也總是心底最真誠的說話。

我剛好打開了房門聽到剛才他們的對話，只感到耳朵發燙，無法反應，母親驚訝的看著我，父親看著別處裝作沒聽見。

「藥膏……用完了……」我說。

「我、我馬上幫你換。」母親急忙在櫃裡拿了一支新的止痛膏，遞給我時湊近耳邊跟我說：「其實你父親剛才……」

我沒讓母親把話說完，將那支用完的止痛膏丟在地上，就轉身回房間，把門鎖上。

那晚的除鐵劑一點也不痛，但我的胸口痛得要命，緊抱著枕頭哭了一整個晚上。

那晚之後，我與家人的關係就變成這個樣子了，眼神完全沒有交會，更別說交談了，唯一的接觸就在交換餐盤的一瞬間。

發現自己的病突然消失，是因為那天剛好要去醫院作例行檢查。醫生眉頭深鎖看著報告，多番確認自己沒有看錯後才跟我說：「我無法解釋你的狀況，但是……從報告上看來，你痊癒了。」

從出生那天起，這個病就一直纏著我，所以連自己也無法相信它會有消失的一天。就在醫院外的花園，我有點賭氣的跑了起來，要是我昏倒了，就證明醫生的報告出錯，到時候，我就能在醫院裡大吵大鬧了！

然而，跑了近二十分鐘，在花園散步的病人紛紛朝我的方向望過來，甚至有人替我打氣，而我除了全身大汗淋漓之外，竟沒出現頭暈、肺部劇痛的症狀，呼吸還變得暢順了……

那天，確認自己的病痊癒了。

也在醫院裡遇見善欣。

「你很喜歡運動嗎？」善欣問。

「超喜歡的！」

「喜歡到要在醫院花園跑步？」

「對！我連作夢都想能夠這樣跑步！」

也許我的表情很奇怪，那次是我見第一次看見善欣像天使一樣的笑容。

之後，她帶我到一家專門為減肥人士而設的健身中心，她說可以給我一個超特惠的會員價，購買七十二個月的會員資格。

「但我不需要減肥吧……」我露出瘦削得像木條的手腕。

「但這裡可以讓你做各種運動啊！」善欣指向拳擊擂台，上面有兩個胖子在揮拳。

「但我沒有錢……」

「只要你說是我的男朋友，就可以有超特惠價錢入會了！」善欣湊向我，我這輩子第一次跟女生這麼靠近。

「男朋友」這個詞，更灌進我的耳膜裡大肆破壞理智神經，令我無法正常思考。

在故事繼續之前，我再問大家幾個問題。

第一個：看過我患上重型地中海貧血，必須每晚躺在床上注射除鐵劑十小時。大家有想過「其實每天可以睡十小時也頗不錯」？

就像那些年賺千萬的集團總裁生病了，躺在醫院說休息一下也不錯；就像高床軟枕的官員為了博得民意，跑到貧民區睡在狹窄的木板床上說體驗貧苦大眾的生活感受……

第二個問題：若某天在街上，你看到滿手臂都是針孔，臉色蒼白的我在旁邊經過，你還不知道我的病歷，你會怎麼想呢？

「那人有病吧？真可憐？」還是，「那人吸食毒品過量吧！？看他雙眼凹陷！臉無血色！」

人們總是以為自己會保護弱者，其實打從心底嘲諷弱者，覺得有人比你更可憐而感到安慰。

在普通人的眼中，強者就是能力突出，有天賦特長的人。

但像我們這種弱者眼中，所有人都是強者……

真正的強者，不是能力有多強。

而是有多尊重弱者！

好了，最後一個問題……

關於剛才兩個問題的答案。

你回答的都是偏向正面，沒有對患病的我有任何偏見。

你，有為這而感到安心，甚至有一種「做了好事」的感覺嗎？

但事實是……你什麼也沒有做。

你沒有幫助過任何人，世界依舊沒有改變……

沒有做壞事，甚至站在一邊旁觀。

言歸正傳，我答應了善欣的提議……

我假裝成她的男朋友，加入健身減肥公司的七十二個月會員。我已多次表明我沒錢，因為身患有麻煩的病，我每天只有十四小時的自由活動時間，很難找到工作。

然而，善欣提出了很多付錢的方法，例如簽署家人的名字作擔保人，向銀行借錢，向朋友借錢……

「我沒有朋友。」我直言。

「那不要緊，反正現在也沒什麼客人，你可以填上個人資料，可以享有一次免費體驗課程……」善欣的態度像噴上急凍劑般斬釘截鐵。

「喔，好……」

我填上姓名、電話、地址之後，就換上職員提供的運動服，穿在瘦骨嶙峋的我身上，有點像小孩穿上大人的衣服。

「打沙包吧，那裡沒人……」善欣按著手機，眼睛連看也沒看我一眼。

「哦。」我走到擂台旁的沙包前，試著用力朝它揮拳。

「噗」沙包比想像中硬，它文風不動，聲音一點也不清脆，指骨還痛得想哭。

「你要戴上拳套，還有綳帶。」

我回頭一看，是剛才一直在擂台揮拳的胖子。他滿身大汗，雙眼迷茫，連裝個表情都懶。

「啥？是嗎？怎……」我四處張望又看看善欣，她還是依舊瞄著手機。

「我來幫你吧。」胖子用胳膊夾著拳頭用力把手脫出來，在擂台旁拿繃帶叫我伸出手，我照做……

奇蹟發生了。

胖子的手臂一下子縮小了幾個碼，我的手臂卻詭異的脹大了幾倍。

「哇！」胖子大叫，善欣看了過來……

我便是這樣發現自己的能力了。

善欣的態度再次一百八十度轉變，撓著我的手說可以介紹我當公司代言人，這樣就不用付任何會費，還能賺取佣金了。

那一刻起，我便沒看過善欣的真正笑容了，上勾的嘴角只是無感情的肌肉收縮。

「我要考慮一下……」

「別這樣婆婆媽媽啦！」善欣勸說。

「起碼我要跟家人商量一下。」

「那我們一起回去，我現在是你的女朋友！」

我被善欣揣著離開，開心自己變瘦的胖子沒空理會我們；我幫他抽走身上的脂肪，多年不見天日的肌肉顯現出來，他忙著對著鏡子欣賞。

「坐計程車吧！」善欣興奮的大叫，她緊緊挽著我，表情簡直猶如抓住會生金蛋的母雞一樣。

回家的途中，我的臉不期然的笑了起來。自己從出生以來一直就像是沒法正面照到太陽的樹苗，其他人同樣生長在草地，已經壯大成樹木開花結果，我還是吸收著微弱的陽光苟延殘喘。

回到家了，現在才注意到手錶，原來已經晚上十一點多了。我按了幾次門鈴，依舊沒有反應，家裡也沒有動靜。

外出了嗎？我果然不被家人重視，只是個家裡的負累呢。之前我每晚都睡在房裡注射藥物，他們也一樣丟棄我在家裡自生自滅吧！？

「一定要等父母嗎？」善欣有點不耐煩。

「才不是！沒他們也不要緊！」我有些惱怒，不自覺的提高音量。

善欣有點被我的過度反應嚇到了，但她根本不明白，父母對我所做的事！

想知道重型地中海貧血症的孩子是如何煉成的？

必須由兩個隱性或輕度患者結婚，而他們的下一代就有百分之二十五的機率患上重度地中海貧血症。而輕度患者與普通人無異，甚至不會被察覺，所以結婚前醫生都會建議夫婦先作健康檢查。

然而，我的父母卻堅決把我生下，讓我一輩子受苦！

「怎麼了？」善欣查覺我的情緒不對。

「我自己簽吧！」

「咦？」

「把合約給我，我自己就能下決定……」

「簽好了。」

我帶善欣進入屋內，把合約上所有該簽名的位置都簽上我的名字。

把合約遞給她時，她楞楞的看著某處。我循著她的視線望過去。

她看著我的房間……

還有涼在地上的晚餐餐盤……

他們真的外出了。原來是這樣啊，我有種恍然大悟的感覺。

以前我都是打開一條門縫，將吃完的餐盤跟門外的餐盤互換，連看都沒看房外一眼。我以為這種叛逆的行為，會讓父母感到懊惱，他們上班時心情也一直糾結著。

但原來只是我的一廂情願。難怪每次打開房門，門外總是沒有動靜，因為他們根本不在家。針孔每晚刺進仍未癒合的皮膚，藥物在體內產生反應時的作嘔感覺，所有痛楚都只是我一個人在承受。

「真的沒問題嗎？」善欣輕問。

「什麼？妳指晚餐嗎？沒關係，我一點也不在乎。」

「不，我指合約，你不需要看清楚上面的條款嗎？」善欣指著合約。

「有意思嗎？」

「咦？」

「不論在哪個國家，合約所寫的都是在維護有權勢的一方吧？即使我看完合約上每一個字，也不明白它所指的含意是什麼。就算對方毀約鬧上法庭，小市民也只會打敗仗，合約正是這樣的東西，不是嗎？」

「你在認輸這方面真是毫無保留呢，跟在醫院花園跑步的你一點也不像……」善欣把合約收起。

她說的沒錯，我的人生就是一直認輸，敗陣的感覺對我來說不痛不癢。

就這樣，我就開始在減肥公司工作了。這幾個月我一直都沒有回家，也沒有告訴父母有關工作的事。

我在公司附近租了一家便宜的旅店，鄰居全是妓女和癮君子，對他們我並不反感，因為我跟他們一樣，都是為了金錢出賣身體，滿手針孔的人。

但最近幾星期，我完全沒離開過減肥公司。

我實在小看了金錢的威力了。

在我的特異能力幫助下，消息傳開了，減肥公司連廣告跟代言人的費用都省下來，幾乎每天都客似雲來，女人拿幾個月薪水令自己變瘦，也不願花幾個月來做運動。

我的體重不單沒辦法減下來，增加到一個程度，雙腳漸漸無法支撐龐大的身軀，運動的時間愈來愈少。已經到極限了，我坐在健身室內喘氣，雙腳連站也沒法站起來。

「你坐在這裡幹嘛？」進來的是減肥公司另一個女人。

說起來，這陣子都沒見過善欣在公司出現呢……

「呼、呼……」我邊喘氣邊說：「我要申請休假，我的腿完全沒法動。」

「不行，外面有客人已經預約了。」

「我就是動不了！那怎麼樣！我連走到手術室都做不到！」我整個人呈大字型軟癱在地上。

「我去叫老闆來。」

「妳儘管叫吧，大不了就解約，錢我也不要了，我會轉去其他減肥公司的！」

嗯，我再一次對眼前的狀況認輸了，然後耍賴撒野。女人離開了健身室，我一直躺在地上，累得半睡半醒，恍惚間聽見扭動門把的聲音。

「咔喇！」

我緊閉著雙眼，哼哼，放馬過來吧，我是不會屈服的！

「就是那邊躺著的傢伙了。」是老闆的聲音。

接著，密雜的腳步聲朝我快速逼近，我發現有點不對勁，想睜開眼睛，但嘴巴和鼻子被東西堵住，嗅到濃烈的嗆鼻藥水味，連眼睛都沒法睜開就昏過去了……

不知睡了多久，我在健身室醒來。哼哼，連挪動我到手術室也做不到吧？

正當我想坐起身子，才發現全身都被綁住，身體連轉動都無法動彈，低頭一看，發現自己被綁在床上。

除了動彈不得，還感覺到側腹傳來一種熟悉的刺痛，有一根冰冷的管狀物扎進我的皮膚內……

「那是抽脂用的針管。」

這刻我才發現老闆站在床邊。

「以後你只需要躺在床上就可以了，將麻醉的客人推進來，你把她們的脂肪抽走，我再動手術抽走你的脂肪，這樣客人就不會留下任何疤痕及後遺症了……抽脂是很痛的！」

「妳這是非法拘禁！」我大聲抗議。

「毀約也是犯法的，更何況……我知道你沒通知家人來這裡工作吧！？」老闆自信的笑了。

每天，我都被淚水和淤積在氣管的鼻涕嗆醒……

還是這家健身室。

眼前有不能用的跑步機，臭得令人皺眉的汗臭味。

口腔因長期缺水而黏稠著。

哭的原因有兩個，第一個是實在太痛了，針筒抽脂跟注射除鐵劑不一樣，抽脂的針筒需要在我的皮膚底層不斷抽刺，強行把脂肪鏟起再吸走。

身體不同位置的脂肪都需要定期抽走，這樣才能應付不斷前來的客戶。正因為抽脂是一種會劇痛，又會留下疤痕及各種後遺症的手術，客人才願意支付昂貴的療程金。

而另一個原因，是我作了個好夢，醒來卻發現一切都只是夢。

被困在這不分晝夜的房間，連過了多少天也無法得知。

有時候不禁在想，以前每天十小時困在床上的生活也比現在的自由，如今二十四小時被綁在床上，我的人生不只回頭了，還比起以前更慘……

父母不知道我被困在這裡，即使知道了，大概，他們也不會報警。

我的人生完了！到死的那一刻，我都要過著這樣的生活。

我試著把自己的人生過濾，再進行總結……

撇除掉我的病，還有現在的狀況，到底我還剩下什麼？

第一樣：金錢

偶爾會走進來的老闆說，我每個月都會象徵性收到合約註明的佣金，但我比起古時羅馬的奴隸更慘，不僅沒法享用那些金錢，連用錢贖回自己也沒辦法。

有人說金錢是萬惡根源。

但我覺得，有錢並不是問題。

一個人擁有太多錢，才是問題。

來光顧減肥的客人，冷血沒人性的老闆，還有……被金錢利誘而墜進陷阱的我。

第二樣：父母

父母是一種令人無法抗衡的牽絆，即使他們把我當成賭注般將我生下來，卻因為患上這個病，接下來的人生也非靠他們不可，這是我無法拒絕的。

所以我才希望多掙點錢，賺取足夠的醫藥費，然後離開父母。他們現在一定在暗暗恥笑我吧，我這個自作主張便闖禍的孩子……

第三樣：善欣

雖然已有一段日子沒見過她了，但我還是很想念她的笑容，當她挽著我時的溫暖感覺。雖然她騙我簽下的合約，令我現在萬劫不復，但把女生帶回家，她是第一個。

「嗨，你在哭嗎？」

我被聲音回過神來，發現一道身影從健身室門外走進來。

手術又要開始了嗎……？不！那聲音是……

善欣！

我瞪大眼睛想看清楚，確認這不是幻覺！

「妳為什麼……會在這裡……？」我奮力從乾涸的喉嚨發出沙啞的聲音。

「我來救你走。」

「救我？」

「我早就被迫離職了。」

「為什麼？」

「你單靠每日健身又怎能減掉身上客人的脂肪，那個勢利的老女人早就打算把你困在這裡了。所以我去找你的父母，跟他們一起報警，但警察來到時發現老闆帶著所有賺回來的錢出國了，只剩下一間空殼公司和不知情的員工，警方現正全面通緝她。」

「我不是在作夢吧!?我……可以離開了？」

「別再哭了，笨蛋。」

半晌，我看見醫護人員進來幫我拔除刺進體內的針管。

減肥公司門口堆滿了警察，我被送進醫院了。

醫生和警察都無法置信我擁有的能力，最後只能以詐騙跟非法拘禁案件處理。

這幾天，父母有來探望我，但我們不多說話。

我出院那天，善欣說帶我去一個地方。

「你記得我們在這裡第一次相遇嗎？」善欣跟我在醫院外的花園散步。

「當然記得。」

「這就是我來醫院的原因了……」善欣指向遠處一張輪椅，上面坐著一個年幼的小女孩。

「她是我的女兒，同樣患有重型地中海貧血症。」

「什麼？」

「五年前，男朋友知道我懷孕之後就跑掉了，我賭氣將她生下來，結果卻要累了她一輩子。」

「所以妳才這麼需要錢…，因為老闆知道妳女兒有同樣的病，所以逼妳離開公司……」

「對，其實我早在醫院看過你幾次了，你那仇視一切的眼神很引人注意，所以看見你高興的在花園裡狂奔，就忍不住笑了起來。」善欣說，「謝謝你，你給了我女兒活著的勇氣。」她再次露出笑容，那像天使一樣的笑容。

「善欣……」我不知該說什麼。

「呃？」

「我想妳……」我深呼吸一口氣，「我想妳以後跟我一起生活，我會用賺回來的佣金照顧妳，還有妳的女兒！我想……每天都看到妳這樣的笑容。」

善欣瞠大雙目，張大嘴巴但沒有說話。

「謝謝妳！是妳給了我活著的勇氣才對！」我大叫。

然後，我帶著善欣回家見父母了。

這次不用餐盤，我們一家人圍在餐桌上吃飯。因為善欣之前去找過他們，所以他們早就認識了，父母不斷向善欣道謝。

把一切有關感謝的詞彙都用光後，大家又回復沉默，但這次是帶著愉快的靜默。

於是，我將被綁在健身房時，所想到的說話一次過說出來！

「爸！媽！我知道你們很討厭我，我為你們帶來很多麻煩。我每天都要在床上注射藥物，我一直為此而非常痛恨你們。但是我錯了！相反的，是我連累你們了。自從我出生後，你們整個人生都被我搞垮，每日為賺取藥物的費用而疲於奔命。」

「你在說什麼鬼東西啊？」父親似乎有些氣惱。

「爸，善欣都告訴我了。每晚我走進房間後，你晚上還有另一份工作，媽媽也是一樣，放下晚餐之後便要到附近的餐廳當清潔工。你們硬是要留在家裡等我進房，是想給我一個『正常生活』的假象，讓我心裡好過一點……」

「但我確實說過沒有把你生下來就好了的說話……」父親懊惱不已。

「我不介意了。」

母親哭了起來，父親尷尬的吃著桌上的飯菜，我們一家人都很像，不善於把心裡的話表達出來。但畢竟是一家人，只要我們其中一個願意把心裡的門敞開，所有人都一定能夠得到幸福。

飯吃完，我把希望跟善欣獨自生活的事說出來，父親再次嚇到了。

可是，我注意到他一直緊繃著的肩膀也放鬆了下來，他臉上流露出久違的笑容。

在故事結束之前，我還有一個問題。

「如果你們知道這個減肥的祕密，還會以一己私欲去減肥嗎？」

不會嗎？那很好。雖然現實世界未必有像我一樣擁有這種特異能力的人，但是，日常大家很多行為，都正在為其他生命帶來不必要的痛苦，諸如：冬天穿著的羽絨外套、高級餐廳吃的魚翅、鵝肝、熊膽汁、象牙、犀牛角……

牠們沒有特殊能力，只是碰巧被人類看上了，就一直被殘暴對待。

你們都願意放棄嗎？

頸椎骨螺旋病變

「哎。」小葵摸一摸後頸，昨晚睡得不好，落枕了。

嘗試稍微轉動一下頭，能聽見骨頭在體內發出哀鳴，雖然不痛，但頸子彷彿中了巫婆的魔法詛咒一樣被石化了。

過馬路只能靠轉動眼球來看有沒有車子駛過，買早餐也不能抬起頭看餐牌，耳機播放著千篇一律的歌曲，只為隔開外界的聲音而堅持戴著……

早知道就不上學算了，反正在學校也不會有任何好事發生，小葵深深嘆了一口氣。

在學校被是什麼時候開始的呢？小葵嘗試在充滿垃圾的腦袋記憶庫尋找線索。

記起來了，是從那天反抗霸凌開始的吧？

不知道聽誰所說的，如果不想被霸凌，就勇敢反抗霸凌你的人吧。要是默不作聲，就會一直無止境的被欺負。

小葵一想起這句話，就想揪出這個人來痛扁一頓。如果霸凌只是被同學用暴力對待的話，就簡單得多了……

學校離家大約只有走路十分鐘的路程，小葵一邊沉思一邊返回自己的教室，以盡量不引起其他人注意的姿態坐下。

突然……

「啊啊啊啊啊啊！」不知是哪位大驚小怪的同學發出尖叫，打破了小葵的沉思。

小葵轉動眼球尋找聲音來源。

原來是坐在她後面座位的同學，她嚇得牙齒顫抖，眼淚不停流下，還跌坐在地上，完全不知裙下的內褲已露出來。

「小葵……妳……怎麼……」她口齒不清，指向小葵。

「我昨晚落枕了。對了，妳為什麼坐在我前面？這個座位是班長的吧？」小葵勉強擠出笑容。

下一瞬間，尖叫聲從四方八面如潮湧般襲來。

小葵訝異，但她無法轉動頸子，只能靠移動身體和眼球環視四周。

她發現全班同學都朝向自己，每個臉上都流露出看見怪物的驚恐表情。

這些尖叫聲也使她察覺到教室周遭的變化，黑板、座位、門、儲物櫃……怎麼全部都前後倒轉了呢？

應該在前方的門，現在變成後方了。

黑板還有坐最前排的同學，現在變成最後排。

然後，剛跑進來的老師也嚇倒了，睜大雙目的看著小葵。

「小葵！妳的頭一百八十度扭轉了！」老師的大吼，令她意識到，原來不是周遭環境有變化，而是自己的問題。

被喚來的保健老師也不敢碰小葵，只好叫救護車將小葵送走。

一前一後抬著擔架床的救護員趕到，看到小葵的狀況也束手無策，最後還是她自行走上救護車送進醫院。

「先躺下休息一下，剛才幫妳照個X光，現在等報告出來。」醫生強逼自己鎮靜下來，以專業的口吻道。

小葵臉朝天花板趴在病床上，醫院很靜，能清楚聽到腳步聲和儀器運作的微細聲響，正好讓她平靜過來，思考著剛才發生的事。

剛才老師被嚇倒的表情也太好笑了，小葵禁不住嘴角上揚。同學們像看到異類般的眼神，小葵早就習慣了。

也許是這個原因，這種前所未見的事情降臨到自己身上，也意外的平靜呢。

真正的霸凌，還包括了排擠、嘲諷、漠視、否認存在……各種令人窒息的後遺症。

那天，內衣剛好穿了粉紅色，換體育服時被其他女同學看見，放學時有男同學告白……

之後就漸漸聽見其他女同學在背後說壞話，說她上學只為了勾引男生，跟她母親一樣。

小葵在單親家庭長大，幾年前跟小葵學校的老師結婚。大人們壓根沒想到這件事看在高中生們眼裡，會變成「淫穢」。

話題比網路轉載更快速的散播開來，加入討論的同學愈來愈多。

小葵對這群人沒有意見，她理解大家都只是怕若不加入討論，就會成為背後流言的主角，於是加入在流言圈確保安全。

她也知道兇手是誰，班裡的詠雅一直很討厭她。原因呢……？大概女生討厭女生是不需要原因的。

內衣是母親買的，小葵認為沒必要解釋太多，但一直隱忍不說也不是辦法。

於是，她走到「內衣事件」始作俑者詠雅的座位前，用力伸手一扯。本來小葵只打算扯破一、兩顆衣釦，沒想到整件制服上衣的鈕釦都扯開了。

詠雅的黑色蕾絲內衣，完全暴露在整個教室同學們的視線內。雖已及時以雙手遮擋，但也無濟於事。

「嘖，妳穿這種內衣就很正經嗎？」小葵嘖聲說。

有女同學不忍心，上前護著她，用外套圍在她的上半身，詠雅哭得很慘。

在裝什麼可憐，妳霸凌我的時候不是很強勢的嗎？小葵正想這樣反駁，就被同學很大力的推了一下。

「妳也太過分了吧！？」詠雅的朋友氣不過。

「我……」小葵很想辯駁，但是其他同學的目光，令她一時喘不過氣。

只呆愣了幾秒，就錯失了解釋的時機。詠雅在女同學的庇護下，送到保健室。

雖然其他人當作沒事發生過一樣，但小葵從教室裡氣氛就能感受到，她已經被貼上「霸凌者」的標籤了。

得到受害者光環的詠雅變本加厲，跟所有人一起排擠小葵。

於是，「排擠霸凌者小葵」就成了一個正義的行為了。

一直在醫院裡躺到夕陽把純白的醫院染成紅色，母親打電話來說下班後會立即趕過來，理所當然，沒有同學或老師前來慰問，想必他們應該在教室裡慶祝才對，小葵心想。

「小葵，妳母親來了。」護士說。

小葵轉動眼球，發現站在門外的女人不是母親，她臉上掛著的笑容很有侵略性，令小葵升起警戒心。

「妳好，我是電視台的記者，我叫劉玉蘭，想跟妳做個訪問。」

「訪問……？」

「是的，我的朋友是救護員，他說妳送進來檢查，幸好事情沒有鬧大，我在沒被其他媒體發現前馬上趕過來了。」

小葵很清楚這位劉小姐的真正意思是：幸好事情沒有鬧大，我會將事情率先鬧大的，哈哈。

「要訪問什麼？」小葵問。

「妳現在的心情如何？」劉玉蘭已從手袋裡拿出錄音筆，放在小葵嘴前。

「沒什麼感覺，因為不痛。」小葵很想聳背，但做不到。

「這個……」劉玉蘭指著小葵的頸子，「是怎樣造成的，車禍嗎？」

「落枕。」

「昨晚睡前有什麼特別的事發生嗎？」

「我想起班上的同學，所以整晚睡不好。」

「喔喔喔！同學嗎？同學們怎樣？」

小葵頓了一下，心想這也許是報復的好機會，於是將內衣事件娓娓道來，當然潤色了一下對自己不利的部分。

「那今後有什麼打算？」劉玉蘭問。

「打算？這應該不會維持一輩子吧？」

正當小葵為訪問感到煩厭，母親和醫生趕到了。

「感謝你的訪問，再見！」劉玉蘭笑著離開。

「小葵，妳沒事吧？」母親看見小葵的情況，驚訝得捂住嘴巴，眼眶盈滿淚水。

「我沒事。」

醫生拿著X光片進來，托一托眼鏡，說明：「小葵的病是全球首次被發現，沒有病例，暫時也沒有一個十足把握的治療方法。」

「什麼？小葵會死嗎？」母親緊張得幾乎要揪起醫生的白袍。

「那倒放心，X光片顯示小葵的頸椎骨像螺絲般異變，但是所有神經線和筋脈都完好無缺，依循著異變骨骼連接著頭部。所以我們不敢貿然動手術。」

「那……那該怎麼辦？」母親眼淚滑落，小葵倒是很冷靜，繼續趴在床上不發一語。

「我已經聯絡幾個外國的骨科醫生，將小葵的X光片檔案傳送過去了。請放心，她不會有事的。」

醫生留下這句沒把握的鼓勵話，就離開了。

母親哭乾了眼淚，看著小葵吃飯的樣子又哭了出來。因為她的視線只能看背後，但手臂卻只能往前屈曲，使小葵像矇著眼吃飯一樣，動作滑稽，就算摸到了叉子，也不可能將食物放進口裡，最後只好由母親幫忙。

奇怪的是，雖然頸椎骨像螺絲般異變，但小葵身體卻無任何不適，臟腑功能也都健全，也能確實感受到吃飯後的飽足感。勸了很久，母親終於願意回家休息。

過了幾天，小葵還是沒有任何異樣，落枕的肌肉僵硬也漸漸退卻，她能像正常人般轉動頸子，可是她的頭部仍是一百八十度扭轉。

小葵盤坐在床上看電視，看到有關自己的報導，原來那個記者偷偷拍下了整個訪問過程。如小葵所願，她跟詠雅的恩怨也報導出來了。

新聞報導還加插了詠雅被記者追問有關霸凌的事，趴在桌上不敢望向鏡頭。

報導完畢後，小葵走到醫院最地下室的餐廳。醫院這裡才准許使用手機。她沒有理會其他人的目光，專注看著網路上各大討論區。

「真可憐，是受到長期霸凌引發的怪病吧？」

「霸凌別人還這麼重心計，這女人一定嫁不出去。」

「有人覺得她這種脖頸很美嗎？我是『鎖骨愛好者』。」

「一直默默隱忍一定很痛苦，我支持她。」

小葵看到一面倒支持自己的留言，不禁從心底裡笑了出來。

「相信你就是長頸鹿女孩吧？」突然一道身影坐到小葵的對面。

「咦？長頸鹿？」小葵歪著頭看著這不請自來的男人。

「長頸鹿為了生存，吃到大樹頂的葉子，所以頸子才這麼長，就像小葵妳一樣，為了生存，頸子異變了。」男人穿著西裝，一頭短鬆，很年輕，不像是壞人。

「但我頸子又沒變長……」小葵摸摸自己的頸，雖沒到長頸鹿的程度，但的確因扭曲而稍為變長了。

長頸鹿女孩，也頗可愛的！小葵心想。

「我們是一家模特兒公司，我們想拍攝一集關於妳的照片。有幾個品牌已經答應了，如果妳願意的話，可以贊助服裝，還有為妳而特別設計、製作衣服。」男人露出雪白的牙齒，笑容充滿陽光氣息。

「模特兒……別開玩笑了，我？怎麼可能？」小葵自知樣貌不太出眾，身材也不見得令男人經過時回頭注視，所以完全沒想過自己可以當模特兒。

「當然可以！妳具有其他人沒有的特質！」男人激動得雙手按在小葵的肩上。

「特質？」

「沒錯！妳的人生擁有故事色彩！」

小葵只好說明自己在醫院的情況，暫時未能出院，但要是情況許可，她再跟他聯絡。

男人留下了卡片，上面註明是模特兒公司，男人的名字叫正雄。

真可愛的名字呢！小葵收好卡片，返回病房，腦海竟不斷浮現自己拍攝特兒照片的畫面，甚至覺得，患上這怪病，好像也不是想像中這麼壞。

然而，隔天出現了一則令小葵皺眉的新聞報導。

一對中年夫婦坐在鏡頭前，背景是兩人的家，牆上掛著一幅外框破碎的結婚照片。

重點是，他們都患了現在人稱「長頸鹿症」的「落枕型頸椎骨螺旋病變」。

兩人背脊對著鏡頭，手緊緊牽著，臉向著鏡頭擺出生硬的表情。

「怎、怎麼可能……？」小葵全身顫抖，雙手想揮打著什麼卻又什麼都打不了。

還不止這對夫婦，因為有了小葵第一個病例，竟有幾個同樣患上長頸鹿症的人送進她身處的醫院。

一直對這怪病敷衍了事的醫生，現在竟自信滿滿接受媒體訪問，說很有信心治好這種怪病。

小葵不顧醫院規訂，在病房裡打開手機，瀏覽網路上有關其他病患者的報導。

一個殺人犯的兒子，他說整輩子都被所有人歧視，原因只是擁有「殺人犯遺傳」，就斷定他是個壞人。他實在受夠了父親已經接受死刑，留下他繼續受罪，所以變成長頸鹿死了也好。

「你……你們都是裝出來的！一定是動了什麼手術！」小葵咬牙切齒，雙腳在床上亂踢。

她望向病房外，大家都忙著處理新來的病患，完全沒人注意到她。

「別……別……」小葵眼眶泛紅，「別搶走我的可憐啊！」

一星期後，小葵偷偷溜出醫院了，但她沒有回家，反而是跑到模特兒公司找正雄，還打電話給他，告知自己可以過去了。

正雄很有貼心，聽見小葵要來，還特地開車到醫院附近接她。

「呃……妳這樣該無法扣安全帶吧，那坐穩好了。」

「謝謝你。」小葵面朝前身體朝後跪坐在副駕駛座。

開車不久，正雄撥了幾通電話，大概是叫拍攝的工作人員準備就緒。小葵很喜歡他的露齒笑容，所以經常偷偷瞟著他看。

小葵十指糾結在一起，奮力地從喉結擠出問題：「之前你跟我提出的拍攝，還需要我嗎……？」

「當然啊！我們公司還很需要小葵呢。」

「那些品牌也……？」

「他們隨時都在候命了，等一下幫妳量尺寸後，我就把資料發送給他們幫妳製作服裝。」

小葵聽見後鬆了一口氣，又問：「但是，這世界已不止我一個擁有長頸鹿症了，應該不是非我不可吧？」

「為什麼妳會這樣想，當然非小葵不可！其他人根本吸引不到品牌跟我們合作啊！」正雄說。

小葵高興的點頭，看著窗外的風景，腦海幻想當廣告出來之後，學校的同學們一定會大嚇一跳，尤其是詠雅，她一定會很羨慕吧。

「可以打開車窗嗎？」小葵問。

「當然可以。」正雄。

小葵探頭出車窗外，往外面大喊：「喲呵！」

此刻，她必須這樣做來舒緩雀躍不已的心情。

三十分鐘後，兩人到達模特兒公司，正雄牽著小葵來到一個房間，擺設跟一般家居很像，旁邊已有拍攝人員在準備，小葵向他們點頭。

一切都很令人期待，除了那個坐在梳化那邊，只穿了內褲，下體勃起的中年男人之外……

小葵看不到前方，所以她沒有察覺到，只任由正雄牽著她走到梳化前，中年男人流露出邪惡的笑容。

正雄把小葵的手甩開，中年男人熊抱著她。

「啊啊啊啊！」小葵嚇得尖叫出來，來不及反應，中年男人撕開了她的上衣。

「你幹什麼？別碰我！」

「真不愧是少女的身體。」中年男人開始對她上下其手。

「你這根本不是拍模特兒……正雄！救我！」小葵看著正雄，可是他只專注的看著拍攝器材的鏡頭，完全沒理解小葵。

「正雄，求求你……救我……」小葵身上的衣服已全被扒光。

「正雄……」小葵哭喊著。

「停！」

正雄喊道，中年男人立即停止動作。

小葵趕忙「向後」跑到他身旁，「謝謝你，我不拍了，請放過我……」

「妳別再喊我的名字了！」正雄說。

「啊？」

「妳一直喊我的名字，片子怎樣播出去？」

「你所說的一切，都是騙我的嗎……？」

「當然啊，誰會找妳這種怪胎當模特兒。不過，我說非妳不可是真的，看妳剛才手舞足蹈，想阻止又阻止不了，連自己的身體被侵犯也看不到，男人一定會很喜歡。」正雄嘴角上揚，笑容不再陽光。

小葵很想用力摑面前的正雄一巴掌，可是她的手和腳根本搆不到。

正雄點頭示意，中年男人一手將小葵扯回去房間的中央。不管小葵如何奮力掙扎，也掙脫不開中年男人。

她覺得很噁心，有東西正磨擦著她的身體。

「喂！住手！」

突然，門外出現警察大聲喝止，正雄和工作人員回頭看過去，臉色瞬間變得慘白。

他們把中年男人按壓在地上，小葵嚇得魂魄未定，坐在地上不知所措。

「小葵，沒事吧？」一個熟悉的聲音喚醒了她。

小葵回頭一看，是詠雅。

「妳…妳怎麼會來這裡？」小葵問。

「因為我碰巧看到一個笨蛋探出車外大叫啊！」

「…………」

「沒事了，我們走吧。」詠雅將外套披在小葵身上，幫她拾回散落一地的衣服和內衣。

正雄被帶回警處，詠雅和小葵則坐上另一輛趕到現場的救護車離開。

「這下子，妳一定是全世界最可憐的了。」詠雅說。

「我……」小葵不知該說什麼。

「都是妳一直耿耿於懷以前發生的事，總是想著自己很可憐，我最可恨，妳才會患上長頸鹿症吧？」雅詠。

「喂！你們別吵了！」陪同的警員瞪了詠雅一眼。

接著，兩人沉默了。

詠雅並沒有對小葵說，她曾去醫院探望她，看見她被自稱模特兒公司的正雄纏上了。

第二次去醫院時，小葵正在睡覺。她偷偷看了正雄的名片，回家上網搜尋這家公司的名字，發現那是專門騙女孩子拍三級片的黑心公司。

所以詠雅看見她在正雄的車上，立刻報警。

小葵一直在思考詠雅剛才所說的話，這番說話也使她不堪的回憶再次浮現。

到底……霸凌是從什麼時候開始呢？

小葵和詠雅原本是好朋友，每天一起上學，放假一起逛街，買同樣款式的衣服，還喜歡同一個男同學。

小葵知道自己比不上詠雅，於是偷偷跟那男同學說了很多關於詠雅的壞話。不過，男同學最後還是跟詠雅一起了。

說壞話的事，詠雅也知道了。因為這樣，兩人的好友關係就決裂了。

從那時開始，小葵就認為「可憐的人」才能擁有勝利，因為男同學覺得詠雅被說壞話很可憐，所以才會選擇跟她在一起。

於是，從那時開始，她便一直擺出一副受害者的姿態。

救護車到達醫院了，後車門打開，警員要詠雅跟回警察局作筆錄。

詠雅點頭，起身正要離開，卻被躺在擔架床上的小葵捉住了。

「對不起，謝謝……」小葵一次把心裡一直想說的兩句話說出來，她害怕會再次錯失開口的機會。

「為什麼要跟我道歉？」詠雅問。

「很久以前，我說了妳的壞話。」

詠雅一言不發下了救護車，小葵重重嘆了一口氣，看著她的背影。

驀地，詠雅回頭，「我就說嘛，妳別再惦記著以前的事了，我根本沒放在心上，況且，那個男同學也不是什麼好東西。」

「謝謝，對不起，謝謝妳。」淚水把眼前的景象都模糊扭曲了。

「好了好了，我等下再來看妳。」詠雅揮一揮手，跟著警員離去。

與此同時，世界各地都陸續出現同樣罹患「落枕型頸椎骨螺旋病變」的長頸鹿症患者，各國將他們前一晚所做過的事、吃過的東西、去過的地方綜合起來，都找不到共通點。

所有病患者身體機能一切正常，只有頭部扭轉後造成生活上的不便，起居飲食都需要別人照顧，更別說工作了。

很快的醫院已沒有足夠的空間容納這群病患者，長頸鹿症繼續迅速蔓延，一發不可收拾。

那天晚上，小葵的母親下班後趕到醫院，發現詠雅正餵她吃飯，兩人聊得很開心，病房的哀愁氣氛因兩人的笑聲完全消散了。

小葵無法上學，每天詠雅都會拿著筆記到醫院教她。

一星期後，奇蹟出現了。小葵恢復原貌，先初她能夠像貓頭鷹一樣把頭扭到前方，固定下來後，頸部能扭動的角度逐漸變少，最後慢慢慢慢變得跟一般人無異。她可以正常上學，生活如常。

唯一改變的是，小葵對上學不再厭倦，臉上也掛著笑容。

她們約定好了，舊事不再重提。小葵在沒有任何治療的情況下治好了長頸鹿症，卻沒有任何媒體要訪問她。因為在小葵之前，那對夫婦已經痊癒了。

他們不只接受了所有媒體包括網台的訪問，還舉辦講座，邀請患有長頸鹿症的患者出席。

「最重要是愛！愛的力量把我們治好了！」

「以前，我丈夫賭博成癮，我們經常吵架，某天起床就發現自己患上了長頸鹿症。」

「以前，我太太有外遇，我還想提出離婚。我們每晚都互相背對著背睡覺，所以患上了長頸能症。」

「我們患上長頸鹿症後，連自己的生活都無法顧好，親戚和朋友怕被我們傳染，全都疏遠我們。」

「我們倆只好彼此倚靠，我看著鏡子餵她吃飯，她負責也幫我洗澡。」

「有一天，我丈夫跟我說，如果有幸痊癒，就會帶我環遊世界，兩個人牽著手走到天涯海角，過去的事就不再提了，只希望與我白頭到老。我聽見後，每日都幻想著甜蜜旅行時的畫面，沒想到，我們真的痊癒了！」

夫婦說得振振有詞，兩人緊緊牽著彼此，講座的入場費，更是賺得他們口袋麥可麥可。

還有那個殺人犯的兒子。也許連他也沒想到過，自己居然會穿上筆挺西裝，脫下了耳環鼻環，把頭髮染回黑色，在高級商業區上班。

原來，有一個集團總裁的兒子同樣患有長頸鹿症，他看到殺人犯兒子的故事深表同情，決定聘請他由基層做起，還贊助他進修。

殺人犯兒子有了人生目標，開始向著目標努力，長頸鹿症也不藥而癒了。而他最希望的是，父親能夠看見他現在的模樣。

綜合痊癒患者的個案，有心理學家就綜合做出結論，落枕型頸椎骨螺旋病變的病因因是心理性：

很多人因過去受到挫敗，執著於過去，被過去纏著，困坐原地，難以再相信任何人，什麼也做不了，變得不能邁步向前。

不論是可憐的自己，還是可恨的敵人，兩者都是死咬著過去不放的執念。

但更重要的是，只要能夠有一個快樂的未來，自然可以不藥而癒。

被殺死的阿迅在FB標記了我！

警察局的偵詢室，我真沒想到這輩子有機會進來這種地方……

「是的，我們畢業後一直沒有見過面。」

「大概多久？」

「大概……很多年了。」

「明白了，我們會再聯絡你來警察局的，請留意電話。」警察露出懷疑的表情。

「那現在……？」

「你可以走了。」

被警察重複的問話折騰完，我茫然坐上警察為我安排的車回家，他們說不讓我見任何人，只能直接回家。

在車上，回想起剛才的情景，禁不住像個小孩般害怕的哭了出來。

阿迅被殺死了，我被懷疑是兇手。警方還特地讓我看他凶殺現場的照片，他的頭顱像木乃伊般用保鮮膜包裹著，雙手雙腳也綁了起來，整個人浸在浴缸裡……

他是窒息致死的。

我跟阿迅不熟，對我來說，他充其量只是個「認得名字的陌生人」罷了。

昨晚，我回家後打開ＦＢ，看見有一個通知，阿迅在一則貼文中標記了我。

我沒立即想到他是誰，畢竟我們畢業後已經沒見過面了，我對他的記憶，仍留在穿著校服的畫面。

按進去後，我便看見阿迅發布了一則訊息：

阿迅

你在臉書有一千個朋友……

有一晚，你在家裡遇上殺人犯，

該找誰來求救？

@ 海威

你記得你以前在學校對我做過的事吧？

當年你說過要打死我

讚好　回應　分享

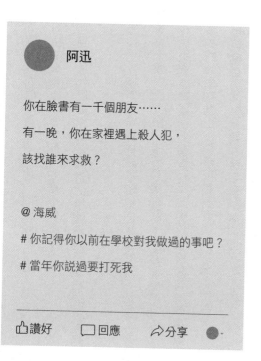

下面還附有一個名為「The Sound of Silence」（沉默的聲音）的粉絲專頁連結。這個專頁大概是新建的，連一個讚好都沒有，貼文只有一個：

「**接下來每天都會公布一名兇手的名字。**」

那到底是什麼惡作劇？阿迅的帳號被盜用了吧!?這是我第一個反應，於是我把它關掉，更沒想要理它。

怎料，我睡到一半時有人不斷拍打我家的門，把家人都吵醒了。我拖著腳步跑去開門，門外有幾個警察，說懷疑我跟一宗凶殺案有關，要我協助調查。

我仍未意識到事情的嚴重性，心裡根本沒想到這件事跟我有關，不料我才剛把家門打開，警察便粗暴的將我壓在地上，把手反扣到背後，再鎖上手銬。

母親嚇得尖叫，父親在旁邊緊鎖著眉頭。

「到底發生什麼事？」母親跑了過去拉住警員。

「我們懷疑你兒子殺了人。」警員一臉嚴肅的說。

「殺人？我哪裡有殺人啊！」

那時候，我腦海裡自動將阿迅標記我的事跟此事連成一起了。

「放心，我們會查清楚！請你現在合作一點！你反抗只會加重自己的嫌疑。」警員冷冷的說。

「我沒有殺人！我沒有殺人！我很快就會回來了！」我一邊被警員拉走，一邊回頭向父母解釋。

然而，母親聽了警員的話後，崩潰大哭，父親一直在搖頭嘆氣。嘆氣聲傳進了我的耳膜，我頓時整個人都頹軟了下來。

其實從他們的眼神我便能看出……

我的父母，心中已經認定我是殺人犯……

到達警察局後，我把所有事情都如實告訴警察，包括那個「The Sound of Silence」的粉絲專頁，還有阿迅的貼文。

回家後已經天亮了，我根本無法入睡，剛才在警察局的問話內容，還有跟阿迅的回憶不斷在腦海裡輪迴播放著。

我跟阿迅是中學同學，幾乎每天放學我們都會黏在一起。

我們不是朋友，阿迅只是我們霸凌的對象……

這會是報復嗎？

不會吧？事情已經過了差不多十年，更何況，在中學生涯中是很正常的事吧!?

我回想起當年和阿迅的校園生活……

雖然畫面很片段很模糊，但我記得，當時的我，並沒有絲毫要霸凌別人的心思，只是一般同學間的打打鬧鬧。

阿迅也很喜歡跟我們鬧在一起。

對！我們沒有威脅、逼迫他做任何事。

都是他自願的！一定有人在背後惡作劇！

我一直在床上躺到中午，父母對昨天的事不發一語，這讓我更加難受，雖然在他們眼中，我是個不肖子，也常常和他們吵架，但他們就這麼認定自己的兒子是殺人犯嗎……？

他們應該瞭解自己的兒子，不是那種會鬧到這種地步的人吧！？

我不敢走出房門，我不想與他們的目光對上，縱使我並沒有殺人。

我揉揉乾澀的眼睛打開電腦，心情霍然沉了下來。

我發現有人打開過我的筆電……

相信是我被警察帶走後，父母打開了電腦。

我環顧房間四周，衣服和雜物都有被挪動過的痕跡……

我不禁苦笑了一聲。

自己的父母竟已認定我是個殺人犯，還在房間裡搜尋證據……，真可笑。

我吐了一口濁氣，打開「The Sound of Silence」專頁，發現多了一則貼文：

The Sound of Silence

妳還有抽菸嗎？

把我的口當成煙灰缸的感覺很爽吧？

真不知道讓妳男朋友看見當年的妳，會有什麼感覺。

@小萍

#妳的月經很臭

#把衛生巾貼到我臉上算是示愛嗎

#妳有這種癖好男友怎受得了

#每天公布一個兇手

讚好　回應　分享

我看得目瞪口呆，這根本不可能吧……？阿迅不是已經死了嗎？他怎麼可能每天在ＦＢ裡發布貼文？

除非……

阿迅在死前，早就用ＦＢ的「排程」功能，預設到每天發布一則新的貼文……

將當年霸凌過他的人公開……

我用拇指按著一直揪痛的太陽穴打轉，要把這個消息告訴警方嗎？

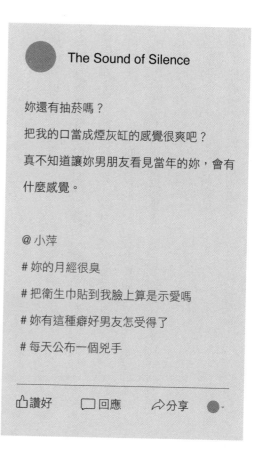

但這樣做，會不會更讓人起疑呢？

正當我思考著這個問題，房門外有人敲門，我打開門，原來是母親拿著一碗湯走進來，父親也一同站在門口。

「海威，喝湯吧。」母親走進來的眼睛四處飄動，好像在檢查房間一樣。

「嗯，可是我在忙，晚一點再喝。」

「好，你有什麼需要的話，儘管跟我說，喜歡吃什麼，想要點錢也可以……」母親突然哽咽了起來。

「媽！我沒殺人啦！」我意識到他們在想什麼，連忙解釋。

「我知道……我知道……」

可她的表情不是這麼說。

「今早有警員打電話來，叫你去警局一趟，他們有事要問你。」父親說。

我抬頭迎上父親的眼神，跟上次我突然被警察帶走時一樣……

我已經受夠了，這種面對著犯人般，有點畏縮，又徹底絕望的眼神。

「所以你們就馬上到我的房間查看，防止我逃跑，是吧!?」我直問。

「不是的！不是這樣……」

母親的否認，未免也太過於急切了。

她趕忙把滾燙的湯放在我的書桌上，當看到我螢幕上的「The Sound of Silence」專頁，手一滑便把熱湯倒在我的筆電上……

筆電爆響了幾聲「啪嗞啪嗞」的報銷聲效，螢幕瞬間全黑。

「對不起……對不起……」母親慌忙拿她的衣服來擦。

「沒關係，媽，讓我弄吧……」我說。

「我去廚房拿著白米來，聽說可以抽乾裡面的水分，對！把白米倒進去就沒事了……」母親慌亂得雙手發抖。

「媽！我說可以了！」我大吼。

母親凝視著我，她的眼神……也充滿著不幸與憐憫……

「讓我靜一下，可以嗎？」我無奈的只想一個人靜一靜。

「你要去警察局。」父親突然說。

我嘆了一濁氣，垂著肩膀起身，隨手拿了件外套，越過父母，離開房間。老實說，我心也很亂，從警察局離開時，我很需要一個讓我釋放體內慌張的避難所。

可是，現在的家像個捕鼠的籠子一樣……

我穿著跟昨天一樣的衣服來到警察局，在接待處看到跟昨天同一個的警員，他把我帶進偵詢室。

半晌，昨天負責查問我的警員再次進來，手上拿著一個檔案。

我記得，他有自我介紹過，他的名字叫劉仁，大家都稱呼他為劉 Sir。年約五十的他，儘管頭髮半數斑白，但目光銳利得像鷹一樣，教人不敢直視。

「你昨天沒回家嗎？」劉 Sir 掃視了我一眼，看見我穿著昨天的衣服。

「有……」

「你認識這個人嗎？」劉 Sir 打開手上的檔案，裡面是小萍的照片。

「認識，她是我的中學同學……」我緊張得喉結緊閉，好不容易才擠出聲音。

警方把小萍的照片找了出來，證明他們已知道「The Sound of Silence」粉絲專頁今早發布的貼文吧。

「她現在就在隔壁房間，我們現在懷疑這是一宗合謀的謀殺案。而且……據她所說，你們跟死者阿迅在中學時期的關係不太好。」

「呃……我們只是一般學生的打鬧……」昨天查問時，我沒把以前霸凌的事告訴他們，因為我沒想到今天阿迅會在粉絲專頁發布新的貼文。

「椅子刑……這叫打鬧嗎？」劉 Sir 冷冷的說。

椅子刑是我發明的，把阿迅綁在學校的椅子上，手綁在椅背，腳牢牢綑在椅腳上，用上學用的背包蓋住他的頭，裡面放有鉛筆、剪刀、圓規……

一切準備就緒，再一腳把他踢下樓梯。

老師沒發現阿迅被霸凌嗎？當然有啊！可是老師們只會在上課時責備聊天的同學，卻對嚴重的霸凌愛理不理。

老師頂多會把我們的父母親找來，而每一次，阿迅的父母總是沒空前來，於是，懲罰只是不痛不癢的缺點、小過、大過、放學後打掃……使我們的霸凌變本加厲。

而且，學校裡的霸凌，總是充滿著笑聲。

每當我在教室裡用各種方法霸凌阿迅，其他同學總是爆出笑聲，像是一場表演秀一樣。

如果，是我害死阿迅，他們也全都是幫兇！

「事情已經過了十多年，阿迅的死不一定與我有關係吧？」

「當然，我們只是循線調查，案件就像拼圖，而你是其中一塊，我當然要把你找來拼湊，不然就浪費了這條線索！」劉 Sir 說。

「………」

「小萍把你們中學時的事都告訴我了，啊！對了，你要見她嗎？」劉 Sir 問。

「咦？可…可以嗎？」我不懂警方的規矩，但讓兩個嫌疑犯見面，好像很奇怪。

「當然可以，你們都是拼圖啊，就互相拼湊一下吧。」

於是，我被帶到隔壁的偵詢室，看見了一個頭髮全染成金色，低著頭，臉貼著桌子坐著。

她抬起頭，我一下子認不出她是小萍。

她臉上化了超誇張的妝，還釘了鼻環和唇環，手臂更滿布卡通的紋身。

「你們慢慢敘舊。」劉 Sir 說畢離開了房間。

「哈哈，你也來了。」小萍嘲諷的說。

我只勉強擠出笑容。

「放心吧，你沒殺過人，難道霸凌會犯法嗎？都過了這麼久了，有證人嗎？有證物嗎？」

小萍坐著，看起來一點也不緊張。

「嗯……」

「說起來，你變了很多！」她湊上前來看著我。

「什麼？」

「以前的小霸王，現在怎麼變乖了？」小萍不屑。

「我畢業後，找了份工作，以前的事早就忘了。」

「蠢材！你不會是內疚吧!?省省吧，你忘得掉以前，你以為阿迅忘得掉嗎？」

小萍說得沒錯，我們以前做的事，也許會一輩子殘留在阿迅的記憶吧？

小萍愈說愈過分，我真不知該如何回應，瞟了一下偵詢室牆角的錄影鏡頭。

「放心吧！他們一定在聽！像那些偵探電影一樣！」小萍突然湊前來，輕聲跟我說：「告訴你，我知道誰是兇手！」

「咦？」我嚇了一跳。

「忘了嗎？我們以前霸凌五人組啊！你想想看，如果是我們其中一個是兇手的話，會是誰？」

「霸凌……五人組……？」

被小萍這麼一說，本來被濃霧遮蔽著的回憶片段，馬上豁然清晰。

害怕成為被霸凌的主角。

於是加入霸凌別人的群體。

「哈哈！我不是跟這可憐蟲一夥的，別把我混為一談。」

每當霸凌事件在學校出現，班裡同學們的笑聲，也因為這個原因吧。

現實世界中，根本就沒有英雄。我很小時候就意識到這一點了，於是我也加入成為霸凌他人的一分子。

縱然沒有英雄，這世界也充滿著魔王。

小萍口中所說的兇手，應該是我們班裡的魔王……

「信一！？」

就像演員說完了所有台詞，導演喊「Cut」一樣。當我說出信一的名字，劉Sir就衝進來了。小萍直視著我，流露出「做得好」的笑容。

嗯，我整個人生，都順從著別人而活，父母、老師、同學、上司……所以就算幹了什麼壞事，都不只是我的錯吧！？

當一百個人合力殺死一個人，就不會有殺人的罪惡感了。

「你們指的信一——！到底是誰？現在還有聯絡嗎？」劉 Sir 厲聲質問。

「沒有。」我搖搖頭。

「我還留著他的手機，他畢業後一直在追求我。」小萍說。

我難以置信的瞪著小萍，她得意洋洋的笑了起來。

劉 Sir 馬上從她的手機中，找到了信一的電話號碼。

劉 Sir 抄下號碼後，就匆匆要離開了偵詢室。大概是去抓他吧？

「警察叔叔，那我們可以回家吧？」小萍舉起手問。

「不行！你們留在這裡！」劉 Sir 拋下了這句就離開了。

我暗地鬆了一口氣，現在的我不太想回家，回去那個被父母斷定是殺人犯的地方。

小萍伏在桌子上，手指在桌上畫圈，我偷偷瞟向她，她還是跟以前一樣沒有變。眼睛看起來很閃亮，像魔女一樣散發著迷惑人的魅力，唯一不同是身上多了兩個紋身。

「妳……現在過得怎樣？在工作吧？」我說。

「噗哧！你把這裡當成中學舊同學聚會嗎？」小萍陶侃我。

「不……」

沉默了半晌，小萍說：「也不算是工作吧!?我們在賺錢呢。」

「賺錢？什麼意思？」

「工作是指為了過活而甘願被人生奴役，付出遠大於收穫。而賺錢就是輕鬆賺取金錢囉！我畢業後，一直都在賣毒品。」

「毒……毒品！？」

「你不知道嗎？我父親是黑道嘛，女兒跟著他賣毒品也是正常的事吧？」

這麼說來，我倒想記好像有這麼一回事——

因為學校對霸凌者的懲罰不痛不癢，有一次，被霸凌的同學們的父母，暗中聯合起來，等我們五人放學後，在學校外將我們包圍起來。

我嚇得全身顫抖，信一像野獸般咧開嘴，彷彿隨時都要開打。五人中，只得小萍一臉輕鬆，捂著嘴笑個不停。

「笑什麼？現在沒有老師會保護你們了。讓你們見識大人的可怕。」其中一個穿T袖的中年男人說。

「被警察拘捕，只會判傷人吧！？我要為兒子教訓你這群不知天高地厚的臭屁孩。」又有一名家長說。

「哈哈哈，笑死人了……」小萍笑得彎下腰，「你們才不知天高地厚呢！」

她才一說完，外圍突然出現了十幾個凶神惡煞的人，將復仇父母聯盟包圍起來。他們都是小萍父親派來的。

首先開打的是信一，他一拳朝那中年男人的臉揍去，局勢一面倒，復仇父母聯盟只能夾著尾巴四處逃竄，方才的團結和氣焰瞬間消失得無影無蹤了。

最後，因為騷動弄得太大，警察到場把所有人全部帶回警察局。

那也是我第一次看我父母那種冷漠、失望的眼神。

如果這樣就認定信一是殺人犯，也不足為奇。但他真的就是是殺死阿迅的兇手嗎？我倒找不到一個十多年後才要殺死人的理由。

咦！？

等等……如果阿迅被殺死，怎麼可能會在死前開一個粉絲專頁，然後預先發表貼文？

那就是說，可能性只有兩個。

第一個是阿迅預知自己會被殺死，所以才公開兇手。

另一個可能性，阿迅是自殺的……

我回想起劉 Sir 展示給我，阿迅被殺死的照片——頭部被保鮮膜包裹，雙手被綁著，浸在浴缸中溺死狀……

「我想到了！阿迅是自殺的！」我站起來，向著偵詢室攝影鏡頭大喊：「聽到嗎？阿迅是自殺的！所以他才能開個粉絲專頁預先發布貼文啊！」

「真吵……冷靜一點啦。」小萍皺眉。

「怎麼可能冷靜，如果阿迅是自殺的話，我們就是清白的，我可以跟父母解釋說……」說到一半，我僵住了。

因為我留意到小萍在胸口剛好被衣服遮掩住的位置，有一個英文字的紋身……是信一的名字。

「小萍，妳剛才說……畢業後仍在跟信一聯絡吧？」我問。

「當然！我們一起做生意啊！」

「毒品？」

「信一是我男朋友。」

「那麼……」

「我是故意引警察去的，信一會把他們殺死吧！臭警察！」小萍再次流露出魔女般的笑容。

根據情報，劉 Sir 到達了信一的毒品工場。

很難想像，違法的毒品能有這麼大規模的製作工場。

現場煙霧瀰漫，攪拌乳白色膏狀液體的機械運作聲轟轟作響，混雜了巨型冷凍冰櫃的馬達磨打聒噪聲。

大約數十名工人都戴上防毒面罩，忙得不可開交，完全無視劉 Sir 和同僚的闖入。

「我是警察！我要找信一！叫他出來！」劉 Sir 攔截其中一個工人，出示警員證件。

「…………」工人彷彿不知道「警察」是什麼東東，可以吃嗎？直接繞過他繼續工作。

「劉 Sir，怎麼辦？」同僚單手捂住嘴巴，緊張得全身僵硬，只來兩個警察，實在有點莽魯。

劉 Sir 拔出腰間的手槍，朝天開了一槍。

「砰！」

槍聲總算吸引所有人的視線。

「警察！把所有機械關掉！快！」劉 Sir 大吼，手槍指向剛才無視他的工人。

工人拖著腳步將機械關掉，工場一下子安靜了下來。劉 Sir 一手將工人拽到地上，扯掉他的面罩。

「信一在哪？」劉 Sir 大聲問。

「……」工人雙頰凹陷，臉色灰暗，一整個吸毒過度。

就在這個時候，劉 Sir 的電話響了……

「你在哪？」打電話來的是他的上司。

「……辦案。」

「你白癡嗎？馬上回來！我知道你想幹什麼，別給我搞花樣了！」

「可是……」

「馬上回來！你們兩個已經被停職了！」

上司掛線了，同僚聽到電話對話內容，知道這次闖禍了，「劉 Sir，我們還是走吧？我們惹不起他，我不能被停職的。」

驀地，遠處傳來清脆的腳步聲走近。

「兩位找我嗎？」

劉 Sir 循聲音方向望去，是個頭髮漂成雪白色，身上只穿著背心牛仔褲，皮膚黝黑，四肢瘦長但被結實的肌肉包裹。

「你是信一吧？」劉 Sir 瞥見信一手上拿著電話，是他剛才向上司通報的吧？

劉 Sir 從警方的資料庫很容易就查出這個製毒工場，但一直未見警方有任何行動，也不見有什麼臥底在潛入，早就覺得奇怪了。回想起在偵詢室中小萍從容不迫的態度，心想到底他的勢力有多大？

「沒錯，我是。聽說你們帶了我的小萍回去……小心一點喔，要是惹她不高興，你們事情就大條了。」

「你未免太小看警察嗎？」劉 Sir 看不慣他狂傲的作風。

「No No No！我只是不怕任何人。」信一瞪眼獰笑，整個人都散發出濃烈的「暴力」氣息。

「你知道製造及販賣毒品的罪行有多大嗎？」

「如果我的工場被關掉，那怕只是一天，你知道會有多少人會來找你出氣吧？」信一獰笑。

邪惡與正義是共同體。

要是正義想吞噬邪惡，只會把人逼入邪惡。

試想像一個只有警察，沒有罪惡的城市。權力會將警察扯進邪惡，平民會變成罪犯。

「我…我們還是走吧？」同僚心繫自己被停職，勸說劉 Sir。

劉 Sir 嘆了口氣，突然轉身一拳揍向身後的同僚，雙手揪住他的衣領，把他重重摔在地上，在沒人注意到的情況下奪去他的手槍，藏在後腰際。

「滾！貪生怕死的傢伙！」劉 Sir 踹了同僚一腳。

「媽的！你瘋了！」同僚咒罵，按著腹部離開工場。

劉 Sir 用手槍指向信一，「是你殺死阿迅的吧？」

「阿迅？是誰？」信一搔頭。

「你的中學同學。」

「噗……哈哈哈哈！你這個問題，就像問一個專門打劫銀行的大賊『你小學時有偷同學的原子筆嗎？我要告訴老師囉！』……哈哈哈哈！真好笑！」信一笑得彎下腰，笑聲響動整個工場。

「閉嘴！」劉 Sir 騎虎難下，老羞成怒的喝斥。

突然，信一以迅雷不及掩耳的速度，一手打落劉 Sir 的手槍，臉容驟變得像魔鬼一樣猙獰，直盯著劉 Sir：「別用槍指著我的頭啊！」

就在同一時間，劉 Sir 後腦遭到一記猛烈撞擊，雙腳頓時使不上力，眼前景象扭曲，他才意識到自己被人從背後用鐵棒砸中。

劉 Sir 全身的彷彿被上萬隻螞蟻壓著，完全動彈不得。

「人來！戳吸管！」信一大喊。

工人拿著一根被削尖了的鐵棒前來，鐵棒是空心的。

信一拿著鐵棒，嘴角上彎，沒有多餘的廢話和猶豫，像用吸管戳破珍珠奶茶的密封膠膜一樣，刺穿了劉 Sir 的胸口。

「吸塵器。」信一命令道。

工人又拿來吸塵器，信一把吸塵器的吸口對準鐵棒的另一端。

「開動！」

劉 Sir 猛地一震，身體發出飲品快要被喝光了的「咕嚕咕嚕」聲。他清晰感覺到體內的生命力被迅速吸走。

信一像小孩般露出燦爛的笑容，劉 Sir 被壓在地上呆看著他。

這惡魔的笑容……

從上而下的眼神……

像敲破蝸牛殼後觀察著，從上而下的邪惡……

原來自己的兒子阿迅，在學校經歷著這一切！

老師、學校、法律……都沒法制止的霸凌！

劉 Sir 胸口變得熾熱，伸手到背後拿出剛才奪來的同僚手槍……

「砰！」

每個戴著防毒面罩下，都一臉的驚訝，宛如像太空衣般厚重的防毒衣下，沾滿了恐慌的汗臭味。

他們的信仰，崩潰了。

「哈……哈哈……活該！」劉 Sir 笑著，口腔滿是內臟破裂而溢出的血水。

濃烈腥味的血，也有嗆喉的胃酸……混雜在一起，化成復仇的甘露。

信一咬牙切齒，表情扭曲，捂住中槍的部位，他看看地上被他打走的手槍，又看看劉 Sir。

「你不是不怕槍，只是你不相信有人敢向你開槍罷了。」劉 Sir 胸口仍插著鐵棒，他一手把吸塵器丟掉。

雙手拿著鐵棒一扭，傷口肌肉絞緊，血暫時止住了。

痛嗎？一點也不痛！信一痛苦的表情，比起世上任何嗎啡都管用。那槍打穿了信一左邊的肺部，現在他連呼吸都很困難。

「我現在叫警察，你們要逃就逃，不逃的……就儘管繼續待著。」劉 Sir 對工場裡所有人說。他的傷勢令他無法大聲講話，但每一個字，工作人員都聽清楚了，紛紛逃離工場。

「我要……殺死……你！」信一咬牙咬得牙齦出血，眼神像惡魔一樣，拖著腳步逼近劉 Sir。

「你記得誰是阿迅嗎？」劉 Sir 掏出手機再度質問。

「誰記得這垃圾啊！？」信一走到劉 Sir 面前，他掄起拳手，用盡全力朝劉 Sir 的臉揍去。

「砰！」一記悶響，劉 Sir 閃身躲過，但肺部受傷受不了劇烈震動，兩人都一同跌在地上。

「哈哈……」劉 Sir 拿出手機，按下視訊通話。

「劉 Sir ！你沒事吧！？你怎麼……」接聽的是一名護士，她看著因失血過多臉色青白的劉 Sir 問道。

「我沒事，幫我把鏡頭轉向阿迅……」劉 Sir 頓了頓，「還有那個粉絲專頁，把畫面直播上去。」

劉 Sir 艱難把手機鏡頭對準信一，畫面搖晃了一下，信一看著螢幕驚訝得瞪大雙目。

「現在……你記得誰是阿迅了吧？」

「…………」

手機的畫面，只見一個臉無表情的男生，雙手雙腳像瘋人院般被綁住，嘴巴也戴上特製口罩。

這一切措施，不是防止他襲擊別人，而是要阻止阿迅自殺；只要想得出來的自殺方法，他都嘗試過；就連閉氣自殺也嘗試過無數次，只是每次窒息昏迷後，呼吸又自動恢復了。

信一撐起身子，想把手機打走，卻僵住了動作，因為劉 Sir 用手槍抵著他的額頭。

「張嘴……」劉 Sir 命令。

「……」

「打開你的臭嘴！」劉 Sir 大吼。

信一深呼吸一口氣，咬緊下唇，想一腳踹向劉 Sir 胸部的鐵棒。劉 Sir 更早一步，一槍打在他的大腿上。

信一握住受傷的大腿慘叫。

「這樣就對了，嘴能張很大嘛。」劉 Sir 反握手槍，用槍柄砸向信一的嘴巴，幾顆牙齒掉在地上。

「你記得嗎？你把阿迅的牙齒，用老虎鉗硬生生拔下，你知道要醺假牙花了我多少錢嗎？阿迅要每隔幾個小時吃止痛藥才睡得著。」

劉 Sir 又朝他撐著地的手開了一槍。

「你記得吧？你剝光阿迅的指甲。他現在的手只能長出硬皮，就連大力緊握著東西，都痛得不得了。」

接著，劉 Sir 又扯掉信一一大塊頭髮，打斷他的鼻梁，踩斷他的肋骨……

信一像脫水的魚，不斷在地上翻滾，發出凄厲的慘叫聲。

看著眼前的景象，劉 Sir 臉上爬滿了淚水。

躺在醫院，那雙沒有生命力的眼睛，也哭了……

警察局，偵詢室。

「喂喂！這是什麼……」我問。

「信一！信一……」小萍坐在我旁邊尖叫。

十分鐘前，有警察把拿筆電進偵詢室，打開「The Sound of Silence」粉絲專頁，有一段影片標記了小萍，警察逼我和小萍一起看。

起初小萍故意別過頭不看，但當聽見信一的慘叫聲，就幾乎要捏碎電腦般在螢幕前吼叫。

「你們可以走了。」警察說。

「啥！?」我以為自己聽錯。

「你們可以回家了……」警察打開偵詢室的門，示意我們離開。

小萍哭著離開，她像惡鬼般咆哮，連聲音都啞了，她說要告訴她老爸，讓警察們後悔。

送我們出去的警察，當作什麼事都沒發生。走出警察局，只剩下我一個茫然地站在門外。

剛才看到那直播畫面的最後一幕，鏡頭拍著一個雙手雙腳被綁著的男生，要是他沒流淚，我還是以為是具屍體。

我拖著腳步回家。

警察們說不會留有案底，也不會再抓我進警察局了……

他們最後一句話，一直在我腦海裡迴盪著：「回家睡個好覺吧，如果你還能睡得著的話。你以為已經結束了嗎？懲罰才剛剛開始呢。」

回到家裡，家人已經睡了。我躺在床上，心情一點也沒法放鬆，我呆愣的盯著天花板。

這個家的好像變了……

感覺跟我在偵詢室時差不多……有種說不出的感覺，房間有種被視線盯著的感覺。

我坐了起來，環視四周，又咚一聲躺回床上。

驀地，有東西因床墊的震動掉到地上，我探頭一看。

是父母裝的隱藏式攝影鏡頭……

難怪這陣子總覺得房間裡的東西被人動過，原來如此。

這麼多年來，父母還是一直害怕著我。

如果說凡事都有因果……

那宛如一張白紙般的小孩，他們所做的任何事，都有他們的動機。

而他們的動機，大人們有時候未必想像得到。

在我剛升上小學的時候，因為考試不合格，還被老師發現我作弊，那次是父親第一次掌摑我。

那時候，我是由衷的感到自己做錯事羞愧，不想父親討厭我。於是，我用手機偷拍學校老師的內褲，將照片印出來，偷偷放到父親的書桌上。

結果父親卻狠狠打了我一頓，還說什麼年紀輕輕就想威脅父母之類的話。

明明我有一次看見父親在書房拿著學校開放日時拍的老師照片套弄著陽具。我不解，我做錯了什麼嗎？

從那天起父親就對我完全失望，完全不理睬我。為了引起父母的注意，打同學、自殺、情緒病，一切都做盡了，最後還整天跟信一混在一起。直到畢業為止……

是我徹底把父母的關係催毀了吧！？

阿迅的事曝光，原來他沒有死，他還回來懲罰我們了。

我想起警察跟我說的話：「懲罰才剛剛開始呢。」

待在這屋子裡，我深深感受到這句話的意思。

其實我跟寄生蟲沒什麼兩樣吧？總是依附在霸凌者身邊狐假虎威，總想讓別人過得比自己更慘。

作為一個霸凌者幸福嗎？

我只是在將自己的圈子收窄，再去排斥別人，藉以獲取優越感吧？

一整晚，我瑟縮在被窩裡待到天亮。隔天早上，聽見父母出門工作的聲音，才敢離開被窩。

我帶著一絲希望走到飯廳，可是餐桌上沒有早餐，也沒有任何留給我的字條……

我徹底被放棄了。接下來的人生該怎樣過呢？我毫無頭緒。

回過神來，已經站在頂樓的邊緣了……

我像惡魔般在警察局外嘶吼，打電話叫隨從接我回家，全身像從火山噴出的岩石一樣，眼球根部燙得刺痛，簡直氣得要冒出煙。

隔天一早，我馬上衝上樓找父親，打開他的房門，看見他眉頭緊鎖，在書桌上看著報紙。

「爸！」我氣沖沖走過去。

「閉嘴！」

父親從未這樣對待我，我嚇得僵住腳步。

我瞟到桌上的報紙，正報導著信一在製毒工場死亡的消息。

報導宣稱懷疑是黑幫仇殺，警方正介入調查……

「仇殺？怎麼可能！爸爸，我知道是誰殺了信一，我在警察局看到直播，是……」

我說到一半，被父親喝住了。

「媽的！妳知道自己幹了什麼好事嗎？」父親大怒，站起來一巴掌打在我的臉上。

「嗚嗚……他們殺死了信一，快幫我報仇……」我痛得狂飆眼淚。

「我一直以來太寵妳了！以後妳休想再離開房間半步！」

父親一聲令下，命人將我鎖進房間。

我被強行拖向房間，我努力掙扎嘶吼：「爸！以前無論誰欺負我，你都會幫我的！」

「那是因為每天我在妳上學的背包放了毒品，不想有人接近妳，才會這麼寵妳啊，蠢材！」父親。

我想起來了，小學每天放學，父親都會帶到我附近的公園玩，一直玩到天黑，不時會有陌生的叔叔和姊姊翻弄我的背包……到了中學，更明目張膽讓我在學校賣毒品。

「小萍啊，妳到底把我製毒工場的地址透露給誰啊？」父親氣得雙眼發紅。

「警…警察。」

「蠢材！他肯定不是警察！警察才不敢動我的地盤啊！」

「！？」他、他不是警察？怎麼可能，我明明聽見其他警察都叫他劉Sir……

昨晚，我從製毒工場離開後，緊咬著最後的一絲意識，開車到醫院。

終於到了醫院外的停車場，關掉引擎後，稍一放鬆，雙腳已經失去知覺，不聽使喚。我搖下車窗，探頭望上去，那間唯一亮著燈的病房。

我不單只沒有氣力，也沒有勇氣去再面對他……

我的兒子，阿迅……

他在學校被霸凌得走投無路，而那道堵著他退路的牆，是我一手建造成的。

阿迅從小就在單親家庭長大。

我當時加入警隊不久，破獲幾個重大的案件，受上級重視，升職一切順利。這分燒得正旺的自豪感和優越感，也燙傷了我的兒字的阿迅。

「怎可能任同學欺負嗎？你是我的兒子啊！」

「遇到問題就自己解決吧，你已經長大了，不能哭著回家求救。」

「迅，你是我的兒子，你一定比我更出色。」

「你一定可以的，別逃避，你老爸我當年也是咬緊牙關闖過去的！」

真不知道當時的我在想什麼，是自大還是虛榮心作祟吧？學校的開放日竟然在學校表露身分，不經意露出腰間的警槍，想要其他家長和老師知道：「看吧！我才不是一般的警察，連到學校也能帶著佩槍，畢竟這是工作嘛，沒辦法吧。」

老師們對我畢恭畢敬的讓我覺得很爽，卻被信一和小萍的父母發現了。那天起，阿迅就被霸凌了。

每次看到阿迅的背包被割爛，衣服沾滿泥巴，我都會說些「男子漢就自己解決」的話，將他逼入絕境。

而我卻以為這只是小孩們的打鬧，完全沒有注意到，阿迅身上的傷痕愈來愈多，他也漸漸不在我面前表露什麼，每天放學回家後就把自己關在房間。

我無法想像，當時在學校裡沒有朋友，每天被霸凌，回家後也無處宣洩，他是怎麼樣撐過來的？他第一次嘗試自殺，幸好那天我比平常早回家才發現得到。可是送他到醫院後，我還大罵了他一頓，說他是窩囊廢，本想激勵他卻成了反效果

一直到阿迅被診斷出有嚴重自殺傾向，無法繼續正常人的社交生活，必須被迫住進精神病院。我才察覺到自己已釀成大錯。

那時候，我正處理一宗重大的案件，無法經常探望阿迅。我覺得自己是個不負責任的老爸。有一次，當我到達精神病院時，發現阿迅的房間有很多護士圍著，我趕緊跑過去。

原來，阿迅的病房被大肆破壞，病房裡純白色的牆被人當成畫板一樣，寫滿「廢物」、「垃圾」、「去死吧寄生蟲」……，全身綁著的阿迅，布帶上也畫滿了塗鴉，還有騷臭的小便、狗屎、垃圾，連他的臉都被畫花了，頭髮還被燒掉一大片。

護士說，是一群自稱是阿迅同學，來說要探望好朋友，護士看他們穿著校服，就放行了。

我沒有將這件事告訴任何人，也沒有立即找他們算帳，只叫護士以後別讓任何人進阿迅的病房。

從那一刻起，我就開始計畫幫阿迅報仇。

可是我要等，等到他們忘記阿迅，甚至忘記自己做過的事，仍處於學生時期的他們，人生還有很多機會。就算教訓他們一頓，也不能彌補阿迅所受到一輩子的傷害。

從那天起，我一直都暗中觀察著他們五人。我要等到他們以為自己的未來充滿希望時……

摧毀他們的人生！

第一個是海威……

他與他的父母關係一直不好，所以我利用這一點，與警察局的同僚，做了一場戲。假扮阿迅被人殺死，把他抓進警察局。

然後是小萍，本來想抓住小萍將信一引出來，沒想到信一竟無動於衷。她真是個可憐的女孩，父親和男友都只想利用她來賺錢。

而信一，這個我必須親自動手，還帶了一個同僚去，希望不要害到他……

呼……真冷……

還沒到冬天，怎麼會這麼冷呢？

駕駛座的椅子染成紅色了。

真難搞，要清洗乾淨很麻煩呢，我還要用它來接阿迅出院呢！

正當我想用力把血擦拭乾淨，一低下頭就突然覺得整個人麻痺了，怎麼也無法使勁。

能夠動的只有眼球，我瞟向阿迅的病房。

對不起，還剩下兩個欺負你的人，看來我沒辦法幫你報仇了……

對不起……

……對不起……

The Sound of Silence

@ 禾仔

你這個暴力狂，

你說過每天把我當沙包毆打，

是為了訓練來保護我，

不讓我被其他人欺負。

除了肌肉外，你一無是處吧？

自以為單挑王

現在有成為拳王嗎

其實你只是膽小鬼

讚好　回應　分享

呵欠，真是受夠了……

到底我還要在這爛餐館裡工作到什麼時候？每天這樣幹下去，早晚累死的。

「喂！禾仔！你在發什麼呆？」

「對、對不起。」

「快把這些垃圾丟出去！」

「是……」

幹你娘，竟然命令我，如果你不是這裡的大廚，早十年我早就把你打進醫院了！

我將累積一整天的廚餘丟到後巷，才走到一半，突然聽到「啵」一聲，手上的垃圾袋一下子輕了不少。

低頭一看，黑色垃圾袋被魚骨刺穿了，裡面腥臭的垃圾一湧而出。

「幹！幹！幹！連你也看不起我嗎？」我把垃圾袋砸在地上。

「不好意思，請問你是禾仔嗎？」突然，聽見身後有人叫我。

「你是誰？」我回頭一看，是個陌生的男人。

「我看了這個網頁，知道你很能打，所以想請教一下……」男人展示手機，螢幕顯示一個「The Sound of Silence」的粉絲專頁。

「這什麼東西啊？」

就在這個時候，腹部一陣痛，我跪了在地上，才意識到被人揍了一拳。

「你在幹嘛？」我問。

「粉絲專頁上面有你的名字，網民都說想為阿迅報仇，於是把你的工作地址肉搜出來了！你不是很能打嗎？」男人一邊踹我，一邊拍照。

阿迅？

到底這是什麼回事？

在我把眼前所發生的事，與記憶庫名為阿迅的檔案連結起來時……

一道強大的衝擊力撞向我的臉，宛如把我的臉當成紙張般大力蓋章。

無法忍受的痛楚令我意識到自己的臉被踹了一腳。淚水狂飆，看不清前方的我只能胡亂揮舞雙手，接下來背部被大力搥打了一下。

我趴在地上，頭和背被瘋狂踩踏，只能勉強用雙手護著頭部，「咳咳……不要打了……求求你……」

確認毆打停下來後，我使盡全力撐起身子。發現，原來毆打我的不止一人！他們全部戴著帽子和口罩，顯然是有備而來。

「呸，還不是廢物一個，霸凌別人就以為自己了不起。」

說畢，他們幾個離開了。

我痛坐在地上恢復體力，全身的骨頭都隱隱作痛，雙腳猛烈顫抖使不上力。掠過我的路人全都以睥睨的眼神看著我，卻沒有一個人把我扶起來。

也好，讓我有足夠時間整理一下到底發生什麼事。

阿迅是我的中學同學，樣貌已經很模糊了，在我腦海中，他只是個出氣沙包，在學校用來展現我實力的工具，令女生覺得我很威風的一種手段……

我掏出手機，螢幕像蜘蛛網般裂開了，搜尋「The Sound of Silence」的粉絲專頁。上面有海威、小萍、信一的名字……

我點進去標記了我的貼文，下面的留言全都是惡毒的謾罵。

我繼續往下滑，有人把我的照片貼上來，有網民還將我的住址和公司都搜出來。

我心裡一寒，扶著牆壁站起來，忍著痛走回家……

不出我所料，家門口被丟滿垃圾，信箱有黏滿蟑螂的膠帶，牆壁被抹上糞便，我隨意將垃圾踢開一旁，打開門走進屋內，垃圾和糞便的氣味仍不斷飄進來。

洗了個澡後勉強在床上睡著了。我深信撐一段日子，網民就不會記得我的存在了。

隔天，我打電話跟公司請個假去看醫生。

「禾仔，你就好好休息吧。」

「謝謝老闆。」

「呃，對了，你以後都不用來上班了。」

「啥!?為什麼？我只不過想請假一天，這樣好了，我下午回來，可以了吧？」

「老實說，我不想干涉你的私人生活，你以前的事我更加不想理會。但今天公司已經接到幾十個恐嚇電話，全都是針對你的。……你知道的，我家裡有兩個兒子，他們剛升上小學，我不想讓他們知道父親的公司會聘請一個會霸凌同學的混蛋。所以……」

我掛線了……

怎麼會這樣……

霸凌不是常有的事嗎？

每個學校、每個班級、每天都在上演的事，大家不都默許霸凌的存在嗎？

怎麼大家現在又化身正義使者，拿出這些陳年舊事批判我、謾罵我？

這幾天，我都窩在家裡不敢出門，門外稍有動靜，都嚇得我全身發抖。

有校園霸凌法嗎？如果有，我還他媽的真想衝去警察局去自首呢！

我不敢再打開電腦，這場網路聖戰已蔓延到無法收拾的地步，每隔幾分鐘就會有不知名的人打電話來罵我，於是我也把手機關掉了。

我有種被全世界遺棄的感覺……

其他人好嗎？小萍、海威、信一……他們會怎樣被對待呢？

對了！我們霸凌五人組，還有一個呢。

他現在怎麼了？

那粉絲專頁上沒看到他的名字，他叫什麼呢？我怎麼也想不起來。

事實上，這件事已經過了十多年，畢業後已經忘記了阿迅的模樣，也以為阿迅不會記得我。

誰會想到學生的打打鬧鬧會演變成這樣子啊？

我把家裡的雜物全翻出來，拚命找出畢業紀念冊，就像在急流中拚死抓住救命的稻草一樣。

找到了，他叫林希雷！

我立刻撥打他的電話，心裡祈求他不要搬走或換了號碼。

「你好？」電話傳出一個女人聲，我心裡一涼。

「呃……請問阿雷在嗎？」

「小雷早幾年在美國定居了，娶了個外國老婆，我是他母親，怎麼了？」

「伯母你好，我是他的同學禾仔，我想找他，你有他的電話嗎？」

「禾仔……你就是那個霸凌同學的禾仔？」

「是……」

「你找小雷做什麼？有什麼企圖？難怪他堅決要出國念書，就是你把他帶壞的吧？」

「不……伯母你誤會了，一切是信一！」

「你這個賤種，別再打電話來了！我這幾天已經夠煩了！」

阿雷的母親「砰」的一聲掛掉電話。

看來她也受到騷擾吧？網民只要能找到我們五人的合照，就自然找到阿雷。

一星期過了，我還是沒有離開過家半步，家裡的存糧已經吃光了，我只好偷偷叫外賣。

「叮咚」門鈴響起，我警戒走近門口，用防盜貓眼一看，外面是穿餐廳制服的外送服務員。

我打開一條門縫，伸手把錢遞出去。

突然，外送服務員一把抓住我的手，將我扯向門外。

「幹…幹嘛？」我使勁捉住門框。

「你這人渣！去死吧！」他架住我的手臂，用膝蓋往上一頂。

一聲沉重的悶響從關節處發出，手臂以詭異角度扭開，我痛得慘叫，縮回屋內。

外送服務員把飯盒丟在地上，用手機拍了一張照片，然後離開。

我躺在地上，任由痛楚侵蝕我的意志。已經夠了，我的精神完全崩解……

家門還未鎖上，隨時會有其他正義使者闖進屋內把我殺死，但我已無心力理會了……

一直躺著，大概有數天吧，我想。我只把自己當成是有心跳和血液流動的肉塊，任由生命力慢慢枯竭。

「叩叩」突然一道敲門聲把我的意識喚醒。

「要殺我嗎……進來吧……」我從乾涸的喉結發出聲響。

「禾仔。」

映入眼簾的是一張熟悉的臉孔。

他讓人把我扶到床上躺著，還倒了一杯水給我喝。

我一直凝望著那人的臉孔，終於他與記憶中的某人吻合，我馬上道：「阿迅……」

「嗨，很久不見了。」

阿迅坐著輪椅，身後推著他的一名女護士，他穿著有點鬆垮病人服。露出瘦骨如柴的手腕，頭髮像沒養分的雜草，頭頂突兀的禿了一塊。

「對不起……」我低著頭，全身顫抖著說。連日來飽受網民聖戰弄得體無完膚，就算是小孩也可將我宛如沙堆般戳散。

「你沒事吧？」阿迅瘦得凹陷的臉頰掛上笑容。

「對不起……」不知何時我臉上已淌滿淚水。

阿迅以前穿著校服的模樣在腦海湧現，他像塊髒掉的抹布，每天被班裡的同學漠視，老師不想把事情鬧大，視而不見，持續被我們霸凌著。

那是什麼感覺，現在終於能切身感受到了。

為什麼……

為什麼現在他竟能露出這樣輕鬆的笑容？

「我父親，被信一殺死了。」

「…………」我不知該說什麼。

「海威也自殺死了……」

「…………」

「我無法聯絡上小萍，聽說她被軟禁在家裡……」

「…………」

「我已經受夠繼續這樣下去了。老實說，以前我每天都想你們從世界上消失。我不想反擊，但也不能當作沒事般的生活下去。我不只將自己逼進絕境，還連累到身邊的人……」阿迅說：「看到網路上你們被網民圍攻的新聞後，漸漸我才知道該如何結束這件事……」

「看到我這副模樣，你不會很爽？沒有感到暢快嗎？」我不解反問。

阿迅搖搖頭，「一點也沒有，因為我很瞭解被霸凌的滋味。如今大家都以為站在正義的那一邊，不知不覺間，就成為持著正義之名的霸凌者。就像以前的教室裡，當同學們看見霸凌，都會發出笑聲，彷彿在說『我的教室裡沒有發生可怕的事』一樣。」

「所以……？」

「就算殺光你們，將來這件事也只會被當成特例，霸凌者會變成受霸凌目標，旁觀者則成為霸凌者。當我父親被發現在汽車上，失血過多而死，我就想通了……」阿迅頓了頓說：「我並不想你們在這世界上消失，要消失的是霸凌本身。」

「有可能嗎？」我懷疑。

「如果，當年有一個同學挺身而出，踏出第一步，或許其他人就會跟著站起來阻止，那霸凌就不會發生了……」

阿迅伸出手，想要拉我起來。

「我們去找其他人吧。」他說。

我握住他比起任何暴力都更有力量的手，感覺到無比溫暖。

我跟阿迅坐上護士的車輛離開我家。阿迅坐在我的旁邊，他直挺腰背坐著，表情充滿了生氣。相比起我，只能縮著肩膀坐著。被以前的霸凌對象救了一命，我竟能把那事當作沒發生十多年，我感到羞愧不堪，但又有種得救了的感覺。

「我……真的可以嗎？」我問。

「這是難得的機會，能夠挺起胸膛認錯，還能改變現狀，該感到慶幸才對。要是你在這個時候拖拖拉拉，那只會回到原點。」護士說。

不知過了多久，我在車上睡著了，阿迅叫醒我時已經到了醫院門口，護士說要我到醫院處理我身上的傷。

隔天，手機響起提示音效，我的ＦＢ有一個訊息通知：「阿迅在一則貼文標記了你」。

我打開ＦＢ，阿迅在「The Sound of Silence」粉絲專頁上發布了一張照片，照片上是我在車上熟睡得流口水的模樣，旁邊的阿迅笑著擺起勝利手勢。

Sound of Silence，縮寫是 SOS，縮寫與國際通用的求救訊號相同，但又有多少人能聽見這無聲的求救呢？

我受到的攻擊並沒立刻停止，偶爾還是有人把垃圾丟進我家。

重新找一份工作很困難，「這樣裝作若無其事你過意得去嗎？」我面試時常聽到面這樣的問話。畢竟大家都知道這件事，我並不逃避或反擊。

幾個月後，護士打電話來，邀請我當社工，幫助那些因受到霸凌而患上憂鬱症的病人。我接到那通電話，感動得泣不成聲，連想都沒想就答應了。

阿迅偶爾會約我吃飯，還邀我一起去拜祭他的父親。

有時候他憂鬱症病發時會大吵大鬧，不論如何，我一收到訊息都會拋開手上的事去陪他。

「The Sound of Silence」粉絲專頁不時會接收到留言詢問：有人問班上出現霸凌問題卻不知如何解決；也有霸凌者的同伴很想停止這樣的行為，卻不知如何踏出第一步……

要改變世界，不能單靠一個人的力量。

先踏出第一步，別顧慮其他人的想法堅持下去，漸漸其他人就能感受到你的力量了。

就像阿迅一樣，能夠原諒如此不堪的我，想必他一定鼓起我想不到的大勇氣。
這分力量，絕對能改變世界！

我遇上玩藍鯨遊戲的女孩

現實往往比起小說、漫畫、電影更加出乎意料之外。在一個看起來很普通的晚上，我遇見了「藍鯨女孩」。

「這是我的裸照。」女孩秀出她手機上的照片。

「啥？」我一頭霧水。

「你的裸照呢？給我看！快點！」女孩急問。

「我沒有……」這倒底怎麼一回事？我完全摸不著頭緒。

「呼，你還沒接到這個任務吧？算了，跟我來，我們去『認證』。」

我叫阿健，是一位網路作家。相信把這件事當作小說寫出來，也沒人會相信，甚至覺得劇情無稽、超脫現實……

當時我正獨自在街頭等待網上買的模型面交，突然有一名女生走到我面前，向我展示她的裸照……

我很確定不認識她，而這個莫名其妙的女生正牽著我，拐進一條無人的小巷。

大街的燈光無法透進小巷裡，小巷被一片黑暗籠罩，大廈的冷氣機發出令人煩躁的聒噪聲，地上滿布積水、垃圾、針筒、用過的保險套……

不管從哪個角度看，這裡都充滿犯罪意味。我心裡思忖著。

女生放開了抓住我的手，我抑壓住滿腦子色情的畫面，作了幾次深呼吸。

「你在想色色的事吧！？」女孩警戒的盯著我。

嗯嗯，愛幻想是作家的職業病啊……我很想這樣向她解釋。

「算了，反正世界上任何事都沒有意義，來認證吧！」女孩說畢，便捲起上衣的長袖。

這種會熱到令人融化的天氣，為何還要穿著長袖襯衫呢？

正當我感覺到古怪，便瞥見她的手臂上，有一個仍黏著半乾血塊的紋身。

這紋身看起來是用美工刀粗暴亂畫的藍鯨，而剛好，我的前臂上也紋了一頭藍鯨。

那是我在兩年前紋的紋身，原因只是因為我喜歡藍鯨泳姿悠哉游哉，體型龐大卻沒有牙齒，又喜歡吃磷蝦。

我壓根沒想到，自己會因為這個紋身，而陷入一場死亡遊戲。

「抱歉，我要怎樣認證……？」我不解。

女孩嘆了一口氣，她一手抓住我有紋身的手，與她前臂上的藍鯨紋身併起來，再用手機咔嚓拍了一張照。

「可以了。」她說。

「這樣就可以了？沒有其他儀式要做嗎？」老實說我有點失望，就只是這樣而已。

女生眉頭緊鎖，以「你真的什麼也不知道」的眼神凝視著我，「你叫什麼名字？」

「許一健，可以叫我阿健。妳呢？」

「貝兒。」

「英文名嗎？真可愛。」

「是我的真名。」她用力瞪了我一眼。

「那應該叫妳阿貝還是阿兒？」

「呼……隨便你。」貝兒又嘆了一口氣。

我留意到她每次嘆氣，眼神都會變得茫然，彷彿一切都無所謂的表情。

跟著她離開小巷，大街的噪音馬上灌進耳裡，貝兒低頭按著手機，腳步飛快的在熙來攘往的人群中穿梭，我拚命跟上，瞥見她將我們手臂的合照發送給一個叫「管理人」的人。

「ok，管理員認證了。」貝兒向我展示手機，管理員回覆她：

任務達成。

與你拍檔保證聯絡，他是妳第50個任務的見證人。

明天０４：２０見。

「04：20是什麼意思？」我問。

「哈，你真的什麼也不知道，到底你進行到哪個階段？」

貝兒雖然看起來很憔悴，像被榨乾生命能量的病人一樣，但仍用力擠出充滿優越感的笑容。

「我、我不太明白妳在說什麼……」

「放心，藍鯨之間可以討論遊戲的事，將來你有些任務都會與藍鯨聯絡的。」

貝兒愈說愈興奮。完成任務有什麼值得高興嗎？我必須盡快阻止這個誤會擴大下去。

「我不是藍鯨，妳完全誤會了。這個只是我的紋身，不是什麼遊戲，我喜歡藍鯨，啊啊啊啊啊隆一聲吃掉一堆磷蝦的藍鯨啊！」

「哈……啥？你……不是？」貝兒臉色瞬間變得慘白，不安的咬著手指頭。

「抱歉，我要走了，我還要面交模型……」

我轉頭就離開，不想陷進可怕的遊戲裡。怎料，貝兒一手抓住我，不讓我離開。

「你不准走！你還要做我的見證人！」貝兒急道。

「什麼鬼見證啊！？我已經跟妳的血藍鯨合照過了！」

我想甩開她，但她死命抓住我不讓我離開。

「聽著，你要用手機拍攝我完成最後的任務，再發送給管理人！」貝兒語帶命令的口吻。

「拍攝什麼啊？裸照嗎？」

「拍我自殺。」

我創作過很多殺人狂的故事，也寫過憂鬱症、人格分裂、夢遊……但我從沒見識過真正的神經病，而面前就正好有一個。

「我的模型在召喚我，哈哈，我要先走了……」我只想趕快離開這個瘋女人。

「那下次再見吧，藍鯨。」

「我想不會了。」我完全不想跟她有什麼牽扯。

「我們在一起已經超過半小時了。」貝兒說。

「那又怎樣？我對妳沒興趣！」

「真可憐，你什麼也不知道……」她嘆了一口氣。

我急步離開，幸好貝兒已經放棄再抓住我了。我回到面交的地點，因遲到被賣家罵了一頓，但總算成功抱著心愛的模型回家了。

洗澡後，我小心翼翼把模型的零件和工具放在書桌上，這是絕版的模型呢！我必須每個步驟都小心謹慎！

「反正世界上的一切也沒有意義……」

不知怎的，貝兒的說話突然在我腦海竄出。

大家也許有過這種經驗吧？明明只是一句簡單的對話，聽到時也不以為然，卻一直在腦海迴響著，彷彿潛意識想要提醒你什麼。

眼前的模型有意義嗎……？儘管它已經絕版，我把它完成後頂多只會放在書櫃上，替它拍個照，放到ＦＢ上讓其他人羨慕……

這真的有意義嗎？沒有吧……我的生命沒有因此而得到任何改變。

真掃興呢……

我將模型擱在桌上，今晚遇到的事太衝擊了，先睡個覺明天起來繼續吧！像是電腦出現故障，認為只要「重新開機」就會自動好起來一樣。

我以為只要睡一覺，一切就會回復正常，不料……

我的手機不斷收到訊息，鈴聲把我從睡夢中吵醒。

我瞇著眼睛拿起手機一看，我的ＦＢ收到十多個未讀訊息——

起來了！接收第一個任務！

起來了！接收第一個任務！

起來了！接收第一個任務！

起來了！接收第一個任務！

我看一下時鐘，現在是０４：２０ＡＭ……

哈哈……一個會讓人自殺的遊戲怎麼會找上我！？

一定是在作夢，我完全沒有留下個人資料，怎麼會找得到我呢？

起來了！接收第一個任務！

起來了！接收第一個任務！

……………

手機不斷收到訊息，儘管調了靜音，腦子根本冷靜不下來。貝兒彷彿躲在我腦袋深處般，腦海再次浮現出她空洞的眼神，還有她說過的話……

難道她在我身上裝了什麼追蹤儀器嗎？想到這裡，我立刻從床上跳起來，在昨天穿過的衣服上搜索了一片，還索性將它們浸泡在水裡，想把追蹤器弄壞……

「我們在一起已經超過半小時了。」我記得貝兒說過這句的話。

三十分鐘……？

我記得曾經在網路上看過一個傳聞。也許很多人都曾經試過，在FB上的「你可能認識的朋友」一欄中，會莫名其妙出現你的中學同學、你的同事、你的親戚，甚至你的健身教練、補習老師等等……但有部分人根本連你的聯絡資料也沒有，到底FB是如何偵測到我們是認識的呢？

答案就是 wifi 和手機的定位。

當你跟某人在同一個位置，或連接過同一個 wifi 超過三十分鐘，FB就會把你們定義為「可能認識的人」。

智慧手機令生活變得更方便，也其實沒想像中安全。

大家都輕易的接受、享用新科技帶來的生活便利，卻沒注意伴隨科技生活帶來的潛在危險。

有很多人以為填假資料就沒事了，但如果你的 Google Mail 和 Google Map 登入成同一個帳號。你收取的所有郵件，內容都會被 Goole 所用。舉個例子來說，你用 E-Mail 來訂酒店或機票，當你付費後會收到酒店的確認 E-Mail。接著，再打開 Google Map，你就會看得到酒店的位置被打了標記，還註明你入住的日期。

所以，即使 E-Mail 填寫的是假資料，只要訂酒店時填寫正確的信用卡、身分證、姓名……Google 照樣能得到你的所有資料。

現在這個自稱「管理人」的人，就是我與貝兒共處三十分鐘後才得知我的FB吧！？

原來這個「藍鯨遊戲」是用這種方式招攬新玩家……

想通了不是衣服被黏追蹤器，我只好一邊把衣服洗乾淨，一邊思考對策，才回到房間拿起電話。

夠了，你也是貝兒的管理人吧？就是她把我們的藍鯨合照發給你？

我問。

我不認識哪個貝兒，我們有許多個管理人群組，你被編進我的一組，你的第一個任務只有24小時的時間完成。

管理人回訊。

這個時候，我才發現，原來我被加進一個群組內，有很多訊息同時間彈出來。

這新人是誰？趕快把他殺一殺！

是哪個蠢才混進藍鯨？

我不承認這沒膽的人是藍鯨！

燒死他！再把他的死相上傳到這裡！

各位！看看我的藍鯨，血流好多！我好像割太深了！

老弟，哥割到第4次已經沒感覺了。順帶一提，我第38天。

是的，對不起前輩，我才第22天。

第27天的路過，這群組新人真多。

他們全是藍鯨遊戲的玩家吧!?跟貝兒都一樣在接受不同的任務。從他們的對話中，也能感受到像貝兒那樣的自我優越感。

你應該沒我的裸照吧……？我想退出。

我再問。

我有你家的地址，蠢材！別頂撞我！我是管理人，別給我搞什麼花樣！

真是幸運呢，相比起貝兒這個滿口「你什麼都不知道」的瘋女人，這個管理人更容易套話。

我一邊與他對話表示不願合作，一邊在網路上搜索「藍鯨遊戲」的資料。既然已經深陷泥淖，我只好將所有泥巴都挖出來，看看洞穴底部的真相。

俗語說：「你必須跳進火海，才能在火場救人。」

好，第一個任務是什麼？

我問。

你終於肯聽話了吧!?將一幅藍鯨的照片或圖畫上傳到任何平台，再打上 #iamawhale #f57

就這麼簡單？

我問。

對，之後我們明天04：20AM見。

這個可以嗎？

我把自己的紋身發送到群組上。

你……已經畫上藍鯨了？把它上傳到網路，這樣你可以跳到第7天的任務了。

管理人回訊。

幹幹幹幹幹！一下子被人追過了！

有其他人這樣說道。

老弟，真令人刮目相看。順帶一提，我第38天。

這個人不斷提醒別人他已經到了第38天。

真是有病的一班人！我關掉對話欄，凝視著剛才在書桌上寫下的一堆詞彙。這是我平常用來創作故事的筆記簿，將一切與題材有關的詞彙都寫進去，再連成一個有脈絡的故事。

剛才在群組的對話中，我得到的資訊是：「管理」、「規則」、「遊戲」、「服從」、「邪教」、

「自殘」、「階級」、「群眾壓力」、「邊緣」、「膽量」、「命令」。

唔！哈哈哈哈！我明白了。

大多網上的報導文章都弄錯了重點。很多人以為這遊戲令那些處於人際邊緣的青少年，引發他們的好奇心，令他們做出自殘行為。

這根本大錯特錯！

我只需要在 google 打幾個字就能找到一大堆資料了，更何況，有人會笨到單單因為好奇心而自殘甚至自殺嗎？不可能吧？

很多大人都以為，小孩好奇什麼是火、被火燒是什麼感覺，所以小孩才偷偷玩火，於是拚命阻止小孩們接近火。

其實小孩偷偷玩火的最大原因，是因為這東西被「禁止」。

博物館被禁止進入的地方，本能反應會探頭看一眼，驅使這樣做的除了「好奇心」，還有「叛逆心態」。

社交人際處於邊緣的青少年，正是因為對社會感到絕望，對外界失去好奇心，害怕受到傷害，才會成為邊緣青年，他們怎會為了好奇心而自殘呢？

而最大的兇手，是大人們的階級觀念！

終於等到隔日的04：20AM了。

沒等管理員叫醒我，我就先在群組內輸入：

我想成為管理人，要怎樣做？

我傳訊。

當我一開口就提出這個問題時，所有人像被雷電劈中一樣，反應超大……

老弟，你未免太自負了。這樣做有意義嗎？你才第7天。

他不是藍鯨！燒死他！

大家看看，我的藍鯨還是流血不止……

不出我所料，管理人沒在群組裡答話，反而是傳來一個私密的訊息。

你快給我閉嘴，你知道自己在說什麼嗎？

為什麼你可以當管理人，我不可以？

我問。

管理人沒有回應，我只好乘勝追擊。

如果你不告訴我，我會繼續在群組裡鬧，讓他們「清醒過來」。

作為一個創作故事的人，必須具備的技能是資料搜尋。我這幾天已經在網路上找到所有關於藍鯨遊戲的資料，令我感到可疑的，就是這個遊戲的「管理人」。

遊戲的創辦人已經在２０１６年被警察拘捕了，在盤問中，創辦人沒有否認罪行，只說：「你以為抓了我，遊戲就會停止嗎？」

的確，遊戲仍不斷的病毒式散播。

因為管理人不止他一個，管理人負責指示一般藍鯨玩家達成不同進度的任務。

也就是說，他們不可能是玩家的一部分，一個管理人不可能五十天就死掉……

問題來了，那如何成為管理人呢？今天，我一定要咬緊這個機會問清楚。

別以為我不知道，你們管理人不是藍鯨！

其實這只是我的猜測。

我敗給你了……我告訴你做管理員的方法吧，作為交換。你不能在群組裡搗亂，乖乖服從我。

好，成交。

成為管理人首先要支付價值5千英鎊的bitcoin。

創辦人不是已經被抓了嗎？

我問。

創辦人不只一個，被抓的只是構思遊戲的設計者。

那我怎樣能找到收錢的那個人？

我再問。

我不能說太多了，他覺得你符合資格，就會主動出現找你……

那你憑什麼符合資格？

我、我……求求你放過我吧。

群組裡的藍鯨寶寶們，如果知道管理人只是用錢買回來的，你覺得他們會不會造反？

好了好了！我是政府IT部門的頭頭，我可以弄出一條後門，讓創辦人在網路上做的事不被警察查到，這樣可以了吧？

管理人回。

而且那設計者還是被抓了。

我回說。

我真的不能說太多了！

OK，今天先放過你，明天04：20AM見！

等等，有件事我必須提醒你……

管理人傳訊。

什麼？

如果你沒有每天完成任務的話，他們便會找上你。

什麼人會找我？

藍鯨的第49天的任務，是要找出任務失敗者，從頂樓丟他下去，編造出一個「藍鯨玩家自殺」的故事。

原來如此，這就是藍鯨遊戲的可怕之處吧，當你加入遊戲，只得以下幾個結局……

（a）任務完成第５０天↓跳樓自殺。

（b）中途退出者↓被第４９天的玩家丟下樓↓假裝成（a）的結局。

（c）根本貝兒所說，第２５天任務，讓玩家拍攝（a）的結局，大腦會產生一種服從的本能。

再加上，對於第５０天就會自殺的人來說，殺人也就沒什麼大不了吧！？

相對的，一個已經殺了人的兇手，就算自殺前想臨陣退縮，當想到自己昨天殺過人，就算逃得掉自殺，也逃不掉法律的制裁……

很多人對這個遊戲不解的是，指示一個人「自殺」是一件不可能的事。

然而，藍鯨遊戲每個任務，都漸進式將玩家推向死亡，當參加了這個遊戲，便不可能退出。

也就是說，我接下來必須一邊完成任務，一邊破解這個遊戲，不然我會成為「被自殺」的一分子。

為什麼要設定為５千英鎊的 bitcoin 呢？一定有它的道理吧……

遊戲創辦人這樣做的目的又是想要什麼？

我到底如何才能跟他見面？

腦海裡一大堆的問號，但這個在政府裡當ＩＴ的人，看來再逼他也問不出什麼東西了。接下來我必須靠自己繼續把真相挖出來。

哲學家阿德勒說：「所有煩惱都源自人際關係。」

沒有其他人，你不會知道孤獨是什麼感覺。

沒有富豪，你不會覺得自己是窮人。

自己一個人，永遠都是國王。

自願參與藍鯨遊戲的玩家，很多人都享受著在現實感受不到的「共鳴感」和「存在價值」。

就像那些總是把自己到達「第幾天任務」掛在口邊的玩家。

試想想，「Candy Crush」這款遊戲大受歡迎的原因，某程度上是因為能看見朋友卡在第幾關，而你開始遠遠拋離他們。

身邊的朋友沒在玩了，你的投入度也會隨之降低。

接下來，我決定把藍鯨寶寶們一條一條救出來，直至創辦人現身為止！

人類是一種無法脫離群體生存的生物，

幸福是以在群體中獲取認同感而得到的。

你可能會說：「不是啊！我放假只會窩在家裡，我沒有朋友，但我覺得很開心。」

這只是脫離人際社交關係而已，你所吃的飯和看的劇集，一樣是從群體裡生產出來的，所以你根本沒有脫離群體。

我們評斷一個人的標準，就是看這個人對群體有多少貢獻。醫生、律師、消防員比較受到敬重，高薪厚職代表是個能幹的人。

而藍鯨遊戲的玩家，都是一些在現實社會中無法得到認同感的人。他們在遊戲中達成一些任務，也知道其他玩家正在做同樣的事，從中獲取認同感。

我從網路中，找到一個在ＦＢ發布了手臂上的藍鯨紋身，叫 Helson 的男孩。看他ＦＢ上的資料只有二十三歲。

雖然我沒有成為管理人（因為錢不夠），但我還是可以假冒管理人的身分，找出這個藍鯨寶寶。

你有 freestyle 嗎？

我傳訊。

你是誰？我不認識你……

Helson 回訊。

你紋的藍鯨很醜。

啥？你到底是誰？

我也是藍鯨啊！

別說我不提醒你，藍鯨紋身的任務，每天都需要用刀重新挖開傷口，為期十七日。你手臂的傷口都發炎了，很快管理人就不會再承認你的任務過關了。

那……我該怎麼辦？

Helson 明顯已經放下戒心了，所以說情報就是力量。

看啊！我直接找紋身師幫我紋上去，現在多漂亮，哈哈。

我把手臂的紋身照片傳給他。

我不知道有這種做法呢。

教你一個方法好了！找其他群組的玩家，用他們的紋身當成是自己的，每天交任務就不用受這麼多苦了。

怎麼可以欺騙管理人！？

啊！對了，你知道管理人的身分是什麼嗎？

就是管理藍鯨玩家的人吧……

但他們根本不需要加入遊戲喔！你想想好了，如果他們50天就要死了，還怎樣當管理人？

那……？

你以為自己在玩遊戲，每天都在突破自己嗎？哈哈，其實你只是被別人當成遊戲玩的玩具而已。

「公平、正義」這些詞彙，只是用作「不公平、沒有正義」的相反詞才產生出來。現實中根本不可能有「公平」這玩意兒，很多人都被現實社會的階級壓垮，但其實藍鯨遊戲也另一個階級遊戲，你只是跳到另一個圈子中，被別人掌控在手裡。

從網路上的資料得知，每個群組的管理人，每天都會關心與藍鯨們，聽傾訴（但我的管理人已經不敢來關心我了）。管理人要他們報告每日遇到的事，再灌輸一些反社會的觀念，令他們慢慢脫離社會。

這名叫 Helson 的男孩，父親是個黑道中人，母親在他沒幾歲時就離家出走，所以 Helson 由父親獨力養大。

Helson 不單在單親環境下成長，他整個童年都充當父親的「解酒藥」。意思是每次父親喝醉酒，就拿他來出氣，有時候吊著毆打，有時候把他浸在冰水裡……直到父親出了一身汗，冷靜下來後，Helson 才算逃過一劫。

他沒完成高中就退學了，因為父親要逃避仇家的追殺。Helson 看見他的父親，就像看見自己的未來。於是 Helson 便加入了藍鯨遊戲……

真廢的故事！

我故意揶揄。

咦？我的未來已經沒有希望了，所以我才去尋死！

Helson 回訊。

用過去綁定自己的將來，是最愚蠢的生存方式呢……

你根本不懂我！我每天在公園裡玩耍，最害怕就是每天放學的時間，很多同學都會去那公園玩耍，他們因為不認識我，但又穿著一樣的校服，那種奇異的目光，總是令我全身發抖……

那又怎樣？廢物！

我的未來沒有選擇餘地！我唯一的解脫辦法就是去死……

想死的話，現在就可以死了，何必等５０天，你這樣做只是想向父親報復而已。

我……沒有……

當你因為藍鯨遊戲而自殺身亡，新聞就會大肆報導，記者會搜尋你的身世，或許會令你父親的身分曝光，甚至被警察拘捕。說穿了，這根本就是你向父親的復仇行為。

你……那我該怎樣做？

Helson 問。

求我吧，求我就救你。

我說。

………

………

………

………

求求你，救救我！

Helson 終於出聲了。

可以！但有一個條件。我救你，你要答應我努力生活，這是你的第50天任務。別小看這任務喔，比起跳樓難度高很多！我會是你的見證人！

條件是什麼？

Helson 已完全對我卸下防範。

既然你想向你父親報仇，那就更加要努力活下去！努力到讓他都佩服你，努力到令他愧疚！知道吧？

努力……活下去？

沒錯！但保險起見，你把這件事告訴父親，搬到其他地方暫住，這幾天我會把藍鯨紋身的照片發給你，你照樣傳送給你的管理人完成任務就可以了。

只需要在 Google 打「藍鯨遊戲」，就有很多可以用的傷口照片，再用修圖軟件改一下，便可以瞞天過海。

真的沒問題嗎？

Helson 比我想像中的更膽小。

你真是個窩囊廢！

我禁不住罵他。

…………

管理人有你的地址對吧！?

我乾脆直接問。

嗯……

結果只會有三種，

第一個：你成功跟父親逃到別的地方。

第二：被管理人找上門，你父親被殺，這樣你也算是復仇成功吧！？

第三：你會被殺，但反正你到第50天的任務就自殺了，早點死也沒差。

結論是……

無論哪種情況你都贏啊！

我說。

你說的好像有點道理，為何我一開始沒想到呢？

因為你笨……

……

就這樣！保持聯絡。

藍鯨遊戲的第５０天任務就是要玩家自殺，全靠媒體不停炒熱報導，連沒接觸到遊戲的都知道了。

但同時這也是遊戲的弱點，反正要死，為何不鼓起勇氣，放手一搏呢？

很多人看到這些年輕人自殺的新聞，都會嘲笑他們愚笨，明知道會死還不斷自殘，最後了結自己生命。但他們不了解，藍鯨遊戲是如何將玩家們的生存意志蹂躪。

人們總是嘲笑別人，而不會想辦法去施以援手。正是因為這種心態，社會才會出現被大家排擠的邊緣人。

但又有多少人想過，被排擠不是他們做錯了事，只是他們的想法或做法，與大多數人不同罷了。手臂上的紋身傷口，不只是一個任務而已。因為持續兩星期，管理人都要求玩家把紋身的傷口重新割破，每天割深一點、痛一點。到了第5天，大腦便會釋放出一種名為「痛苦的幸福」的內分泌。

你可能會好奇，為何常聽說紋身會上癮，正是這種內分泌作祟。當一個人持續受到傷害，大腦便會釋放像麻藥的內分泌，減輕痛楚的感受。當痛楚停止了，傷者仍會因為這種麻藥而進入一種亢奮狀態。

再加上，紋身後的身上會出現一個漂亮的圖案，令潛意識把紋身和亢奮感覺兩者聯繫起來。

藍鯨遊戲的任務也是一樣，玩家傷害自己後，在群組內受到其他人的認同，使他們覺得有一種未能在現實社會獲得的成就感，繼而對管理人言聽計從。

除了窩囊廢 Helson，我還找了另一位在FB上發布了一些藍鯨的專有 hashtag，我立即聯絡她，她是一位中年女人，想加入藍鯨遊戲，但還未找到方法。

慶幸的是，我比起其他管理人更早一步找到她了。

她的老公借了一大筆錢去賭，結果輸了精光，而擔保人填了她的名字。老公輸光錢後就沒有回來了，只有債主不斷上門追債，逼得她想自殺。

妳這麼笨，難怪會被騙……

我直言。

我接下來要怎樣做？我想死……

我介紹一個管理人給妳，妳把債主的地址，還有裸照發給他，就能加入遊戲了。

接著我就能死嗎？

女人問。

接著妳也不能死，妳的任務是逃到一個任何人都不認識妳的地方，重新過生活。

那藍鯨遊戲呢？我的裸照呢？

妳也是藍鯨的一分子了，所以其他藍鯨會幫妳處理債主的。至於裸照……妳的裸照就算發布到網路上也沒人會看的，我向妳保證。

藍鯨遊戲會幫我處理？沒想到藍鯨原來是好人呢。

不，藍鯨也是壞人。但既然警察幫不了妳，只好靠壞人打壞人了。明白嗎？妳要找一個藍鯨和債主都找不到妳的地方！過妳最新的人生！

但是……

還但是什麼？

萬一我的老公回來，我怕他找不到我……

聽到她這樣說，我當場呆掉了，怎麼有女人可以癡笨至此？

老實告訴妳，老公為了錢而離開妳。而不是帶著妳離開，就代表他不會回來了。

我明白了。

真的嗎！？

我懷疑。

真的……謝謝你一巴掌打醒我，其實我心裡也明白，只是我還未能接受這個現實而已……

那就好。

我回說。

不如我把裸照發給你？

女人突然來一條訊息。

千萬不要！謝謝了！保持聯絡，就這樣……

我私訊我的群組管理人，叫他接收這個中年女人。他聽見後非常高興，因為管理人一段時間沒有接收新的藍鯨玩家，便會取消管理人資格。

對了，我好奇問一下。你每天04：20AM起床，怎麼看起來還那麼正常？

管理人問。

有什麼問題嗎？

我不懂。

其他藍鯨每天被叫起來，很快就變得精神渙散了。

因為我幾乎每晚都在寫故事，０４：２０根本還沒睡啊。

喔喔……那明天見。

隔天的０４：２０ＡＭ，我如常到群組報到，就在這個時候，我收到一個奇怪的訊息。

嗨。

你是誰？

我問。

貝兒！忘了嗎？我早說過，我們一定會再見面的。

我當然記得，拍攝妳自殺，對吧！？

我這才想起來。

老實說，我早就等待著這一天的來臨了，由於我決定要在遊戲中搗亂，把創辦人揪出來時，便決定了要把貝兒救出這個遊戲；因為我看過她那像死人般的眼神，讓我很想……知道她的故事。（大概是作者的職業病吧）。

於是，我準時來到她跟我約定的地點，一棟遠離市區的住宅大廈。放眼望去，四周圍只有未開發的荒地和樹林。

貝兒在大廈的地面等待著我，我們一同乘電梯上大廈頂樓。

她比起之前更加消瘦，眼神更加像死沉，毫無生氣。

「妳選擇在這裡跳，會影響樓價呢……」我試著打破尷尬的氣氛。

「誰說我要跳？」貝兒說。

「咦？」

「你真是什麼也不知道呢！」貝兒說出她的口頭禪。

「我……不明白……」

「今天我才第４９天而已！」貝兒聳聳背。

第４９天的藍鯨任務，殺死藍鯨的背叛者……

我不禁倒抽一口涼氣，寒意從脊椎竄上後腦……

「妳要殺死我嗎？」我明知故問。

「真可惜，你當不了我的見證人了。」貝兒口氣一貫的平板。

我感覺到電梯在徐徐爬升，瞄一眼樓層顯示器，快到頂層了。

「貝兒……」我從喉結中擠出聲音。我看著貝兒，就像盯著一具屍體一樣。

「嗯？」

「明天妳就要死了，有什麼遺願嗎？」

「問這個幹嘛？」貝兒皺眉。

「嘿，妳真的什麼也不知道呢！」我回了她的口頭禪。

「…………？」

不理會貝兒狐疑的目光，剛好電梯門打開，我大步邁出頂樓。

不出我所料，今天不只貝兒一個人對我執行刑罰。大約有十多個人已經在頂樓上待著，貝兒只是負責擔當誘餌帶我上來頂樓而已。

頂樓上的藍鯨有一個共通點，他們的眼神沒有半點生氣，像死人一樣。

「人到齊了嗎？沒遲到吧？很好很好……」我故作輕鬆，數著頂樓的人數，包括貝兒有十三個人。

「你背叛藍鯨，今天你要被踢出藍鯨族群。」說畢，十三個人同時戴上手套。

很快的，我就被他們像魚網一樣包圍住。

「這位寶寶，你戴膠手套就錯了。」我指著一個身型瘦削，臉色死灰的宅男。

「啥？」宅男嚇了一跳。

「目標在掙扎的過程中，萬一刮破膠手套，便有機會在死者身上留下指紋。這樣藍鯨就會被曝光了，你會害到整個藍鯨族群被獵……」

所有人同時將目光轉移到宅男身上……

「我、我在家裡找不到布手套嘛……」宅男慌張的說。

「還有你！」我指著另一個滿臉鬍鬚的壯漢。

「我！？」

「你把衣服脫了想威嚇目標是做得不錯，但萬一死者掙扎亂抓，指甲藏著你的ＤＮＡ或皮屑，該怎麼辦呢？」

「我……呃……我沒想到這一點……」

「還有你們全部人！」我故意加大聲量，「穿著鞋子上來，全部都留下腳印了，有常識嗎？」

所有人又同時低頭望著自己的鞋子，然後面面相覷，露出同學作弊被發現的表情。

「喂，你到底是誰啊？」貝兒失去她慣有的淡定。

「我是……，……，……，我是遊戲的創辦人。」

哈哈，頓時間，頂樓上變得生氣盎然，所有人大眼瞪小眼，對我所說的話難以置信，但又不敢質疑。

「明天就畢業了，這天是我給你們的測試。」我故作輕鬆。

「我從沒聽管理人說過……」鬍鬚男吶吶說道。

「預先告訴你又怎會叫測試，白痴啊？」我說。

「難怪管理人昨晚叫我小心一點……」宅男皺著眉頭。

「你們全都不合格了！」我大喝。

「什麼？那明天的最後任務……」

「不行，你們沒有資格以藍鯨的身分死去，你們全都被踢出族群了。趕快清理好現場，否則你們的家人，會成為其他藍鯨的目標。」

說畢，我以不疾不徐的步伐離開頂樓。

在等待電梯的時候，我聽見背後傳出此起彼落的啜泣聲，可是我沒敢回頭去看。

有人說過，時間在不同的狀況下，有不同的價值和不一樣的流動速度；上課、上班時間特別難撐，而休假，一眨眼就過了。

我等著電梯接近頂樓，彷彿過了十年，電梯還沒到。

嘎、呼、嘎、呼、嘎、呼……

心臟瘋狂跳動，快要撐破胸口。

終於都……騙過他們了！

我才不是什麼遊戲創辦人呢，剛才真是嚇死我了。

回想起剛才，跟貝兒在電梯內，我在腦海中拚命叫喊著，快做點什麼吧！不然就要死了……

但是現實中我卻連動一根手指頭都沒辦法，死亡的氛圍瀰漫著整個電梯。

沒到最後關頭，幹嘛不逃跑？

明知道有危險，幹嘛不放手一搏？

被強姦的女生、被搶劫的老人、被不良少年威嚇的小孩……都會被問這種問題。

幹幹幹幹幹！我幹爆全世界！

沒體會過的人，根本沒有資格在旁邊指指點點啊。現在的我沒有腿軟、尿出來，已經很值得令人佩服了。

要是這麼容易成功，這個世界就滿街都是超人了！

我沒有超能力，也沒有超人的力量。

但我可以做出像超人一樣的事……

就是去救活其他人！

頂樓上的人，明天會去自殺嗎？還是乖乖退出遊戲呢？我不知道……

電梯到了，電梯門打開，我慢慢走進去，按下關門鍵。

就在電梯門闔上的一剎那，一隻手突然伸進來把門頂著。

是貝兒。

「我也要離開。」貝兒一臉平靜。

「好，那一起走。」我說。

我只是寫故事稍微好看了一點，平日又沒有做壞事，為什麼要我經歷這種情境兩次啊？啊！

啊！！啊！！！！

「你剛才在撒謊吧？」貝兒問。

「咦？」

「我早就猜到了。忘了嗎？我第一次跟你見過面，我知道你一定不是創辦人。」貝兒說。

對！那時候我對藍鯨遊戲一無所知。

「那時候我只是想試探妳有沒有當藍鯨資格……哈哈……」我嘴上逞強的回道。

「別再裝了，我只是覺得這樣更好玩，所以沒有戳破你。」貝兒睨了我一眼。

04：20AM。

為了趕稿，我從回家後就一直還未睡，太陽才是我的睡覺訊號。

「嘟嘟嘟嘟！嘟嘟嘟嘟！」

突然響起的手機的響鬧聲，儘管我知道她在我的房裡過夜，還是嚇了一跳。

「呵欠！早安。」貝兒一邊打著毫不遮掩的呵欠，沒精打采的從臥室走出來。

「妳在一個男生的家，可以有自覺一點嗎？」我失笑。

「怕什麼，反正你也看過我的裸照……」貝兒只穿著內衣，頭髮蓬鬆，搔著肩膀，完全不把我放在眼裡，我是個正常的男人啊！

為了抑壓腦裡奔騰出來的ＡＶ情節，我先說點正經事吧。

藍鯨遊戲要求玩家每天０４：２０ＡＭ準時起床，是為了，打亂人的作息，讓他們長期處於一個精神恍惚的狀態。因睡眠不足，玩家會漸漸從日常生活中脫軌。

相信大家也有試過這種經驗，通宵撐著眼皮打電動衝等級，或有朋友生日，從晚上一直唱ＫＴＶ到天亮。在極度疲倦的情況下持續活動後，當你靜下來時，會發現遊戲的音樂或你朋友難聽的歌聲會在耳朵深處不斷迴盪著，這便是大腦非常疲倦而出現的幻聽。

藍鯨遊戲會要求玩家在０４：２０ＡＭ起床，然後聽一段扭曲的音樂。這些音樂聽起來只是單調而尖銳的訊號聲，但聽久了會開始頭痛，有種腦袋被針扎進去，再不斷鑽下去的感覺。

在這種情況下，要灌輸一些洗腦的訊息，或要玩家執行管理人的命令，就更加容易了。

貝兒走了過來，瞇著眼凝、盯著螢幕看，「寫小說嗎？嘿……真爛……」

「關妳屁事！」我呿了一聲。

「滾開。」

貝兒一把將我從電腦桌前推開，逕自使用我的筆電登入她自己的ＦＢ帳號，再跟管理人報告。

真是個忝不知恥的女人。

為何貝兒會出現我的家呢？

我拚命回想，腦海只剩一堆像嘔吐物般的模糊記憶。

昨天我扮演藍鯨遊戲的創辦人，幸運騙過一班藍鯨寶寶離開大廈，可是貝兒卻在我電梯門關上的前一刻，說要跟我一起離開。

「那麼……永遠不要再見了，哈哈……」到達大廈大廳後，我從地面回望上頂樓，單是想到自己剛才差點從那裡高速墜落變成肉醬，就恨不得坐火箭迅速離開這個鬼地方。

「你要去哪？」貝兒問。

「回家！」

「我可以去你家睡一晚嗎？」貝兒又問。

「哈哈……說什麼傻話……」

「你想幹什麼都可以！」貝兒挽著我的手臂。

就這樣，我把她帶回家了……

冷靜過後，我才後悔自己把血液集中在下半身，沒有好好想清楚，就把這麼危險的女人帶回家。

「妳今天是第50天了……」我看著貝兒瘦骨嶙峋的背脊說。

「對。」貝兒邊回訊邊回我。

「接到任務了嗎？」我問。

「剛接到了，但說真的，我有點失望呢。」貝兒往椅背一靠。

「失望？妳不是一直期待去死嗎？」我視線一路掃視到她的盤骨上。

「昨天的任務失敗了，我一直以為半夜會有人偷偷放火，或者衝進來把我殺死。」

貝兒妳就是為了要看這個才來我的家過夜嗎？我心想，嘴上卻說著：「我早就說過了，藍鯨沒什麼了不起呢！哈哈。」

「你要打垮整個藍鯨遊戲嗎？這根本不可能！」貝兒回頭看了我一眼。

「我當然知道啊！」

「你只會成為藍鯨玩家的追殺目標。」貝兒提醒。

「我知道。」

「你會死啊！」

「嗯。」

「那你還要繼續下去嗎？」貝兒問。

「因為……我想救妳啊！」我摸著她乾枯黯淡的頭髮，又說：「妳今天要自殺，我會被追殺到死為止，不是頗匹配嗎？妳想看到我被追殺的話，就努力活下去吧。」

這種連寫小說也嫌荒謬的對話，我卻對一個藍鯨遊戲第５０天的女孩說出來。

「說起來，我今天忘了向管理人報到呢。」我才剛記起這件事，於是我拿出手機。

才剛登入ＦＢ，我的可愛管理人便私訊我了。

你到底幹了什麼啊？

對不起，我遲到了。今天要看血腥電影？

我回答。

這不重要啦！有人要找你！

管理人回訊。

誰？

他說是遊戲的創辦人，他問我拿了你的地址。

那你給他了嗎？

我問。

當然啊！我們又不是朋友。

「幹你娘！」我忍不住爆粗口。

我深呼吸了一口氣，反正情況也沒辦法再壞。

「要去約會嗎？反正是最後一天了。」我問。

「隨便。」貝兒。

「想去哪？」

「我除了被男友賣給其他男人幹，我就沒去過任何地方約會。」貝兒直言。

「那麼……我們就去……唔！」

與其說是約會地點，倒不如說是「很有可能會被突然殺死」的地方吧!?

說起來，我從沒思考過這個問題呢。

我曾經幻想過自己將來會以怎樣的方式離世，卻沒想過自己會在哪裡死去……

驀地，外面傳來敲門聲。

「叩叩！」

我回頭望過去，貝兒已經一臉若無其事的走過去開門。「喂喂，妳可以有點危機意識嗎？」我內心不禁嘀咕，隨之跟上前去。

「你是許一健先生嗎？」

站在門外的是一個老太婆，她全頭雪白的頭髮，外表看起來慈祥，穿著一般老人家會穿的衣服，搭上一件暗紅色的棉質外套，完全看不出有何惡意。

「我是。」

「聽說你找遊戲的創辦人。」

「可以這樣說。」

很怪的，面對著眼前這個神祕的老太婆，我完全沒有在電梯時的戰慄感，反而有種安心的感覺。

「老實說，他死了。」老太婆說。

「什麼!?死了？那妳是什麼人？」我吃了一驚。

「嚴格來說，我是殺死他的人，不過……他是自願死亡的。」

「遊戲創辦人已經死了？哈哈……這不太可能吧？」我腦海中勇者與大魔王對決的畫面，魔王像被燒透的木炭般，被一陣風吹散了。

「這是事實，而且是半年前的事了。」老太婆以不疾不徐的語調，像在講床前故事一樣。

旁邊的貝兒一直從喉結中發出像機械固障的冷笑聲，還全身顫抖，是太害怕了嗎？

「我……我有信心能打贏妳的啊！老太婆！」老實說，我也不知道該如何回應。

唯有像中學生一樣，說不過對方就用拳頭來決勝負，或用大聲威嚇令對方屈服。老太婆對我的威嚇不為所動。

「呵呵，我相信我們是站在同一立場的，我們也想阻止這遊戲的蔓延。可是一直制止不了，更像病毒一樣蔓延到其他國家……」

「這是陷阱吧！？妳在騙人。」我盯著老女人，可是她臉上一直掛著微笑，對我的威嚇不為所動。

「我很理解你的心情，有一個假想敵，將所有不好的事情怪罪於他一個人身上，覺得只要打敗他，就能化解一切罪惡。可是……世界並不是這麼簡單啊！你的敵人不是我，也不是藍鯨遊戲的創辦人，而是全世界。」

世界各地都相繼出現藍鯨遊戲，亞洲區的管理人是用錢就可以買回來。也就是說，只要你有錢，就能將玩家控制在手裡。

在俄羅斯如果想當管理人，便需要親自拍攝玩家第５０天的自殺過程。你必須承受每天看著別人跳樓，以及被警察抓到的風險才可以當管理人。

老太婆剛才的話不偏不倚刺中我的心臟。我一直都覺得，只要能打倒創辦人，藍鯨遊戲就會終結。

但現實真的有這麼簡單嗎？

ＯＫＯＫ！貝兒仍處於冷笑的楞神狀態，說實在的，我也沒膽量將一個老太婆家摺倒在自己的家裡。

唯今只有一個辦法了！

我先把門關上，再走進廚房裡，拿出家裡最好的茶葉，臉上帶著親切的笑容，沖茶招待這個老太婆。

「有什麼屁快放啊幹妳娘，但是妳這麼老，妳娘應該連白骨也不剩了哈哈哈。」我語無倫次，放下冒著煙的茶。

老女人毫不客氣的坐下，優雅的品茗著。

「放心，我會慢慢解答你的疑問。藍鯨遊戲的創辦人，是一位患有阿茲海默症，俗稱老人痴呆的百萬富翁。」

「明白了！百萬富翁想統治地球的概念吧!?但……老人痴呆又是什麼一回事？」我不想在氣勢上示弱，於是幫自己沖了一杯即溶咖啡。

「有一天，他氣沖沖找上我們，說要幫他安樂死……」老太婆頓了頓，又說：「對了！我忘了自我介紹，我叫海倫，是來自瑞士『dDignitas』組織的，負責處理這位百萬富翁的個案。」

名叫海倫的老太婆又拿起茶杯細啜了一口，甚狀滿足。

我相信一定有腦殘讀者在質疑我，說什麼：「瑞士來的女人怎麼可能說中文啊！白痴作者！」

嘿嘿……

忘了我在前文說過嗎？我是個網路作家咧！

我的確是把這個沒人相信的經歷寫出來啊！難道我寫成外文你們會看得懂嗎？蠢材！

嗯嗯，言歸正傳，我們回到老太婆海倫的娓娓道來吧。

這個時候，貝兒在保持冷笑之餘，還淌下眼淚……

「瑞士是個合法安樂死的國家，dDignitas 這個組織便是專門幫客人安樂死的合法組織。想安樂死的客人，首先會搬進 dDignitas 的房子裡，裡面像高級度假村一樣，設施應有盡有，也可以依客人的需求客製化設計，也方便親友前來探訪，有專業的醫生定期檢查客人的健康狀況。客人在這段人生最後的日子裡，不用睡在病床上，更不用送到醫院裡。整個過程都在會度假村裡進行。而 dDignitas 的最低收費是……5千英鎊。」

「5千英鎊！Bitcoin！管理人！」我驚叫，記起我那個在政府部門工作的管理人，要支付價值5千英鎊的 bitcoin。

「沒錯，半年前被拘捕的少年，他是遊戲的開發者，跟百萬富翁有相同理念的人吧。正是他把藍鯨遊戲傳到亞洲地區的。」海倫說。

「到底那個百萬富翁是誰？開發者又是誰啊？」我問。

「我們也不知道他的身分……」海倫啜了一口熱茶，緩緩述說當年。

那天，一個佝僂著背，戴著老人帽，穿著英式格仔西裝外套的老人，走進名為 dDignitas 安樂死組織。

這位老人牽著差不多年紀的妻子，身邊還帶著有一個目露凶光，一臉不屑的年輕人。

「請問有什麼可以幫你嗎？」海倫當時剛好在接待處處理其他客人的文件。她在 dDignitas 工作已經十多年了，這組織專門聘請一些已進入退休年齡的員工，原因是，他們所處的年齡相當比較理解客人的想法和需要。

「我想死。」老人拋出簡單的要求。

「來這樣的客人都一樣，請問您姓名？」海倫問。

「不要問我的名字。」老人打了個眼色，身邊的年輕人把手上的行李箱打開，一陣鈔票獨特的氣味飄出，乍眼一看裡面全是千元美金面額的鈔票。

海倫從沒親眼看過千元面額的美金鈔票，但她知道一九六九年美國總統尼克森宣布不再印發百元美金以上的大面額的鈔票，但這些紙鈔仍是合法貨幣。

目前仍流通在市面的千元美鈔票只剩下十萬張，因此吸引了一些收藏家，高價蒐集。

這就表示，眼前這老人不單有錢，還是每天煩惱著如何花錢的超級有錢……

「但是我們需要為客人登記……」海倫很為難。

「那就隨便寫格羅弗・克利夫蘭吧！」（Grover Cleveland，美國第２２、第２４屆總統）

海倫端詳著這個怪老人，他顯然不是總統，但為何他要隱藏自己的身分來尋死呢？

但組織的宗旨是尊重人權，任何人都能擁有選擇死亡方式的權利，於是海倫還是幫這老人辦理登記入住。

但當時的她怎麼也沒想到，這老人會在這段人生最後的日子，創辦出藍鯨遊戲……

這個前來 dDignitas 尋死的老人，不願透露姓名和任何資料。醫護人員給起了個他綽號——鈔票老人。

在辦理入住後，老人很快便融入在度假村的生活。每一大清早在花園的長椅上喝茶、看書，與每個路經的醫護人員打招呼，跟檢查身體健康狀況的醫生說謝謝。

鈔票老人彷彿身處在陽光、海灘、美女的度假勝地作退休旅行。唯一比較可疑的是，除了伴隨他的妻子，還有一位想要用眼神殺死全世界的青少年。他每天窩在老人的房間裡，對醫護人員非常無禮，像呼喝傭人一樣。

海倫記得那天，是距離老人預訂死亡日還有七天的日子。

一名全身裸體的年輕女生，不知何時走進了度假村，進入老人的房間。三十分鐘後，女生面無表情的裸體離開，只是肚子多了一灘乳白色的精液。

這顯然不是老人所為……

但根據規定，不論誰前來探訪，醫護人員也不得干涉，更沒有任何探視時間的限制。

隔天，一個全身肥肉的男人又赤裸裸走進老人的房內，當他離開時，胸口用刀割了一個笑臉，但跟之前那女生不一樣的是，男人在房門外大吵大鬧，顯然他對胸口的「紋身」極為不滿。

海倫與醫護人員趕到現場，老人搖搖頭說：「遊戲要改良一下，金錢不能讓人做任何事……」

雖然不知道老人在說什麼，但據海倫所知，他先以金錢利誘女生出賣肉體，再令肥男人自殘，可惜男人卻不願為了金錢殘害自己的身體。

按照有錢人的邏輯，鈔票無法解決的問題，就以更多的鈔票來解決囉。

肥男的吵鬧在不用驚動警方的情況下，最後他抱著一袋鈔票滿意的離開。

「到底你們在計畫什麼？」海倫禁不住好奇問老人。

「我想問妳一個問題，妳覺得現在這個世界美好嗎？」老人不答反問。

「疾病、戰爭、種族問題……沒那麼美好吧，凡事沒有完美吧。」海倫淺笑。

「妳覺得怎樣才能改變這個世界？」老人再問。

「…………」說實在的，海倫從沒想過要改變世界。

「我換個方式好了，世界有太多沒價值的人了，讓這個世界一直變差。海倫，妳幾乎每天都親眼目睹死亡，妳覺得要死多少人，才能令世界變得美好？」

「我從來沒思考過這問題……」海倫一臉茫然。

「因為妳沒有這個能力，但我有。我想在臨死前，為這個世界做一些事。」

說畢，老人與年輕人流露出由心而發的喜悅笑容。

「啊啊啊啊啊啊啊！」一直冷笑的貝兒突然像《驅魔人》裡被惡魔上身般捉狂咆哮，像貓一樣瘋狂的抓地板。

「貝兒，妳幹嘛？哪裡不舒服嗎？」我衝過去將她抱住。

「嗚嗚嗚……咕嚕咕嚕咕嚕……」貝兒發出像溺水般的聲音，眼眶湧出氾濫般的淚水。

這種情況，她根本無法冷靜下來，我用盡全身的力量緊抱著貝兒，她發狂咬住我的肩膀。

這一刻，除了痛楚外，我發現貝兒全身都在顫抖，還能感受到她怦怦狂跳的心臟……

我摸著她的頭，盯著因為掙扎而飛脫在地上的胸罩，「別擔心，我會一直在妳身邊，直至被追殺到死為止，沒什麼好害怕的。」

「遊戲的創辦人已經死了……這50天，我到底……在幹嘛？」貝兒嘶吼。

她的話，令我想起了一件事。

二〇一六年，遊戲開發者被警方拘捕，在偵訊過程中，創辦人沒有否認罪行，只說了兩句說話：

「你以為抓了我，遊戲就會停止嗎？」

當所有媒體的鏡頭都對準著他時，他還說了另一句：

「我就是要靠這遊戲，來清洗這班沒價值的人！」

我又回想起，曾經在網路救過的，想向黑道老爸復仇的少年；一直等著老公回家，負債累累的女人；還有，在我的可愛管理人群組裡，那些步步接近死亡而沾沾自喜、只為了得到現實得不到的共鳴感，一直被社會排擠的那些人……

那些……

被創辦人評為沒有價值，要清除的人……

中世紀的社會，人們會排擠一些認為是瘋子的人送上「愚人船」，驅逐他們到海上自生自滅。

數百年後的今天，藍鯨遊戲將各種原因而被社會排擠的人趕上絕路……

人類文明真的有進步嗎？

從愚人船上回望向城鎮，那群聚集在碼頭，投以嫌惡目光的人們。

到底誰才是瘋子？

貝兒得悉創辦人已死，自己只是被送上愚人船，被遊戲愚弄的的其中一個瘋子。

每個瘋子，都有變成瘋子的契機。

到底她經歷了什麼事，又是誰將她逼成瘋子呢？

「別再逃避了！」我雙手緊握著貝兒的肩膀。「我們一起面對！一起變強！打敗這個世界！」

我直視著她的眼睛。

「做得到嗎……？」貝兒不再顫抖，眼淚仍不斷落下……

「不是要能力上變強，而是變得比誰都堅強，不被孤獨打敗，不被排擠的絕望占據！」我語氣堅定的說。

「但……我曾經……」貝兒怯懦著。

「別再管妳的臭屁過去了！發生了就是發生了！可是妳還有將來！將來才能可以控制的事！」

依據韓劇的套路……

我吻了上去。

故事已經來到最後了。

可是故事還沒有結束。

這是什麼意思呢？讓我來解釋一下。

記得我在前文講過吧，我後來真的認真把這經歷寫成故事……

至於我為什麼要把這麼恐怖的經歷寫成故事呢？

就要從那個「韓劇限定之畫面旋轉慢動作接吻」開始講起了。

那個時候，我感覺到貝兒全身的顫抖都停止了，肩膀放鬆下來，好像是完全放棄掙扎的樣子。

可是，她突然瞪大雙目盯著我，那個距離我甚至能看清楚她的瞳孔收縮，周圍滿布閃電狀的紅筋。

然後……

貝兒用力地掌打了我一巴……

「妳…妳幹嘛？」我按著發燙的臉頰。

「呵呵，年輕人真是衝勁滿滿……」海倫喝了一口茶，輕笑著。

「你笑屁啊？」我瞪了老太婆一眼。

後來海倫跟我們說，鈔票老人喝下毒藥安樂死的那一天，整個過程是她進入 dDignitas 組織多年來，看過最順利的一次。有時候，客人丟下已經放到嘴邊的毒藥，與親人相擁在一起痛哭，或是因來見他最後一面的親人哭到不成似人形，而捨不得喝下毒藥，最後取消安樂死或延期舉行。

難道人……

只有臨死一刻，才能體會到生命和親人的可貴。

這不是很可笑嗎？

這種場景海倫已經看過無數次。亦因為經歷過太多次，她更能冷靜看待這種事。

然而，鈔票老人當日就像跟朋友茶敘一樣輕鬆自在，一邊談笑，一邊喝下胃藥；這是防止客人等會兒喝毒藥時會嘔吐，導致最後死不成而安排的。

胃藥發揮作用後，才輪到致命一擊的毒藥。

這毒藥會在五至十分鐘發作，客人會感到喉嚨緊縮、呼吸困難，猶如一大堆石子卡在喉結處，然後會感到非常睏，全身乏力，有點冷冰冰的麻痺感會從腳底竄升，但那個時候已經睏到覺得一切都無所謂了。

當睡著之後，呼吸、心跳、大腦機能會相繼停頓，安詳而沒有痛苦的死亡。

老人死去後，所有人都沒想到，隨之而冒起的藍鯨遊戲與這個老人有關。

dDignitas 的人也是從少年遺下的筆記簿才得悉這一切，組織立即通知警方，亦成功緝捕了這名少年。

可是，遊戲卻已經像致命的毒藥一樣，不斷殺人……

dDignitas 雖然不想多理，但海倫總覺得自己像幫兇一樣，於是開始調查並全力阻止這遊戲繼續蔓延下去。

「所以，老太婆妳是想召集一個像復仇者聯盟的隊伍嗎？」我問。

「也可以這樣說。」

「那明白了！我拒絕！」

「這不是鬧著玩的，這是拯救世界的請求啊！」海倫差點噴出口中的茶。

「抱歉，我對做英雄沒興趣！」

「那你之前救的人……」

「我只是看不爽，隨興救的。」

不是任何人都可以當英雄，但每個人都可以做點英雄所做的事。

只要相信當我有危難時，有人願意為我挺身而出，那麼當我看到其他人需要幫助，就會自然的伸手協助。

「更何況啊老太婆！我和貝兒都是被藍鯨追殺的人，那個跟我們一隊都倒大楣。我們自己行事就好了。」

經歷過頂樓那事件後，我就知道，為了阻止藍鯨遊戲，或救出眼中重要的人，有時候不能站在光明耀眼的一方。

此外，我也不想別人像看待英雄一樣，對我有所期望。

吸菸的英雄還是英雄嗎？

救路中心的小貓而違反交通規則是犯法嗎？

我不想為每件事去辯解，我做自己想做的事就可以了。

送走茫然的海倫後，我便與貝兒討論接下來的計畫……

「告訴妳，我已經找到藍鯨的弱點了！」我說。

不知怎的，貝兒還是一臉直愣愣的凝視著我。

「藍鯨的管理人們全都是死廢宅！妳記得當日是如何找到我的嗎？沒錯！就是用FB的『你可能認識的人』，我相信很多藍鯨都是靠網路來找到其他人的，所以……只要我們脫離這個網路世界，四處流浪！一直流浪！直到藍鯨們遺忘我兩個的存在，我們就可以活下去了。」

「那我們要繼續救人嗎？」貝兒問。

「當然！這也是藍鯨的弱點呢！藍鯨必須靠網路才能找到我們，而我們，只需要靠手臂那藍鯨的傷痕就能找到他們了，我們先從學校開始找，找到就救他們出來！」

「真的可以嗎？」

「可以！衣、食、住、行……沒有網路也可以生活得好好的。我們一樣可以去看電影，一樣可以去野餐，吃飯，約會！哈哈，絕對可以啊！」

「可是，阿健……你有家人吧！？」從沒提起過自己身世的貝兒，竟突然說出家人這兩個字。

「他們……沒關係呢，只要我從今天起，不與他們接觸就可以了。」

「真的沒關係？」貝兒問。

「當然，還比較輕鬆呢，他們很囉嗦！每次見面都……」我無法說下去，否則我會哭。

「來，我們先收拾一下，只帶必需品，其餘沒用的就賣掉，錢才是最實際呢。」

說畢，我便走進房間收拾衣服和日用品，因為要流浪的關係，每樣細節都要認真考慮清楚。

「謝謝……」

我回過頭，貝兒還是呆呆的凝視著我，我不確定她有沒有跟我說謝謝。

就這樣，我與貝兒展開了流浪的生活。

看到這裡，我知道腦殘的讀者們一定像抓到別人痛處般大笑說：「那你現在為什麼把故事放到網路上啊白痴！」

原因是……

就在我們到達第一個目的地後，貝兒失蹤了……

香港機場，作為一個小小城市，機場卻比很多國家還要豪華。更重要的是，沒太多香港人喜歡香港。

海倫依舊帶著「沒什麼好急」的步伐，慢慢走向登機閘口，突然她的電話響起，是 dDignitas 組織打來的。

「已經辦妥了嗎？」

「他……拒絕了。」海倫說。

「將他帶回來，然後殺死，這麼簡單的事也做不了？」

「抱歉，我已明確告訴他，他正在與全世界為敵，可是他還是堅持……」

「呼……算了，先回來吧。」

「知道。」

「藍鯨萬歲。」

「藍鯨萬歲。」海倫說。

這通電話沒有影響海倫的心情，她依舊愉悅的登機，找到自己的位置坐下。

嗯嗯，來到真正的最後，大家一定很想知道貝兒為什麼會失蹤吧!?

我也很想知道啊，混帳！

為什麼偏偏在這個時候走掉！

那個時候……

明明就……

沒什麼好擔心了……

我跟貝兒離開了家，找了一個已經荒廢多年、傳聞鬧鬼的學校暫住下來。

依據計畫，在這裡先住幾天，確保沒人跟蹤後就開始救人。

「這裡以前是亂葬崗吧？」貝兒問。

「對，所以也很適合我們死在這裡。我很浪漫吧!?」我說。

貝兒沒有回應，只是呆呆看著我整理手上的東西。

「你不是說不再使用網路嗎？」貝兒指著我的筆電。

「我先要搞清楚一件事，妳還記得妳是怎樣追蹤我的吧？」

「FB的……『你可能認識的朋友』？」

「Bingo！」我說。

我登入FB，在「你可能認識的朋友」一欄中，找到一個外國老太婆的照片，她當然就是海倫。

這個老太婆，一看就知道很有問題，我才不會加入她的復仇者聯盟。

我將她的帳號記錄下來，然後交給我的可愛管理員。

這幾天你都沒來報到，群組的人說要把你斬成八塊啊！

管理人回訊。

來啊來啊，誰怕誰。不過老實說，我們相識已經有一段日子了，我也不想每次都威脅你……我想你幫我查一件事。

什麼？

這個老太婆應該會在這幾天離開香港，你會有她的出境資料吧？全給我！

這是犯法啊！

管理人拒絕。

藍鯨遊戲的管理人也同樣犯法。

我不以為然。

可是……

這陣子我已經查清楚了，遊戲的創辦人已經死了，要是我告訴藍鯨寶寶們……

白痴！他們才不會相信你！

要證明上帝不存在，比起證明上帝存在，實在容易太多了。你要試試挑戰一下嗎？

那……

還有，你用管理人的身分將幾個女生騙到手的事也會公諸於世……

你怎麼會知道？

管理人嚇到。

這種事，看你們在群組裡的聊天記錄就猜到了！

我說。

但……如果創辦人死了，那之前跟我聯絡，批准我成為管理人的人又是誰？

很可能就是老太婆組織的人。

好，我幫你就是了……

「真乖！」我滿意的闔上筆電。

沒想到，當日就收到管理人傳來老太婆的資料，海倫即日就回國了，她的資料我完全掌握了。

晚上，我用老太婆的住址和照片，開了一個假帳號。再找了一個藍鯨群組，跟管理人說我想加入藍鯨遊戲，手臂上已經有藍鯨傷痕了。

起初那個群組的管理人不太相信我想加入遊戲，我說我把裸照傳給他！

他就相信我了……嘿嘿……

他說會找人驗證一下我手臂有沒有藍鯨傷痕。

我說沒問題！

飛了十幾個小時，安全抵達。

今天天氣還真熱呢，海倫心想，脫下她的外套。

「婆婆，這很痛嗎？」突然，在回到組織的巴士上，坐在旁邊的小孩指著她的手臂說。

「不會，習慣就好。」海倫。

「這是嗎吧？」

「這是鯨魚。」

「好可愛，我也要畫。」小孩天真的伸出手臂。

「好，長大後幫你畫一個。」海倫親切的摸摸小孩的頭。

小孩的父母叫喊著小孩回來，要他別打擾別人，海倫報以一個親切的微笑，說不要緊。

那對父母看見海倫手臂的藍鯨傷口，拿出手機偷偷拍了一張照片，這是今天管理人給予他們的任務。

儘管我在逃亡，睡的、吃的什麼都不該挑剔、有任何怨言。但深夜的學校仍是非常可怕，彷彿所有幽暗處都有鬼出沒似的。

「幹你娘！幹你娘！幹你娘！幹你娘！幹你娘！幹你娘！」我正在用買回來的打火石想生個營火，跟貝兒浪漫一下，可惜已經半小時了，連螢火蟲也沒有……

「回起起來，以前我很喜歡在大學宿舍玩都市傳聞遊戲……」貝兒突然說。

被突然出聲的她嚇了一跳，「嚓」的一聲大量火花濺到乾草和報紙屑裡，萌起火苗。

「別突然說嚇人的說話好嗎……」我吹燃營火。

貝兒抱著膝蓋，凝視著火苗，總覺得她的眼神好像跟以前不一樣。

「說起來，其實我們也不太瞭解對方。」我說。

「嗯。」

「不過，過去什麼的，全都不要緊。」

「嗯。」

「有將來就足夠了。」

「嗯。」

「就算死也沒關係，總比成為敵人的戰俘好。」

「嗯……」

貝兒挪動身體，坐在我旁邊，依偎靠著我的肩膀。我伸出雙手湊近營火，儘管我一點都不冷。她的頭髮很香，她的呼吸起伏節奏很美，她沒穿胸罩……她側臉的輪廓很美，眼睫毛彎彎的很可愛，她沒穿胸罩……

我盯著營火，貝兒在跟我說，她以前在宿舍玩都市傳聞遊戲的事，而我不知不覺睡著了。

那晚，我作了一個夢——

我跟貝兒身處在一個圓形的競技場，場中央有一個只能容納一個人立站的高台。

所有人都為了站在最中央的位置而拚個你死我活，我牽著貝兒，走到競技場的最邊緣，爬過圍牆，坐在觀眾席上，從這個角度看過去，他們都像傻瓜一樣。

「嘿嘿……蠢材……嘿嘿……在世界中心有什麼了不起，妳說對不對啊貝兒？」

我醒過來了，發現自己側躺在硬邦邦的地上，腰很痛，營火不知何時熄了……

貝兒也不見了……

我在學校等了一整個下午，貝兒都沒有回來。我掀開筆電，發現中間夾了一封信。

信裡寫著：

我從沒寫過信給任何人，這是第一次。

我也是第一次把自己的過去告訴別人……

我是一個很平凡的女生，也為這種平凡而感到快樂。我從沒想過要賺大錢，只需要維持現狀，就已經很足夠了。

那年，每天總有幾個陌生人來我家左顧右盼，父親會打開我的房間門讓他們看個夠，我每次問父親，他們是什麼人，父親總是回答：「沒事的，放心好了。」

事後我才知道，房子要賣了。因為父親的工作出現問題。

父親帶著我和母親，來到一個只有以前一半大小的新房子，說以後就住在這裡了。

父親對我說，對不起，要妳受苦了。

我說沒關係，我很喜歡這裡。

這是我的真心說話，與父母一家人擠在同一個房間，沒什麼好傷心的。

又過了半年，父親承受不住工作壓力，跳樓自殺了……

我明明說過不要緊的，為什麼他要自殺呢？

就在父親死後不夠一個星期，母親就帶著一個陌生叔叔回家，叫我喊他爸爸。

原來，父母早已經離婚了，父親的自殺，不只是工作壓力這麼簡單。

從那天起，我就很害怕看見別人的笑容。

笑容全是虛假的。

像父母一樣，他們的幸福，正常的家庭……

全都是故意營造出來，欺騙我的假象……

他們有困難，其實可以坦承好好跟我說啊。

沒必要將我蒙在鼓裡……

我把一切都毫不保留放在家庭，他們卻連跟我討論都沒有，就私下離婚。當我看見他們的離婚證書，感覺就像被出賣一樣。

那天，我決定離家出走，靠自己走回正常的生活。

於是，我硬著頭皮進入大學，靠兼職賺回來的錢交學費……

我在工作的地方結識了男朋友，我以為已經自己的生活已經走回正軌。但是……

男朋友知道我無依無靠，將我賣給別的男人睡，靠我的身體來幫他賺錢……

那時候，我甚至覺得，那全都是我的錯，我一定是做了什麼錯事，別人才會欺騙我。

抱歉，我無法承受你在某一天的將來，像他們一樣欺騙我……

我答應你，我會努力活下去。

…………讀完後，我就把信燒掉了，哈哈，貝兒真是個蠢材。

「我知道了，妳是想玩與鬼捉迷藏吧？哈哈哈哈。」我站起來拍拍身上的灰塵，「放馬過來啊！」

說畢，我開始在荒廢的學校，全力奔跑。

貝兒一定躲在下個彎，跳出來嚇我吧！？

跑快一點！就捉到她了！

學校每個角落我都找遍了，貝兒玩捉迷藏的功力也太強了吧，我完全找不到她。

離開荒廢學校，我回到貝兒的大學找到她的大學同學阿瀅，查問她有關貝兒的下落，但結果仍一無所獲……

不要緊，我不會放棄的！

要是我也放棄的話，就變成欺騙貝兒的壞人了。

我決定把這個故事寫出來，是因為我很相信網路的力量。

如果「藍鯨遊戲」能夠靠網路將絕望的訊息帶到世界各地，故事也一樣可以吧！？

如果各位看見一個手臂有藍鯨傷口的女孩，請立即通知我……

不！如果你發現手臂有藍鯨傷口，不論是任何人，都通知我！

我會盡力把他們救出來。

dDignitas 組織的老頭子們，我也會逐一將他們擊破。

這故事是一則尋人啟示，也是向邪惡宣戰的戰書！

邪惡沒什麼了不起，

是因為你怕了邪惡，

邪惡才會變得可怕。

我是技安，我出席了大雄的葬禮

「請問你的名字是？」穿著全黑套裝長裙的女生有禮的問。

「我叫技安……是大雄的朋友。」我聳聳肩膀，整理有點窄的西裝說。

「好，請進。」

我叫技安，今年已經三十歲了。今日我出席了大雄的葬禮。

「大雄先生遇上交通意外死了。」三日前，我接到一通電話告知大雄的死訊。是警察吧!?對方沒有報上名來，是陌生的聲線。

小叮噹怎麼不救他？我正想詢問時，對方就掛斷電話了。

直至剛才踏進靈堂，看見大雄的黑白照片時，我才相信這不是惡作劇。

場內的人比我想像中多，在禮儀師的引導下，每個人依親疏次序上前給大雄上香、獻花。

儀式完畢後，我四處張望尋找熟悉的臉孔。

第一個找到的，是阿福。

雖然我不懂什麼服裝品牌，但相比我那套從父親借來的舊西裝，阿福身上穿著的西裝剪裁比我漂亮得多，不難看出是名牌貨。

「好久不見了，阿福。」我說。

「想想也有二十年了！」阿福說。

看見阿福，我慣性的想掄起拳頭搥他的頭，但又意識到，這是很不禮貌的舉動，所以壓下這念頭。加上多年沒見的阿福，就像身處在不同空間的生物般陌生。

小學畢業後，我就沒再跟阿福見面了。

多年來，我一直在母親的雜貨店工作，阿福一次也沒有出現過。我並沒有怪責他，因為長大後我理解到，這社會是以金錢財富來劃分階級的。

我跟阿福，從一開始就處於不同的階級上。

以前從他手上搶來的漫畫、弄壞的模型和遊戲機……只不過是他零用錢的一小部分。對現在的他來說，更不值一談。

說起來，以前老是黏在一起的同伴中，只有大雄一個經常來雜貨店看我，跟我分享他工作面試的慘況，儘管每次我都取笑他，但大雄有時會在便利店買個飯盒再來找我。

「面試又失敗了？」看著他落寞的身影，我問。

「嗯……慘不忍睹。」大雄無奈的笑了笑說。

「你真沒用！」我話聽來是嘲笑，但心底真沒那個意思。

有一次，我趁他上廁所時把他的飯盒扒光。那次之後，大雄總會買兩個飯盒，我在雜貨店拿兩支彈珠汽水，接著，我們會在以前常常玩耍的空地，坐在那幾條橫放的大水管上享用晚餐。

以前我視大雄為欺負對象，以弄哭他為樂。長大後，我也常常嘲笑他。

如今大雄死了，我才發現自己根本沒什麼了不起。

阿福與我聊了好一陣子，他是個口甜舌滑的傢伙，口裡淨說些好話，但他看著我的眼神……是那種有錢階級面對窮人時的鄙夷。

「喔！對了！跟你介紹我的妻子，你們也好久沒見面了。」阿福突然將我拉扯到一旁。

眼前出現一個熟悉的身影，她正與小學同學出木杉聊得興起，她看見我跟阿福走近而停下了對話。

「靜香!?」我難以置信的看著阿福，「你…你的妻子？」

「嘿嘿嘿。」阿福露出奸計得逞的笑容，靜香也尷尬的笑著。

靜香是個可怕的女人，在小學期間，我是學校的「小霸王」。靜香曾暗中要我幫助她擺平幾個找她麻煩的女同學，報酬是當我一星期的女朋友。後來，她又看上了出木杉讀書方面的才能，搭上他的作用是幫她考試作弊。

至於報酬是什麼呢？我就不得而知了。

本來靜香對大雄有點意思，所以不管大雄怎樣熱烈追求，她也沒有正面拒絕。畢竟他擁有幾乎萬能的小叮噹，但在某次跟大夥兒到未來世界冒險之後，她似乎想通了……

在未來世界，小叮噹只是一隻隨處可見的機械僕人，每個家庭都能擁有一個。但唯獨擁有金錢，才能買到其他人不能擁有的東西，不管在古代、現代或者未來，這是不變的法則。

在虛榮心驅使之下，她選擇了阿福。

「對了，小叮噹呢？」靜香問。

「我也一直找不著他。」我四處張望。

此時，阿福看看錶，「別管這些了，我們還要趕飛機去美國，那邊有很重要的會議。」說畢，他就牽著靜香離開了，門外有一輛昂貴的房車正等著他。

根據傳統，遺體會在當天火化，我一直待到所有儀式結束，大雄的家人邀請我到他的家作客。

「我……可以進大雄的房間嗎？」到達大雄家後，我提出這樣的要求。

「當然可以。」

我走進大雄的房間，還是沒看見小叮噹的蹤影。房間的裝潢一點也沒變，唯獨牆上掛著一套皺巴巴的西裝，桌上多了幾本類似求職指南的書，僅此而已。

我打開書桌的抽屜，裡面有擱置著的時光機，還有歪歪曲曲的時光隧道。

「說不定能救回大雄」腦海蹦出這個想法！回過神來我已跳上時光機，時光機上的螢幕顯示，上一次使用是在三天前，也就是大雄出意外的那天，使用者：野比大雄……

難道大雄沒死？只是坐時光機去了其他地方？

我深吸一口氣，按下「返回上一次目的地」的按鍵，時光機瞬間運作起來，四周景色以高速往後退，最後一切被白光淹沒。

很久沒坐上這狹小的時光機了，有幾次跟大夥兒冒險，我還差點被拋出去。

如今，時光機變得空盪盪，只有我一個。

人長大後，就會變得害怕看到未來，怕現在付出的努力徒勞無功。

又因為大家都在「現在」中拚命，忘卻了「過去」重要的人和事。

某次，我在雜貨店裡工作，大雄邀請我一起坐時光機，但被我拒絕了。

「不如去三十年後的未來世界看看吧？」他把吃完的飯盒置在一旁。

「不要……」光是想到三十年後的自己，還窩在雜貨店內就令人感到沮喪。

「那不如回到過去吧？」

「回去幹嘛？」

「我想回去看看，看看我們四個好朋友變得像陌生人的原因。」

「蠢材。」我罵了一聲。

淹沒一切的白光逐漸暗淡下來，恢復原來的時光隧道……

我跳進時光隧道的出口，發現自己身處在一個狹小的空間。

不難猜想，這裡是空地上的大水管內。每次大雄被欺負都會躲進這裡啜泣，還會把零分的考試卷藏在這裡。

正當我想爬出去時，發現內壁有人用石塊刻上歪歪斜斜的字：「我忘記帶紙和筆了……」光看第一句確定是大雄的筆跡了——

時間不多，我必須長話短說。來看這個訊息的是技安吧？我早就料到了，因為所有人中，只有你一直沒有變。

自始至終，你還是最疼愛你的妹妹，因為孝順父母，你甘願承繼雜貨店，畢業後解散了棒球隊，也放棄了甲子園的夢想。雖然你總是欺負我，但每次外來人欺負我們時，你總是捲起袖子幫我出頭。

打電話給你的不是警察，是我用了變聲的法寶……

因為我很想親自通知你們這個消息。

感謝你來參加我的葬禮。你是想來救我，才坐上時光機的吧？但是小叮噹說過，改變歷史會觸犯未來世界的法律。所以我的死是無法改變的事實。

我把小叮噹關掉，藏在某個安全的地方了，不然他一定會不顧一切救我。

你一定很好奇，為何我會知道自己的死期。

我有一個重要的工作面試，所以我偷偷拿了小叮噹的法寶，一個可以看到「一日後的自己」的眼鏡。想看看我的面試結果，就算知道自己會失敗，沮喪總比整晚憂心忡忡好……

我戴著它出門，看著面前出現縮起肩膀，呼吸急促的自己，穿起西裝趕到面試場地，那模樣實在有點可笑。

而然，就在趕過去的途中，我遇上車禍了。知道自己隔天就會死，心情竟意想不到的平靜。

至少，我比其他人回想人生的時間更長嘛，哈哈！

記得有一次在學校的操場上，我們都聽到有小鳥的叫聲。但怎樣也找不著叫聲的來源。過了好一陣子，小鳥的叫聲還在持續，但已經沒有人理會了。當時我想到，如果我是牠，在向人求救，但旁人完全不給予理會，一定會很難過。於是，我半夜跑回學校去救小鳥。

人們總是這樣，尋求協助的聲音時時刻刻都在身邊響起，但習慣了，覺得與自己無關，就不去理會。

我在操場旁的樹上找到受傷的小鳥，不過我用盡方法也沒能爬上去，一直到天亮同學們陸續上學，我偷偷找了靜香來幫忙；她是個爬樹好手，只是因為受限於女孩子的關係一直沒能發揮。

不過她爬到一半，你跟阿福出現了，還笑我想偷看她的內褲才叫她爬樹，害她惱了我很久。

回想起來，那段日子真的很快樂。

所以，我想在臨死前幫助你們每一個人。

即使現實不能夠改變，但人的本質可以。就像我的曾曾孫小雄為了令我變得堅強，派小叮噹來幫助我。由於時間不多，所以想請你協助我一下，請依照我的吩咐去做。

到了適當的時候，我會出現在你的面前……

大雄字

我看了大雄寫的指令，然後從水管中爬出。

「咦？等等！」我突然想到一件事。

大雄說現實無法改變，否則會觸犯未來的法律……

若大雄在車禍中喪失是事實，那麼為何會有曾曾孫派小叮噹來這裡？

派小叮噹來的人是誰？

正在我呆楞著的時候，因身後傳來的叫囂聲而回過神來。我望過去，幾個小孩子在空地上玩耍，其中一個身材矮小的小孩，被其他人拿著樹枝揮打而瑟縮在地上。

我記起剛才大雄的給我的指令：「幫忙阿福」。

阿福因為父親是集團總裁，要經常到各地工作，阿福也因此經常轉校，由於經常被欺負，對他造成了很大的陰影。

看見眼前抱著頭，被打得躺在地上的阿福，我只好捲起衣袖走過去。

「喂！停手！」我大聲一喝，所有小孩都看過來。

「怎麼了大叔？」

其中一個小孩擺出臭臉，「關你屁事？」

我鼻孔噴了一口氣，展開雙臂，呲牙裂嘴向小孩們大吼。

如我所料，小孩被我龐大的身軀嚇壞了，紛紛丟下樹枝逃跑。

小孩離開後，我扶起阿福，他擦拭眼角的淚水，笑了起來。

「大叔你真厲害，一吼就把他們嚇跑了。」小孩時的阿福已練出一身馬屁的功夫。

「你為什麼不還擊？」

「不如大叔你幫我報仇吧？我可以叫我爸爸給你錢！」

我嘆了口氣，「你知道同學們為什麼討厭你嗎？」

「我長得矮小？」

「不。」

「我是轉校生？」

「不。」

阿福靜了下來。

「世上雖然有很多有錢人，但是……人們通常都討厭錢。」

「怎麼可能？大家都對我爸爸低聲下氣！」

「沒錯，有錢可以買到很多東西。但是……」

我說到一半，阿福打斷了我的話。

「我知道大叔你想說什麼，你想就健康、幸福、朋友之類吧!?有錢就可以得到最好的治療，科學家研究有錢的家庭會比較快樂，有錢人有很多自由時間，認識的朋友自然也比較多，大叔你錯了！」

老實說，我恨不得一拳揍在阿福的臉上。但是隨便打小孩是犯法的，我沒這樣做。

「你錯了！」我說。「有錢的確可以買到愛情，所以人們才會追求有錢也買不到的愛情。朋友也是一樣，就算你交了很多朋友，你也會希望有一個即使你沒錢，也願意跟你打混的朋友。」

阿福皺起眉頭問：「如果我沒錢，會有人願意跟我做朋友嗎？」

「會的，相信我。」

我撇下在原地發愣的阿福，跑回時光隧道內。我坐上時光機，跟隨大雄的指令到達下一個地方。

靜香的浴室……

幸好浴室空無一人，沒人發現我。從放在洗衣籃的衣物來看，我來到靜香的小時候吧。

我看見門上有人用化妝品寫了一堆歪斜的字，我快速掃視了一遍。

我還沒找到紙和筆……

最後，視線停留在最底的字上……

如有必要，揍靜香的家人一頓！

我先把浴室的門鎖好，免得有人突然闖進來，不管怎樣辯解，也鐵定會被誤認是偷窺狂吧。

我看著門後大雄留下的訊息，這次的字寫得比之前的更加難看。

大雄啊大雄！小叮噹不是有錄音之類的法寶嗎？我嘆了口氣，瞇起眼凝望著……

接下來的事非你不可，因為我沒有這個膽量……

記得嗎？有一年，我們學校有一個隔壁班的同學因為受不了讀書壓力而自殺。那個時候，幾乎每天都有記者在學校門守候，拉同學們到一旁採訪。

你認為這是一夜成名的機會，所以帶著麥克風和音響，在鏡頭面前唱〈技安之歌〉，結果麥克風被老師沒收，但成功的把記者趕走了。

「你這個大雄……」門後的字突然抖了起來，他一定是回想起以前的事在取笑我吧！？

最後，學校受不住媒體輿論的壓力而減少功課和取消學期測驗，所有同學都興高采烈的歡呼。雖然我能避免因考零分受到責備，但是……有同學承受不了壓力而自殺，我們竟然為這件事而喝采。

但這樣真的好嗎？那同學一定是找不到傾訴對象，覺得無法改變現狀才放棄自己性命的。而社會因為有學生自殺，大家才關注小孩太大壓力的問題……為什麼要這樣呢？

靜香長大後，不只與我們的關係疏遠了，聊天時也只剩下與金錢相關的話題；最近認識了哪家公司老闆兒子，有人邀請她當明星，會賺很多錢等等……

大家往往只會看事情的結果，成功與失敗，而忽略了努力的過程。結果……就變成因害怕失敗而什麼都做不成。

我曾熱烈追求過她，但有一次她跟我說：「不要再接近我了，我不想被誤會跟什麼人在一起……」然後就坐上一部名貴跑車離去了。

我不能改變世界的運作方式。但希望能改變人們的心態……

我想你幫幫靜香。

如有必要，揍靜香的家人一頓！

我深呼吸一口氣，在腦海中擬定戰略——

幫靜香！跑回浴室！跳進時光隧道！逃跑！

本來我是打算一股作氣大吼著衝出去的，但當我打開門衝出去時，立即被眼前的景象嚇到了。

靜香腰板直挺挺的坐在鋼琴上，她母親表情嚴厲，手上拿著一根長長的棒子。靜香專注的彈著鋼琴，突然，母親舉起棒子揮打在靜香正在彈琴的手指上。她立刻痛得大叫，摸著被打的手哭起來。

「不准哭！繼續！」母親嚴厲斥責。

靜香擦掉臉上的眼淚，不斷顫抖的雙手再次放在琴鍵上，手指被打得腫紅起來，根本無法準確彈出正確的音調。

「妳一定要變得比其他人優秀！才能成為有錢人的妻子！知道嗎？不准哭！」母親把靜香當成死物般瘋狂揮打。

我見狀立即衝出去制止，而靜香的母親看見一個陌生人突然出現在家裡感覺訝異。

「你是誰？」靜香母親大喝。

「靜香的同學！」

「什麼？」

我因為太急切脫口而出，才想起自己是三十歲的大叔，而靜香只是個十歲不到的小孩……

「你是靜香的老師吧……？你知道擅闖民居我可以報警的。」母親從頭到腳掃視我一遍後皺著眉，捂住鼻子。

「我知道。但妳為什麼要打她？」我用盡全身的氣力大吼。

「你懂什麼啊？女人的生存意義，就是找個有錢的丈夫，接下來的生活就無憂了。」

「女人也可以靠自己生活吧!?」

「哈！你是學校的老師，該知道有個學生叫技安吧!?他的母親就是因為守著雜貨店，丈夫才會跟她離婚，她注定要窮一輩子了……」

「…………」

「怎樣？沒話說了吧!?」

「…………」

「我跟你說，女人的身體就是武器，所以我才不斷再婚，尋找更值得投資的男人。」

「…………」

原來靜香的母親一直給她灌輸這種思想，難怪靜香會變成這樣。所以她才不敢拉小提琴、不敢爬樹、不敢打電動、不敢參加運動會……

「你幹嘛一直低著頭!?說起來，你的樣子有點像……」靜香母親把臉湊前來。

「不准妳說我母親的壞話啊！」我把體內的怒火集中在拳頭上，一拳揮在她的臉上。

她整個人被揍飛出去，撞破玻璃茶几跌坐在地上。

「啊啊啊啊！我的臉！」她大駭摸著自己腫起一大塊的臉頰。

「不要再練這種東西了！」我走向靜香的鋼琴，像大猩猩般舉起雙拳重重砸下，鋼琴發出快要報銷的重低音調，靜香嚇得躲在鋼琴椅子下。

「我就算是凸肚臍，就算一直窩在雜貨店，也能自豪的活下去啊！因為……」我走到靜香母親面前。

「那都是母親留給我的！」

我蹲在地上，望著靜香，「過妳喜歡的生活吧，不過……如果妳還是比較喜歡錢的話，我就沒話說了……」

說畢，我便走回浴室，跳進時光隧道離開靜香的家。冷靜過後，我才意識到剛才自己闖禍了。

我大口喘著氣，設定時光機的到下一個目的地。

這次，當我跳出時光隧道時，心裡祈求這次大雄不要給我太刁鑽的任務；怒吼嚇跑一群屁小孩，毆打別人母親還破壞別人的家……我實在不太適合幫助人呢。

這次的目的地是在室外，當我環視四周才察覺自己位於高處。站立點也凹凸不平，我害怕得馬上坐下來，穩定身子後發現自己正身處在一間房子的屋頂……

咦，是大雄家的屋頂！

「嗨，技安，你果然來了。」身後傳來熟悉的聲音，我回頭一看。

是大雄，他懶懶的坐在屋頂上。

「大雄！你……」

我正想把腦裡的疑問拋出來，卻被大雄打斷了。

「等我一下。」

大雄頭頂戴著竹青蜓一躍，輕輕降落在他家的玄門前。

他的母親剛好買菜回家，看見突然出現的大雄嚇了一跳。

大雄上前緊緊抱著她，淡淡然說：「母親，對不起。」

大雄母親一臉疑惑。

儘管三十歲的大雄像孩子般擁著她，她還是輕輕一笑，「傻瓜。」然後摸著大雄的頭。

我坐在屋頂上看著，大雄跟他母親兩人都抱得很用力，彼此都沒有鬆開手的意思，時間彷彿靜止了般，大雄母親好像知道那是最後一次擁抱，一直摸著他的頭。

大雄不可能會告訴他母親事實的真相……

或許作為一個母親，都很珍惜每次跟兒子相處的時光吧。

接著，大雄跟母親說了一番話，我在屋頂上聽不清對話內容。只見大雄說完之後，他母親點了點頭，然後搭著大雄肩膀走進屋內。

半晌，窗戶傳來「咔咧」敞開的聲響。

大雄的身影冒出，降落在我身旁坐了下來，他換了一套整齊西裝。那是去工作面試的西裝。

我腦海有無數疑問，卻久久無法開口。我跟大雄並肩坐在屋頂上。

不知過了多久，他打破了沉默。

「謝謝你。」大雄說。

「呃？」我未能意會他的意思。

「你出現在這裡，也就是說，我拜託的事你都辦妥了。」

「我真的揍了靜香的母親一頓……」我長嘆一口氣。

「哈，我就知道！」

大雄雙手包著膝蓋，把頭栽了進去。「對不起。」他頓了頓，「小叮噹從未來世界來到我家時，他告訴我你的妹妹會是我未來的妻子。我竟為了這件事而哭了一整天，但其實她很善良，畫的少女漫畫也很棒，將來一定會是個好妻子。」

「別說這些了，我有事想要問你……」我說。

大雄再次打斷我的話。

「我們一起笑過，也一起哭過。當時的我，從沒想過要成為有錢人或者成功人士，也沒想過為了將來要失去什麼，因為我覺得……」大雄哽咽，「我們不是為了達到任何目的而在一起，而是單純想在一起才四處冒險。」

「大雄……」

「根據現實，天亮之後我就要去死了。」

「等一下……」

「我要被大貨車撞死呢，應該會痛到慘叫吧！」

「喂喂！」他愈說我心愈慌。

「技安，我……」大雄抬起頭看著我，淚流滿面，「我好害怕啊！」

「……」

大雄啊，你果然不是逞強的料。他哭慘了的臉，彷彿跟以前常哭哭啼啼小一號的他重疊在一起。我用力的擁著他，感覺到他的身體不斷顫抖，星空因不斷湧出的淚水而扭曲，我們都沒有說話，只是坐著不停擦眼淚。

不知不覺間，天亮了……

原來，一旦知道什麼時候是終結，就算給多少時間也會覺得不夠。

人總是在倒數的時間中才會學懂珍惜。

「技安，我可以請求你最後一件事嗎？」晨光照亮了大雄的臉。

我點點頭。

「再唱一次〈技安之歌〉吧。」

我深呼吸一口氣，站起來伸展筋骨。空氣還有點冷，被溫暖的陽光包裹著身體很舒服，我決定要放盡喉嚨把歌唱完。

「我是技安，我是孩子王，天下無敵的！男子漢喲　！大雄、阿福都不夠看！打架、運動樣樣行，唱歌也很棒，有事就找我吧！」

以前我會用拳頭威脅所有人來聽我唱歌。

如今聽眾只剩下大雄一個。

其他人呢？已不是用拳頭就能威脅來了……

當我把歌唱完後，才察覺到大雄手上拿著手提電話，還安裝了小叮噹的變聲法寶。

「你是誰！？竟敢對我惡作劇！？」電話裡傳出吼叫聲……

那…那是我的聲音……

記得大雄出車禍那天，我的確接到一通惡作劇電話……

「技安，我們走吧！」大雄把電話收起來，敲一敲頭頂上的竹蜻蜓啟動它。

飛到半空，大雄把一個竹蜻蜓丟給我，我連忙戴上緊隨著他。大雄在大廈中穿越，飛行速度很快，感覺像為了逃避我的疑問。

轉眼間，我們來到商業區，這裡的人熙來攘往，馬路塞滿行駛中的車輛，大雄回頭望向我。

「再見了，技安。謝謝我們的相遇。」

說畢，大雄掏出一把手槍向我發射，他的射擊技術一向很好，形狀古怪的子彈不偏不倚射中我的胸口。

這是小叮噹的法寶，被擊中後我的身體霍然膨脹得像個氣球一樣，還不受控的不斷向上升，連竹蜻蜓也阻止不了。

大雄這樣做，是不想我飛過去救他吧!?

大雄向我揮揮手道別後降落在馬路旁，他一邊看著手錶，一邊拿出電話，應該是向我們「宣告」他在交通意外中喪身，也就是我當日接到疑似警察的電話。

「大雄！大雄！」我叫得很大聲，想引起路人注意將大雄救走，但一聲巨響把我的聲音淹沒了。

「砰！」

儘管我離地面很遠，但撞擊聲音依然令人毛骨悚然。

大雄被一輛從彎角轉出來的貨車撞倒，大雄當時站在行人路，但貨車車身晃了幾下，大概是失控撞上行人。

車禍中只有大雄一個被撞倒，他躺在地上一動也不動，路人們發出了驚呼聲。

我愈飄愈高，幾乎看不清地面的景象……

「技安！」突然，身後有人拉扯著我的衣角。

我回頭一看，是小叮噹。

「小叮噹！」我大叫。

「等我一下。」小叮噹取出一根繩索綁住我的腳，以免我到處飄浮。

他再從百寶袋掏出一根針，刺向我的腰間，也許是法寶的關係，被刺到也完全感覺不到痛。針扎進我的體內，針另一端不斷有氣體噴出，發出微弱的「吱吱」聲。

「你很快就會恢復原狀了，現在先這樣吧。」小叮噹拉著繩索。

「你一定要救救大雄！」

「可是……」小叮噹欲言又止。

「可是什麼！？」我焦急得抓住他的頭使勁搖晃。

「你先冷靜，大雄把我體內的電池拔掉，幸好系統自動啟動了備用電池，我只得十分鐘的時間……」

「那你還在等什麼啊！！」我在小叮噹耳邊咆哮。

「只需要坐時光機回去就可以救大雄了，我也不會在乎什麼未來世界的法律。」小叮噹說。

「大雄有救，太好了、太好了……」聽到小叮噹這番話，我稍微冷靜下來。

「但我想查清楚一件事，昨天大雄拿著我的預知未來眼鏡出門，回來後問了我一個奇怪的問題……」

「什麼問題？」

「他問我如果強行改變現實，除了會被未來警察拘捕之外，還有什麼後果……」小叮噹像在回想當時的情景，「我告訴他，未來世界設立相關法律，除了避免現實被更改而引發災害，真正目的是要保護我們。」

「保護？我不明白你的意思……」

我理解若人們能夠隨意用時光機，大家一定會為了一己私欲令世界大亂。人類自稱萬物之靈，科技發展一日千里。科技的確令人類生活變好，卻沒有令世界變得更好……

所以，我不明白「禁止改變現實」是為了保護我們的意思。

「若然企圖改變現實，就會付出同等代價……」小叮噹幽幽的說。

「代價？」我望向大雄被貨車撞到的位置，路人以躺在血泊為中心圍成一圈，宛如看動物表演一樣瘋狂拍照及議論紛紛，貨車司機正一臉擔憂的檢查自己的車子有沒有毀損。

最後，我把焦點停在大貨車上。

「小叮噹！那輛貨車！是平日送貨到我家雜貨店的！還有，大雄出車禍前，我、我、我收到一個惡作劇電話，是我打給自己的，大雄替我錄音，技安之歌……變聲了！」我焦急得口齒不清，雙手不停揮舞。

小叮噹又掏出一件法寶，是個手提式投影機。

「這個法寶可以看到投射物件的重播片段，我們追蹤這輛貨車吧！」說畢，小叮噹把一個特製眼罩給我，他自己也一樣戴上眼罩。

小叮噹將投影機照向貨車，按下「倒帶」鍵，貨車後方突然冒出一個半透明的影像。貨車先在拐彎時失控得大幅晃了幾下，然後竄進彎道。

「只剩五分鐘備用電池就用完了，快追上去吧！」小叮噹牽著仍是氣球狀的我。

貨車一直倒後行駛，小叮噹飛近車窗，看見司機竟然彎下腰，伸手向副駕駛座底下不知在尋找著什麼。是因為這樣導致意外發生吧！？

◀◀影像倒帶……

司機正常地坐回去，我探頭看進去，那裡有一部手提電話正在響著。原來他是為了接電話才彎下身子。

◀◀影像倒帶……

電話像被磁力吸引般飛彈回司機的手上。然後，司機歪著脖子夾著電話，表情疚歉，一直點頭。

「可以聽到他說什麼嗎？」我問。

「可以。」小叮噹按下「播放」鍵，貨車如常的向前行駛。

「抱歉啦！上一個送貨地點遲了！可以、可以！我一定能趕到的！」貨車司機不斷道歉不斷說。

小叮噹加把音量放大。

「如果你遲到五分鐘！那些貨我們不要了！」電話另一邊的客戶抱怨。

掛線後，司機用力踩踏油門加速前進，隨手把電話丟在一旁，電話掉進副駕駛座底下。不久，電話鈴聲再次響起，司機大概以為是客戶再次來電，所以急忙想把電話撿起來。

◀◀畫面繼續倒帶……

我們一直跟蹤著後退的貨車，最後，貨車停在我家的雜貨店門。

「小叮噹，可以將畫面調前十分鐘嗎？」

「可以。」

影像猛烈抖動，所有動作都在高速往後倒帶。

▶播放

影像跟我幾天前的記憶重疊起來。

我看見自己半透明的影像，當時我正在將貨物從貨車上搬進店內，驀地店內電話響起，我先放下貨物跑進去接聽。那是一通惡作劇電話，電話另一邊發出像豬一樣的叫聲。

「喂！我還有貨物要送給其他客人！要遲到了啦！」貨車司機在店門外大吼。

然而，在店裡的我卻沒有聽見……

司機等得不耐煩，就將剩下的貨物堆到地上，然後開車離去。

不久後，我跑出店外發現散落一地的貨物。我苦惱的抱著頭，蹲在地上檢查損毀大半的貨物。

我記得，當天那些貨物本來要轉售給其他人，但由於貨物損毀害我生意泡湯。我氣得掄起拳頭，氣得跺腳，像猩猩般向天大叫。

接著，我走回店內，以幾乎將電話砸爛的力度致電給貨車司機，但他沒有接聽電話。

也就是說，令司機慌忙彎下腰拾起電話，導致交通意外發生的人，是我……

「小叮噹，那預知未來的眼鏡，除了看得見自己的未來，還能夠看見其他人嗎？」我問。

「如果有接觸其他人或物件，就可以看得到……」小叮噹說。

「改變歷史，需要付出代價！改變歷史，需要付出代價！改變歷史，需要付出代價……」我低喃著。

如果貨物沒有損毀，我就需要出門將貨物轉售給客人。

那麼，那天大雄用「預知未來眼鏡」看見被車撞死的，不是他自己……

而是我！

大雄為了救我而改變現實，所以他要付出同等代價。

「小叮噹，快用時光機，我要救大雄！」

「不可能了……」

「你剛才說過的！用時光機就可以救到大雄啊！」

「如果你救了大雄，死的就是你。大雄一定會想盡辦法救你，代替你死。無論如何，你們兩個始終有一個人會死……」

「有方法的！一定還有方法的！」我大吼。

「技安！你冷靜一點！『過去的你』現在還在店內，兩人相遇會引發更大的時空錯亂的！」

「你一定有方法救大雄吧！你是擁有百寶袋的小叮噹啊！我求求你救大雄……」

「技、技安……停停……我……沒能……源……」小叮噹的瞳孔跳動，動作變得僵硬。

「醒醒啊！小叮噹！」我像拍打壞掉的電視掉拍打著他的頭。

突然，小叮噹整個人失去動力，竹蜻蜓失去控制，我被他一直拉著在半空中胡亂飛舞。最後，我跟小叮噹墜落到附近天橋下的河川裡。

「咳咳咳。」我好不容易才將小叮噹拉到河邊。

看著一動也不動的小叮噹，我突然想起一件事……

如果大雄真的死了，根本不會有兒子、曾孫、曾曾孫……那小叮噹是誰派來的？

我掀起小叮噹頸上的頸環；我記得大雄說過，那裡有標示主人的名字。

結果，頸環內側寫著……

「剛田 世修」

剛田？！那是我的姓氏……

從一開始大雄想要改變現實，他知道死後我一定會自責，所以就將這個祕密埋藏在心裡，只想靜靜的代替我死。

但大雄沒料到小叮噹有備用電池，他來找我才知道你為我而死這個真相。

「大雄你這個蠢才！」

大雄獨自承受著無法告訴其他人的孤獨和恐懼。回想起那晚在屋頂上，害怕得淚流滿面的他，我也不知不覺間盈滿眼淚。

「哈啾！」獨自坐在河邊，全身衣服都被沾濕了。一陣涼風吹過，正好讓腦袋稍微冷卻。

每個人的生命中，過去、現在、未來⋯⋯

都像一個「環」般互相影響。

「試圖改變現實，會付出同等代價。」

小叮噹的頸環上的名字，是因為在未來我的後代剛田世修把小叮噹送給大雄，還對大雄撒了個謊，說自己是大雄的後代，告訴他要是努力便會跟靜香結婚。

這樣做的原因不明⋯⋯我完全想不通⋯⋯

小叮噹想改變大雄未來的人生。

代價是現在的我會死，因為是我派小叮噹去的。

現實無法改變，因為一股更上層、超越人類計算的強大力量在監控著。這力量叫作「命運」。

在命運中，所有事彷彿早已有定案，開始前已注定什麼時候結束，就像電影的劇本早就為故事寫好結局般，不管演員如何賣力演出，結局也不會有任何改變。

人們總是想靠自己的力量改變現實。

但命運，總是站在現實那邊。

等等！！

如果我不派小叮噹來的話，大雄就不用死了吧？

如果小叮噹從沒出現過，或許連我也不用死！

大家都不用死了！

「哈哈，沒錯！」我像觸電般跳起來。

我背著小叮噹回到雜貨店，將他收藏在存放貨物的倉庫深處，再將他胸口的百寶袋拿走，再跑到大雄的家。

我再次啟動時光機，返回「我揍靜香母親」的半小時後。

幸好，當我從時光隧道步出浴室時沒有其他人。

我要把門後大雄寫上去的字抹乾淨，免得被其他人發現。

清潔完成後，我打開一道門縫，偷偷打聽外面的動靜。

「靜香，妳老實告訴我，妳喜歡彈鋼琴嗎？」靜香跟母親坐在梳妝台前，有僕人正在打掃一片狼藉的家。

靜香不敢回答，只是搖搖頭。

母親深呼吸一口氣……

「啪」她一巴掌打在靜香臉上，靜香捂著火燙的臉，強忍著眼淚。

「我比妳更清楚人生的路該怎麼走，妳只須照足我吩咐去做就可以了！別再搞什麼花樣！知道嗎？」母親大喝，僕人嚇了一跳。

靜香點點頭。

現實還是沒有改變……

我強忍著衝出去揍那臭女人的衝動，坐上時光機離開。

下一站，是「救助阿福」半小時後。

我用小叮噹的法寶，能夠將任何物件恢復原狀的電筒，將大水管上的字消除掉。

恢復完畢後，我爬出水管，在不遠處的空地上，發現了童年時的阿福。

走近去看，他正從口袋裡掏出鈔票，派給一群穿著棒球服的小孩。

「這些零用錢給你，以後我們就是朋友，知道吧？」阿福跟每個小孩都說同一番話。

我嘆了一口氣，現實還是沒有改變……

現實世界中，有很多事令人的本質改變，靜香不學鋼琴，母親還是會不斷灌輸她對金錢的觀念。

即使阿福沒被欺負，他是個富二代的事實也沒有改變。

到底是人的本質導致有這樣的現實社會？還是現實社會令人的本質變成這樣呢？

最後一站，我回到大雄的家，時間點是「葬禮後，我被邀請到大雄的家」前的一分鐘。

我把時光機的使用者換了大雄的名字，上一個目的地是遇見阿福的大水管內，時間點也預設好了！

「大雄你這個冒失鬼，總要我幫你善後……」

一分鐘後，我就會被邀請到這房間，然後完成大雄給我的指示……

最後，我用能夠穿越時空，但無法任意降落在其他地點的法寶「時光腰帶」，返回真正屬於我的時間點。

大雄房間內。

「叩叩！」

才剛回來，便聽見大雄的母親在門外敲門。

「請、請進。」我慌忙脫下時光腰帶藏起來。

「技安，有件事我想跟你說，這也是我邀請你來的原因……」

大雄母親走進房間，我注意到她的眼睛紅了，臉上有未擦乾的淚痕。

「是什麼事？」

「大雄在遇上車禍的前一晚，突然在玄關外跟我擁抱，還說了一番奇怪的話……」

「……」那是當晚我在屋頂上看到的一幕吧，當時我坐在屋頂上，沒聽到他們兩人的對話內容。

大雄母親又說：「他問我，如果他死了，以前的好朋友會否來參加葬禮……」

「大雄還告訴我，技安雖然常常欺負他，個性衝動又粗魯，但卻是他最好的朋友。」

我閉上眼睛，腦海裡浮現與大雄所經歷過的畫面，淚水再次滑下……

雜貨店內，我在掛牆日曆寫上「一００天」。

「這是什麼？」母親問我。

「沒跟客人吵架的第一百天記錄。」我咧起嘴笑。

母親給我一個白眼，回去看電視。

大雄遇上車禍也是過了一百天，他說過就算現實不可能改變，但人的本質可以。

改變現實社會或許需要一百年、或一千年的時間。但改變自己的心態，只要一瞬間就夠了。所以，我必須堅持改變自己，證明大雄的想法沒有錯！

現在的雜貨店由我一手打理，回想起接管雜貨店初期，母親曾拿著店裡的水果逐一派發給所有鄰居，希望我接管後大家會繼續光顧。

幸虧有她，儘管我在工作上錯漏百出，鄰居對我非常包容。

但是，不久前附近興建了大型購物中心，那裡賣的不僅比我們種類更多，同樣貨品價格都比我們便宜，即使只是相差一塊幾毛，街坊全都跑光了。母親為了這件事沮喪了很久，多年的街坊情竟輸給幾塊錢的優惠。

縱然如此，我還是咬緊牙關繼續經營；還記得小時候，雜貨店簡直是小孩的寶藏山，這裡應有盡有，不管來多少次都能找到新奇的玩意，我很想將這種感覺延續下去。

「呵⋯嘻⋯」這天還是一如以往，光顧的只有蒼蠅和討吃的流浪狗。

我每天都會提醒自己，絕口不提大雄的事，只要我堅持這樣的想法，那個叫世修的後代就不會派小叮噹來找大雄，大雄就不會死了！

三年後，我跟妹妹的好友結婚，她是個小說家，結婚第二年，她生下第一個兒子⋯⋯

每天，我都會坐在店門外，期盼著未來會稍稍改變，大雄會一臉憔悴，拿著便當出現，告訴我工作又捱罵了⋯⋯

然而，大雄一直沒有出現⋯⋯

為什麼呢？

數十年後，我已是別人的祖父。但跟過去一樣，家裡非常困苦，原來在電視上看到發奮後變成有錢人只是罕見的例子，現實中幾乎很少人做到。

某天，美國太空人在登陸火星的任務中發現了時光隧道，就像發現新大陸般，人類拚命想發明能在隧道內自由穿梭的科技。

為了更瞭解隧道的運作和穩定性，衍生了「時空考察員」這個職業。

他們會觀察隧道內的「歷史」，也會研究「未來」留下的訊息。

我的孫子叫小雄，是個聰明的小傢伙，有點目中無人，像出木杉和阿福的混合體。他是個時空考察員，有一天，他回家後告訴我，在隧道內發現一個奇怪的歷史……

「爺爺！我在隧道內發現你死了！」小雄大叫。

「什麼？」

「還有還有，一個叫大雄的傢伙，不斷穿越時空，改變現實救了你……」

小雄拿著一個外型像相機一樣的東西，它能拍攝隧道內影像，人類目前的科技只能以短片的方式窺探過去與未來。

我拿著相機，影像展現眼前——

「歷史」中的我，在送貨到客人的途中遇上銀行劫案，因為一時衝動，我丟下貨物跟賊人搏鬥，卻不幸被一名強盜的槍射中胸口，滿身鮮血的躺在地上，這就是大雄用眼鏡所看到的歷史……

下一個片段，大雄在銀行附近把我手上的貨物推倒，嚇得強盜以為警察到來，於是他們往街外亂槍掃射，殺死了很多無辜的人。

再下一個，大雄飛到半空躲避大貨車，結果司機失控衝進油站發生大爆炸。這個歷史我和大雄都沒死，但死了很多人。

還有很多害死很多人的片段……，每次大雄看過後，都會跳進時光機再一次改變歷史。

最後一個，大雄被貨車撞死，引來很多救護車和警察，強盜只好放棄打劫銀行。這個便是現在的現實。

「咦！爺爺你幹嘛哭！真噁心！」

「這也是命運嗎……」

過了這麼多年才真相大白，看過這些片段後，心裡有種「我是為了看這些片段才活到今天，我必須要做些什麼」的使命感。

「小雄，幫我做一件事吧。」我說。

「什麼事？」

「如果你兒子或你孫子的年代出現了貓型保母機械人，我倉庫裡也有一台，把他修理好，用時光機把他送回過去，找一個叫大雄的沒用傢伙！這是年分和日期……」我將大雄與小叮噹相遇的日子寫在紙條上。

「太麻煩了，不要。」小雄斬釘截鐵的拒絕。

「閉嘴！這是我的遺願！你一定得完成它！」

「…………」小雄一臉不爽。

「聽著！吩咐那機械人跟大雄說，是他後代派來的，叫大雄一定要努力改變自己，將來便會跟靜香結婚！」

「可是……他會死，努力有什麼用？」小雄。

「要是太在意結果，就什麼都做不到！」我說。

倉庫裡的小叮噹有「大雄死亡」的記憶，他也許能成功救到大雄。要是失敗了，還有下一次，下一次，再下一次。總有一次我能救到大雄，或者有一次，我們都擁有美好結局，只要我們的本質改變了，應該能夠戰勝命運。

有些東西，比起性命更重要。如果小叮噹沒出現在我們童年，或許我們只是普通的同班同學，生命中不會有任何交集。

隔天，我致電給多年沒見的阿福和靜香，到大雄的墓碑相聚，沒想到他們竟然一口答應。

墓前，我們三個都變成白髮斑斑的老人。

大雄依舊年輕，向我們露出燦爛的笑容。

「前陣子，我作了個夢，是很久以前發生的事。一個像大猩猩的男人把欺負我的小孩趕走，之後，大雄是第一個沒收錢就願意跟我交朋友，呵呵！」阿福笑得很勉強。

靜香即使年紀老邁，仍保持優雅的氣質。她緩緩的說：「我在學校後園偷偷練小提琴，他是第一個稱讚我的人。」

「我也作了個夢，大雄救了我們所有人。」我望著大雄微笑。

人很容易被現實社會吞噬，但是總不能失去夢想吧！？

所以我撒了個謊，讓大雄繼續擁有夢想。

因為他有夢想，我們才會擁有那段人生最珍貴的冒險。

現實改變不了，但人的本質可以。

過去的我、阿福、靜香、還有大雄……

小叮噹是我送給你們的禮物。

藍橘子怪奇治癒短篇小說集

死亡的擬聲詞

作　　者／藍橘子
美 術 編 輯／申朗設計
企畫選書人／賈俊國

總　編　輯／賈俊國
副 總 編 輯／蘇士尹
編　　　輯／高懿萩
行 銷 企 畫／張莉滎・廖可筠・蕭羽猜

發　行　人／何飛鵬
法 律 顧 問／元禾法律事務所王子文律師
出　　　版／布克文化出版事業部
台北市中山區民生東路二段 141 號 8 樓
電話：(02)2500-7008　傳真：(02)2502-7676
Email：sbooker.service@cite.com.tw
發　　　行／英屬蓋曼群島商家庭傳媒股份有限公司城邦分公司
台北市中山區民生東路二段 141 號 2 樓
書虫客服服務專線：(02)2500-7718；2500-7719
24 小時傳真專線：(02)2500-1990；2500-1991
劃撥帳號：19863813；戶名：書虫股份有限公司
讀者服務信箱：service@readingclub.com.tw
香港發行所／城邦（香港）出版集團有限公司
香港灣仔駱克道 193 號東超商業中心 1 樓
電話：+852-2508-6231　　傳真：+852-2578-9337
Email：hkcite@biznetvigator.com
馬新發行所／城邦（馬新）出版集團 Cité (M) Sdn. Bhd.
41, Jalan Radin Anum, Bandar Baru Sri Petaling,
57000 Kuala Lumpur, Malaysia
電話：+603- 9057-8822　　傳真：+603- 9057-6622
Email：cite@cite.com.my
印　　　刷／卡樂彩色製版印刷有限公司
初　　　版／2018 年（民 107）05 月
售　　　價／380 元
I S B N／978-957-9699-17-4（平裝）

城邦讀書花園　布克文化
www.cite.com.tw　WWW.SBOOKER.COM.TW